小学館文庫

# 懲役病棟

垣谷美雨



小学館

# 目次

# 第一章　万引き犯

## 1　谷山清子《たにやまきよこ》　62歳　八百二十五番

窓から夕焼けが差し込んでいた。

晩秋ともなると、こうも日が暮れるのが早い。

それにしても……なんで私は刑務所なんかにいるんだろう。

あの日盗んだのは確か、タコときゅうりの酢の物と、高野豆腐と干し椎茸《しいたけ》の煮物だった。一人暮らし用の小さなパックだったし、そのうえ夕方の三割引きシールが貼ってあったから、合計でたったの四百三十円だった。

お金がなかったわけじゃない。財布には一万円札が一枚入っていた。

でも、一万円札を崩すのがどうしてもイヤだった。だっていったん崩れたら、あっという間になくなることは、これまでの人生で何十回も何百回も経験済みだもの。

お金が減るのが不安で仕方がなかった。いや、不安なんてもんじゃない。恐怖といってもいいくらいだった。

最初の頃は、平謝りして代金さえ支払えば店長は見逃してくれた。だけど度重なるうちに、店長の顔つきが同情から軽蔑に変わっていって、あれは何回目だったか、堪忍袋《かんにんぶくろ》の緒が切れたって感じで一一〇番通報した。気弱で心優しい店長も、いったん通報すると度胸がついたみたいで、それ以降は迷う余地なく受話器を持ち上げるようになった。

服役は今回で三回目だ。

工場で刑務作業を終えたあと、廊下に整列させられていた。

「整列っ」

女性刑務官の鋭い声が響き渡った。その冷たい声音《こわね》のせいで、コンクリートむき出しの廊下の温度が更に下がったような気がした。

この刑務官は、たぶん二十代前半だろう。細身なのに頬だけは丸いのが若い証拠だ。その角度によっては、あどけない感じさえする。女子刑務所の刑務官は全員が女で、そのほとんどが三十代以下の若さなのにニコリともしないし、男っぽい立ち居振る舞いをするし、喋《しゃべ》り方も軍隊式だ。

「おい、そこ、よそ見をするなっ」

杖《つえ》をついたお婆《ばあ》さんが注意された。全員がグレーの作業服の上下を着ていて、遠目にはみんな同じように見えるかもしれないが、年代は二十代から九十代までと幅広い。

「前へ、進めっ」

一斉に舎房に向かって歩き出した。

先頭の老いぼれた女は、噂《うわさ》によると私より二歳下らしいが、前かがみで背中も丸くなっていて、いつも足を引きずっている。最後尾の集団は車椅子に乗った老女たちだ。そこだけ写真に切り取ったら老人ホームに見えるに違いない。

今の私の姿を、お父ちゃんやお母ちゃんが見たらどう思うだろう。何と情けないと嘆《なげ》くのか、それとも自分たちの子育てがネグレクトに近かったせいだと、少しは反省してくれるのだろうか。まさかまさか。あの両親に限って反省なんてあり得ない。二人とも七十代半ばで早々に病死したのは、考えようによっては幸運だったのかもしれない。私が夫や子供と平凡に暮らす姿しか知らないまま逝《い》くことができたのだから。

――アヤカと結婚するから別れてくれ。

夫が帰宅するなりそう言ったときは、青天の霹靂《へきれき》とはこういうことを言うのかと、まるでドラマのワンシーンを見ているかのように、妙に冷静でいられた。

アヤカというのが誰なのかと夫に尋ねることさえしなかった。どんな漢字を書くのか知らないが、私と同世代にはないハイカラな名前だから若い女に違いない。だけど、あんなにもジコチューで性悪《しょうわる》な夫と付き合うくらいだから、まともな感覚の聡明《そうめい》なお嬢さんのわけがない。きっとロクでもない所で知り合ったロクでもない女に決まっている。夫は、いかにも羽振りが良さそうにカッコつけるのがうまいからコロリと騙《だま》されたのだろう。あの薄っぺらさを見抜けないなんて頭の悪い女だ。

いや……私も見抜けなかったからこそ結婚したのではなかったか。まあ、どちらにせよ、もうどうでもいい。そんなことよりも、嫉妬心など既にカケラも残っていない自分に驚いたのだった。

それにしても、私の方が家を追い出されることになるとは夢にも思っていなかった。悪いのは不倫をした夫の方なのだから、夫が家を出て行くのが当たり前だと考えていた。出て行ってくれたなら、自由気ままな一人暮らしができると内心楽しみにしていたのに。

——どうして私の方が家を追い出されなきゃなんないの？　おかしいよ。

そう言って夫に抗議した。

——おかしくねえよ。俺が今までずっと働いて家族を食わせてきたんだし、俺の稼いだカネで家を買ったんだ。弁護士にも相談してみたけど、世帯主の俺が家をもらうのは当然の権利だと言ってたぞ。

私は「弁護士」と聞いただけで何やら急に怖くなり、仲の良い従姉《いとこ》に慌てて相談したが、「弁護士がそう言うんなら間違いない」と、私が思っていたことと同じことを言ったので諦めるしかなかった。

――これ、一応、慰謝料ってことで。

そう言って夫から渡されたのは現金三十万円だった。

　五十五歳の誕生日を迎える直前だった。六十五歳を過ぎた年寄りにはアパートを貸してくれないとテレビで言っていたから、うかうかしていたらホームレスになるかもしれないと不安に襲われた。だけど実際に不動産屋を訪ねてみたら、そういうのは若い人も借りたがる人気のアパートだけで、空室が目立つオンボロアパートなら何歳になっても借りられるという従姉の話の方が本当だった。

夫が弁護士に相談したなんていうのが真っ赤な嘘《うそ》だと判明したのは、離婚後だいぶ経《た》ってからだ。夫婦で築き上げた財産は、名義がどちらであっても夫婦で折半《せっぱん》すると法律で決まっている。それを知ったときは、「時すでに遅し」というヤツだった。学がないと、これほどまでに屈辱的な思いをするのかと、悔しくて身を捩《よじ》り、涙がこぼれた。夫は私以上に教養も学もないが、真面目腐った顔で堂々と嘘をつく演技は天下一品だった。

そして……私の人生は狂ってしまった。

## 2　医師・太田香織《おおたかおり》　37歳

回診から医局に戻ってくると、部屋には笹田《ささだ》部長しかいなかった。

部長は書類から顔を上げると、意味ありげにチラリと私を見た。

部長は大酒飲みでヘビースモーカーで大食漢で、そのうえ甘い物には目がないときている。スポーツが大嫌いで、近距離でもタクシーをつかまえるような男だ。医師のくせして、五分以上歩くヤツは文明人じゃないと言うのが口癖となれば、私と波長が合わないわけがない。だらしなさでは天下一品の私と同類の匂いがする。

「香織、ちょっと話がある」と、部長が言った。でっぷりした腹部で共鳴しているのかと思うほど声がデカい。

「話って、私に？」

「そうだ。お前に話アリなんだ」と、いつになく厳しい顔つきだ。

ヘマをした覚えなどなかった。患者の家族から苦情がくる医師といえば、後輩の早坂《はやさか》ルミ子か黒田摩周湖《くろだましゅうこ》と相場が決まっている。

「青葉《あおば》市の女子刑務所に行ってくれないかな」と部長がいきなり言った。

「女子刑務所って、集団健診か何かで？」

「常勤医が辞めちゃって、次が見つからなくて困ってるらしい」

「えっ？　健康診断じゃなくて、常勤で行けって私に言ってんの？」

「ああ、そうだ」

「冗談じゃないよ、刑務所なんて誰が行くかよ。病人がいるんなら、刑務所近くの病院で診《み》てもらえば済む話じゃん」

「俺もそう言った。だけど、どこの病院も診察を断るんだとさ」

「あ、それはそうかも。だって怖いもん。聴診器を犯罪者の胸に当てているときに、いきなり襲いかかられて、首を絞められるかもしれないもんね」

「だよな。俺も怖い。だから俺は絶対に行きたくないんだ。で、お前は引き受けてくれるよな？」

「部長、私のこと舐《な》めてんの？　私だって行きたくないに決まってんだろ」

「半年だけでいいんだよ。医師会の持ち回りだから断れないって、我らが神田川《かんだがわ》病院の院長から直々《じきじき》に懇願されたんだ。俺の立場も考えてくれよ」

「そんなの私の知ったこっちゃないよ」

「他に適任者がいないんだ。わかるだろ？　ルミ子も摩周湖も世間知らずだし」

「世間知らず？　ルミ子は苦労人だよ」

後輩の早坂ルミ子は三十三歳で、貧乏な母子家庭育ちと聞いている。

「だってルミ子はコチコチの真面目人間じゃないか。あんな融通《ゆうずう》の利かない人間を行かせたりしたら、何か問題を起こしそうで怖いんだよ」

「確かにあの空気読めないバカは何かしでかしそうだ。だったら摩周湖は？」

二十九歳の黒田摩周湖は、名前が表す通り変人だ。死後の世界を信じているのは、父親が哲学の教授であることが影響しているという噂がある。

「冗談だろ。摩周湖なんて論外だよ。あんなのを派遣したら、うちの病院の評判が地に落ちるよ」

「あ、部長ったら岩清水《いわしみず》を忘れてるよ。アイツに行かせればいいじゃん」

「あんなイケメンを行かせたら、刑務所中の女という女がキャーキャー騒いで収拾がつかなくなるよ。それに、出所してからも岩清水を追いかけてストーカーになる女も一人や二人じゃないと思うぜ」

「なるほど。それも一理あるね」

岩清水展《ひらく》は三十三歳で、都心の一等地にある有名総合病院の御曹司だ。大学時代にファッション雑誌のモデルをしていたというだけあって百八十三センチの長身で、手足が長くて顔が小さい。そのうえ気さくで優しいと看護師たちにも大人気だ。そんな上等な男が、なぜかルミ子と付き合っている。女の趣味だけは相当変わっているようだ。どんなに完璧に見える人間でも、やはり一つや二つ妙なところがあるらしい。

「でもさ、私はこう見えてお嬢さん育ちなんだよ。パパは開業医だし、小学校から金持ち私立に通ってたんだから、刑務所勤務なんて有り得ないよ」

「家は金持ちでも、お前自身の育ちは悪いだろ」

「さすが部長。痛い所をついてくるね。うちは両親ともに忙しかったから、私は放ったらかされて育って、何一つ躾《しつけ》を受けてないわけよ」

「だろうな。そのガラの悪さを見たらわかるよ。部長の俺にも敬語を使ったためしがないし、人の道を外れたことだってあるんだろ？」

「聞こえの悪いこと言わないでよ。一時期暴走族に入ってただけじゃん」

　私は何もグレて暴走族に入ったわけではない。中三のとき、街で出会った超イケメンの亮太《りょうた》に一目惚《ぼ》れしてしまい、声をかけたのだった。私のしつこさに折れたのか苦笑しながらデートしてくれるようになったのだが、彼は暴走族のメンバーだった。私は亮太と一緒にいたいがために、その不良グループに入った。今思えば本当に若気《わかげ》の至りだった。思春期真っ盛りで、異様なほど面食いだった。

　最初のうちは、グループの男女ともに仲良くしてくれていたのだが、私の家が金持ちだとわかった途端に、それまで仲間だと信じていた女の子たちにカツアゲされるようになった。しかし亮太だけは、グループの中で唯一私を庇《かば》ってくれた。その亮太が白血病であっけなく死んで私の味方が誰一人いなくなったことで、私に対するいじめがひどくなり、這《ほ》う這うの体《てい》でグループから抜け出した。その後、死んだ亮太の無念を晴らすべく、一念発起して医学部を目指したのだった。安いドラマの筋書きみたいだと言って誰も信じてくれないのだが、本当に本当のことだ。

「暴走族だった過去を持つ医者なんて希少価値じゃないか。サイコーだよ。本当に香織はスゴイし偉い。素晴らしいことだよ」

そんな子供だましのお世辞が通じると思っているなんて、甘く見られたものだ。でも……正直言って女子刑務所に興味がないわけではなかった。罪を犯すような女たちを思いきり見下して馬鹿にしてやりたいと、今でもたまに思うことがある。

当時の悔しさが未《いま》だに心の中で燻《くすぶ》っていた。そのモヤモヤを昇華させるチャンスかもしれない。もう二十年以上も前のことなのに、暴走族仲間だった女どもを許せないままだった。あれ以来、ああいった類《たぐ》いの人間とは付き合いがない。学歴や経済状態や生まれ育った環境が似ている人間にだけ心を許すことに決めたからだ。もちろんルミ子のように、貧乏育ちでもグレるどころか医者になったような努力型の人間は別だ。当時の暴走族仲間の女どもとルミ子とは雲泥の差がある。比べるなんてルミ子に失礼というものだ。

――香織は所詮《しょせん》はいいとこのお嬢だよ。

そう言って、暴走族の女どもに嘲笑《ちょうしょう》を浴びせられたことが忘れられない。

──そうだよ。私はアンタたちと違ってお嬢さん育ちだよ。それがどうした、それが悪いか。アンタらみたいな人間とは生まれつき格が違うんだよ。

あのとき、なぜそう言い返してやらなかったのか。彼女らを恐れていた自分が情けなくて悔しくて、未だに夢にまで出てくる。

それにしても、どうしたらあんな社会のダニのような人間ができあがるのか。学校にも行かず家にも帰らず、渋谷の街をほっつき歩いていた。お金がなくなったら、その日知り合ったばかりの男の家に泊めてもらい、しょっちゅう刃傷沙汰《にんじょうざた》を起こしていた。あの女たちがあのまま年を取ったなら、今頃女子刑務所に入っていてもおかしくない。私が派遣される刑務所にも、きっと同類の女がたくさんいるはずだ。やつらを収監したところで、あの腐りきった性根《しょうね》は未来永劫《えいごう》変わらないだろうに、三度の食事はもとより医療費までもが税金ときている。本当に腹が立つ。

私のトラウマを克服するためにも、ああいった人間のクズどもを、あらためてじっくり観察してみるのもいいかもしれない。たった半年の勤務なら、やってやれないことはないだろう。

「部長、もしも私が刑務所の勤務医になったら、何か特典はある？」

「特別手当を出してくれるらしいぞ。そのうえ借り上げマンションがあるから家賃は要らないそうだ」

「ほお、いいじゃん。で、特別手当って月いくらくらい？」

「あれ？　お前、行ってやってもいいって顔してるぜ。決まりだな」

そのとき、診察を終えたらしいルミ子と摩周湖が部屋に入ってきた。それぞれのデスクに座ると、早速パソコンに向かってカルテを整理し始めた。

「ルミ子と摩周湖も聞いてちょうだいよ。こんな可憐《かれん》な私を、女子刑務所に派遣しようとしてるんだよ、この狸《たぬき》オヤジは」

そう言って部長を指さすと、二人揃《そろ》って「ええっ」と大きな声を上げた。

「刑務所に？　本当ですか？」と、摩周湖が目を丸くしている。

「やっぱりびっくりするよね。女子刑務所の常勤の医師になれって言われたんだよ」

「香織先輩、そんな所に行って大丈夫なんですか？　生きて帰れるんでしょうか」

冗談かと思ったら、ルミ子の目つきは真剣だった。人の決心を鈍らせるようなことを平気で言う。相変わらず空気が読めない女だ。

「おいルミ子、余計なこと言うな」と、部長が睨《にら》みつけた。「で、香織、行ってくれるよな？　いい社会勉強になるぞ。ここに帰ってきた暁《あかつき》には出世も早いはずだ。まっ、保証はできねえけど」

「ねえ部長、本当に半年だけでいいんだよね？　半年経ってやっと帰れると思ったら、『もう少し我慢してくれ』とか何とか言って、ずるずる引き延ばしたりしたらブッ殺すからな」

「もちろん約束する。半年後の後任はもう決まっていると聞いているから」

「わかった。仕方ないね。半年だけなら考えてみる」と、私は承諾した。

「香織先輩、まさかのときのためにこれを持って行ってください」

そう言いながら、ルミ子は机の引き出しから包みを取り出した。

「何なの？　拳銃とか？」

受け取ってみると、拳銃にしては軽すぎた。

恐る恐る包みをほどくと、古びた聴診器が出てきた。

「こんなの要らないよ。うちの親がプレゼントしてくれた最新式のを持ってるもん」

「そう言わないで騙されたと思って使ってくださいよ。きっと役立ちますから」

ルミ子がそう言うと、隣で摩周湖も大きく頷《うなず》いた。

「だって聞いたこともないメーカーのじゃん。AURORAって書いてあるけど？」

オーロラと発音したとき、いきなり部長が立ち上がり、その聴診器を凝視した。

「部長、この聴診器を知ってるの？」

そう尋ねると、部長は不自然なほど大きく左右に首を振り、慌てたように「俺は知らない、本当に全く知らない」と言った。

その必死の形相《ぎょうそう》が怪しすぎた。そして……。

「騙されたと思って使ってみればいいだろ。後輩からのせっかくの餞別《せんべつ》なんだしさ」

部長がそう言ったとき、ルミ子と摩周湖がまたしても顔を見合わせて頷き合ったのが視界の隅に入った。

おめえら、いったい何を企《たくら》んでやがるんだ？

## 3　谷山清子　62歳　八百二十五番

高校を卒業してからずっと働いてきた。結婚後も子育てと家事の傍ら、スーパーやら工場やら食堂やらで頑張ってきた。体力的に限界を感じることはしょっちゅうで、そのうえ底意地の悪い上司や同僚がいたから、朝どうしても出勤したくなくて、いい歳《とし》をして――特に五十歳を過ぎてからはますます――家を出るときに、情けなくて惨めで泣き出しそうになる日が数えきれないほどあった。それでも家計の「足し」にと何十年も我慢してきた。だって実際は「足し」どころじゃなかった。私のパート収入がなければ一家はまともに生活できなかったんだから。

離婚後は自分一人が食べていくために働いてきたけれど、ある日突然、忍耐の糸がプッンと切れてしまった。ファミリーレストランの仕事にも慣れ、店の混雑時や我儘《わがまま》な客にも臨機応変に対応できるようになったと自負が芽生えた頃、店長の異動によってバックヤードの雰囲気がガラリと変わってしまった。それまでの明るくさっぱりした店長の代わりにやってきたのは、美人の学生アルバイトばかりを可愛《かわい》がる男だった。私をまるで汚いモノを見るような目で見て、ことあるごとにキツく当たってきた。それでも老骨に鞭《むち》打って早朝六時から午後二時までの八時間働いていたが、虫歯の治療でなけなしの貯金の半分を使ってしまったのがきっかけで情緒不安定になった。それが原因なのか、胃の痛みが治まらず、何日もパートを休んだ。

——体調が戻ったとしても、もう来なくていいから。

店長からの、たった一行のメールで馘《くび》になった。

パートの女というものが、安くて便利な使い捨ての駒《こま》に過ぎないことは知ってはいたが、あまりに無慈悲《むじひ》ではないか。それでも唯一幸運だったのは、世の中は人手不足に陥っているらしく、次のパート先がすぐに見つかったことだ。

若い頃は、こんな未来が待ち受けているとは想像もしていなかった。いくらなんでも五十代になれば、子供が独立したのを機にパートを卒業し、晴れて憧れの専業主婦になれると信じていた。だからこそ頑張ってきたのに、専業主婦どころか家を追い出された。そして家計簿——一人暮らしになってからは、小遣い帳と呼んだ方がいいようなシンプルなものになったが——を睨みながら今後の生活費を計算してみたら、死ぬまで働かないと食べていけないことがわかった。そのときの絶望感といったら……。

周りを見渡してみれば、悠々自適の女が少なくなかった。精密機械工場でのパート仲間にしたって、老後が不安だと口では言いながらも、みんなちょくちょく旅行に出かけていた。日帰りで近場の温泉へ行くというのならまだしも、石垣島だとか富良野《ふらの》に行ったと土産のクッキーを配る女も少なくなかった。私は家賃を払って食べていくので精いっぱいだった。自分の趣味や旅行のためにパートで小遣い稼ぎをする主婦たちはみんな明るくて、私とは心の余裕に歴然と差があった。彼女らのおしゃべりを聞くたびに惨めな気持ちでいっぱいになり、「他人は他人、自分は自分」と割り切るのはなかなか難しく、休憩時間の雑談に加わるのが苦痛で仕方がなかった。だって私の唯一の楽しみは、休日になると近所にある巨大な百円ショップをゆっくりと見て回ることだけだったんだから。

その頃から私は徐々に変わっていったんだと思う。テレビドラマを見ても急につまらなくなり、お笑い番組でさえシラケるようになった。私には味方がいなかった。誰一人として私に関心を持ってくれなかった。息子の朝生《あさお》にLINEを送るたびに既読スルーだったことも、つらくて寂しくて涙が滲《にじ》んだ。

その当時、芸能人夫婦の熟年離婚が相次いでいた。

——一緒にいる意味がなくなったからです。

——別々の人生を歩んだ方がお互いの成長のためだと思うんです。

さらりとそう言って爽やかに笑う女優を信じられない思いで見た。

互いの成長のためだって？　ふざけないでよ。

たいていの庶民の女は、ただでさえ大嫌いな夫が、年齢とともに不潔さや老臭が加わって、そのうえ命令口調がどんどんキツくなっても、食っていくために我慢して同じ屋根の下で日々暮らしているのだ。

経済的に自立しているからこそ、離婚して一人になることに何の恐れも抱かずに済む女優たちが羨《うらや》ましすぎて、頭がおかしくなりそうだった。

私が万引きを繰り返したのは、夫に若い愛人ができて家を追い出されたショックが原因だと他人は思うに違いない。私自身も最初はそんな気がしていたけれど、それはきっかけに過ぎなかったと今ならわかる。私は人生に疲れ果てて、もう何もかもどうでもよくなってしまったんだと思う。

「おい、八百二十五番、まっすぐ前を見て歩けっ」

いきなり名指しで注意された。八百二十五番とは私のことだ。

「はいっ」と返事をして、機械仕掛けの人形のように瞬時に姿勢を正した。だが、心の中では怒りに火が点《つ》いていた。ちょっとよそ見をしただけで、どうしてこれほど厳しい声を浴びせかけられなければならないのか。だって惣菜《そうざい》を数点盗んだだけなのだ。

それなのに、まるで極悪非道な人間――例えば放火魔だとか連続殺人犯――を扱うみたいな態度には到底納得できない。

とはいえ、不満を顔に出したりしたら、反抗的だ、反省していない、などと思われてシャバに出るのが遅くなる。だから従順なふりして刑務官の指示に従う。毎日がこんな調子だから、ストレスが溜《た》まりまくって今にも許容量を超えて溢《あふ》れ出しそうだった。

でも……どうせ私は満期出所なのだ。刑期より早めに出られるのは、模範囚であるうえに身元引受人がいる場合だ。朝生に身元引受人になってくれるよう手紙で何度か頼んだが、未だに一度も返事が来ない。万引きを繰り返すような母親など恥ずかしすぎて、とっくの昔に見放したのだろう。

だけどやっぱり早く出たい。この刑務所に収監されて一ヶ月が経つが、どこにも寛《くつろ》げる場所なんかなかった。意味不明な細かな規則に縛られた雁字搦《がんじがら》めの生活で、舎房に戻ったところで一部屋に六人もいる。

今回で三回目のチョーエキだけれど、毎回違う刑務所に護送される。再犯が多いから、チョーエキ同士が顔見知りになって仲良くなり、シャバに出たあと連絡を取り合うようになるのを警戒してのことらしい。

受刑者のことを「チョーエキ」と呼ぶのはムショ用語だ。チョーエキ三回目ともなると、シャバに出てもムショ用語をうっかり使ってしまうことがある。困ったもんだ。

## 4　医師・太田香織　37歳

出勤初日は、所内を見学することになっていた。

「刑務官の永島香奈《ながしまかな》と申します」

ずいぶん若く見えるが、差し出した名刺を見ると主任の肩書がついていた。

「所内の環境が年々悪くなっておりまして」

昨今はどこもかしこも人手不足のために忙しいのか、刑務官は挨拶《あいさつ》もそこそこに説明を始めた。「収容率が百二十パーセント以上になった女子刑務所もあります。うちはまだそこまでではありませんが」

「それはつまり、女の犯罪者が増えたってことなの？」と尋ねてみた。

「そうです。覚醒剤事犯と万引きなどの窃盗事犯が増加しております。そのため独房を二人で使用したり、定員が六人の部屋に八人も収容している刑務所もあります」

刑務官は、言葉遣いだけでなく、頬の筋肉が固まってしまったのかと思うほど表情も硬い。無理もない。受刑者たちに「親しみやすいお姉さん」などと舐められたら規律が乱れるのだろう。考えてみれば、暴走族にいた頃の私も完全に舐められていた。年下の女の子からも遠慮なく馬鹿にされていたのだ。

「もともと日本には女子刑務所自体が少ないんです。女性の犯罪者は男性の一割くらいですから」

「でしょうね。ニュースを見ても、事件の犯罪者のほとんどが男だもんね」と言ったのは松坂《まつざか》マリ江《え》だ。

マリ江は、神田川病院に古くからいる看護師だが、私が女子刑務所に派遣される直前になって、マリ江も派遣されることが決まったのだった。部長から要請されたあと、しばらく迷っていたらしいが、五十歳の誕生日を機に決心したという。末娘が大学進学で家を離れてからというもの、夫と二人きりの生活に息が詰まりそうだったらしい。半年間だけなら夫婦の息抜きにはちょうどいいと考え、夫に相談を持ちかけたという。

――ええ、ええ、もちろん亭主には「息抜き」なんて言葉は使っておりませんよ。部長から「ベテラン看護師の君を見込んでの頼みだ」と懇願されて断れそうにないし、断ったりしたら馘になるかもしれないって言ったんです。そしたら、亭主は渋々といった顔で了承したんですよ。「俺のメシはどうなる」なんて言ったら別れてやろうと手ぐすね引いて待ってたんですけどね、さすがにそれは言いませんでしたよ。

マリ江は張り切っていた。仕事に対してではなく、この際、何十年ぶりかの一人暮らしを満喫しなければと、ことあるごとに言うのだった。

「男子の場合は」と、刑務官は説明を続けた。「刑の重さや犯罪の種類によって刑務所が分かれるのですが、女子は女子刑務所が少ないので分けられないのです。つまり交通事犯も殺人犯も同じ刑務所にいます。その点が男子と大きく異なるところです」

「へえ、それって怖い。ねえマリ江さん、そう思わない？」

「そうですね。凶悪犯と同じ部屋だったら夜もおちおち寝てられないですよね」とマリ江は言ってから首を傾《かし》げた。「あれ？　そうでもないかな。だって犯罪者なんてみんな五十歩百歩でしょう？」

「あ、なるほど。そうか、そうだよね」と私は同意した。どんな罪だろうが、刑務所に入っている時点でロクでもない女に決まっているのだ。

「それぞれ刑期の違いがありますので精神的にも影響を及ぼします」と、刑務官が続けた。「例えば自分が懲役三十年だとします。ですが同じ刑務所の中に一、二年で出所できる受刑者もいます。男子刑務所では、初犯と累犯で収容施設が分けられておりますし、長期と短期でも分けられています。交通事故を起こした者だけが入る刑務所もあります」

「なるほどね。早く出られる受刑者が傍《そば》にいたら羨ましくてたまらないだろうね」とマリ江が言う。

「そうなんです。女子の場合は無期懲役と刑期一年の受刑者が同じ部屋になることもあるんです」

「あらあら」と、マリ江が眉間に皺《しわ》を寄せた。

「男子の長期受刑者の刑務所では、周りもみんな長期か無期ですから、気持ちが安定してくるんです。ですから共同作業では互いに打ち解けて、刑務作業で作り上げる製品の質が高く、ダントツの売り上げを誇っている刑務所もあります。それが生き甲斐《がい》となっているようです」

でも……それなら女子も分ければいいのでは？

昨晩ネットで調べたところによると、日本国内に女性を収容する刑務所は医療刑務所を除いても九ヶ所あるのだ。北から札幌、福島、栃木、岐阜県の笠松《かさまつ》、和歌山、兵庫県の加古川、山口県の岩国、同じく山口県の美祢《みね》、そして佐賀県の麓《ふもと》刑務所だ。

これだけあるのに、なぜ分けられないのだろう。たぶん受刑者の大移動や事務処理に経費も時間もかかって大変だから、そう簡単にはいかないのだろうけど、それにしたって、そんなに難しいことじゃないのにさ。

まっ、どっちにしても私には関係ないけどね。

そもそも罪を犯した女がどうなろうと知ったことではない。税金で三度のメシを食ってるくせに、精神的影響がどうのこうのなんて贅沢《ぜいたく》なことを言える立場かよ。

「それにしても永島さん、あなた、ずいぶん若いよね。その若さでもう主任なの？」

と、初対面のときから気になっていたことを尋ねてみた。

「私だけじゃなくてみんな若いですよ。女子刑務官のほとんどが二十代と三十代なんです。私は先月二十五歳になりました」

　想像していた以上に若かった。もう少し年上に見えるのは、目の下のクマのせいかもしれない。

「女性刑務官の四割が一年未満で辞めてしまいます。三年未満だと七割です」

「そんなに早く？」と、マリ江が驚いている。

「労働環境がひどすぎるんですよ」

　少し打ち解けてきたのか、それとも以前から部外者の誰かに訴えてみたかったのか、刑務官は少しずつ内部事情を話し出した。

　刑務官の話によると、女子受刑者のうち六十歳以上が四分の一もいて、その多くが糖尿病や白内障を患っているという。認知機能が低下している受刑者もいて、刑務官がトイレにも付き添わなければならない。表情が虚《うつ》ろになっていないか、熱中症は大丈夫かと、一見健康そうに見える受刑者に対しても、高齢を念頭に置いた普段からの気配りが欠かせないという。

「まるで介護施設ですよ。私たち刑務官は、看護や介護の訓練を受けていませんから、病気や障害のある受刑者の対応も難しいんです」

「それは大変だね。ひとりで二役も三役もこなさなきゃならないなんて」と、マリ江が同情を寄せる。

「フランスなんかでは、六十五歳以上の受刑者は刑務所じゃなくて福祉や医療のサービスが受けられる施設に入所させると聞いたことがあります」

お昼時になったので大食堂を見学すると、大勢の犯罪者たちが昼食を摂《と》っているところだった。ざっと見渡したところ、予想以上に白髪頭が多かった。私語が禁止だからか、食器が触れ合う音や咀嚼音《そしやくおん》だけが聞こえてくる。

刑務官が左右の壁際に一人ずつ立っていた。その刑務官二人も見るからに若い。犯罪者たちの娘世代か、下手したら孫娘の世代に当たるのではないか。見張られる中で食べるなんて、私なら耐えられない。だって家ではソファの上で胡坐《あぐら》をかいて、テレビを見ながらテイクアウトしたデリやら果物やらケーキを行儀悪く食べるのが東京での私の日常なのだ。誰にも見られる心配のない空間がないなんて、頭がおかしくなりそうだ。

そのあと、ずらりと並んだ舎房を見て回った。犯罪者は大食堂で食事中だから、舎房は誰もいなくて閑散としていた。

「これが六人部屋か、狭いわね」とマリ江が言う。

そこもプライベートのない空間だった。

「ですが男子刑務所の場合は、トイレと洗面台が部屋の中にありますから、部屋から出られず、全く移動の自由がない生活をしています。それに比べたらここは随分マシですよ。トイレや洗面所はこの廊下を真っすぐ行った奥にあるので、それぞれの部屋は施錠されておりません。建物の出入り口にだけ鍵がかかっています」

「そうか。だったら部活の合宿所みたいだね」とマリ江は言った。

あちこち所内を見て回るうち、ここから出られない暮らしを想像して背筋がゾッとした。だが、私のような普通の人間が刑務所に入るわけがないのだから、心配してやる必要はない。だって刑務所に収監される女たちは、かつて私からカツアゲした暴走族女のような腐った連中ばかりなのだ。ああいうヤツらは罰を受けて当然なのだ。

だって人生は努力次第だ。努力すればいくらでも人生は好転する。私にしたって、医学部の受験のときには死に物狂いで勉強した。

だから同情の余地なんかない。それどころか税金を使って無料で三度のメシを食えるんだから、ずいぶんといいご身分じゃないの。

午後からは、刑務作業を見学した。

「刑務作業は大きく分けて四つあります」と、刑務官が説明しだした。「洋裁や部品の組み立てなどの『生産作業』と呼ばれる工場での仕事と、社会に労務を提供する『社会貢献作業』、そして炊事や洗濯や清掃や経理などの施設の運営に必要な『自営作業』、あとは『職業訓練』です」

「職業訓練って、例えばどういう?」とマリ江が尋ねた。

「美容科、フォークリフト運転科、ホームヘルパー科、ビル設備管理科などがあり、さまざまな免許・資格も取得できます」

「刑務所内で資格が取れるなんていいわね」と感心しているマリ江は、本当に単純な女だと思う。その経費はどこから出ているのかを考えないのだろうか。

洋裁作業場を覗《のぞ》くと、高齢犯罪者たちが黙々とミシンをかけていた。

「あの作業は何時間くらいやるの?」と刑務官に尋ねてみた。

「一日八時間です」

「八時間も? あんなに年イってんのに?」とマリ江が驚いて続けた。「私の母は七十八歳だけど、それより年上に見えるお婆さんもたくさんいるじゃないの」

「どんなに年寄りでも、病気でない限りは八時間の作業をしなければならない決まりです」

もしも、うちのママ――六十五歳だけど未だに華やかさを失わない――が、ここでミシンを踏んでいるとしたら?

それとも、私のおばあちゃま――八十七歳だけどお芝居を見に行くのが大好きで、いつも明るくて笑顔の絶えない――がここにいたとしたら?

想像すると息苦しいような気分になった。

刑務官にずっと見張られながら一日八時間も働くのは容易ではない。トイレに行くにも許可がいると聞いた。もちろん、ここでも私語は禁止だ。

神田川病院では残業が多く、一日十五時間くらい働く日もザラだった。それでも医局では議論したり、たまには冗談を言って笑い転げたり、ソファに横になったり、机に突っ伏して寝てしまったり、みんなで部長の悪口を言い合ったりと、仕事さえちゃんとやっていれば、あとは何をしようが自由だった。まっ、それほど傍若無人《ぼうじゃくぶじん》に振舞っているのは私だけかもしれないけど。それが、ここではどれひとつできないうえに私語禁止となれば、ストレスが溜まりまくるのは目に見えている。

あ、そうじゃない。だからさ、違うんだってば。

比べること自体が間違っているのだ。刑務所なんて、おばあちゃまやママや私のような善良な市民には縁がない所なのだから、犯罪者なんかの精神状態まで考えてやる必要はないのだ。それこそ時間の無駄というものだ。

「作業報奨金は、月に二千円程度です」と、刑務官が言った。

「えっ？　お金がもらえるの？」と、マリ江が驚いて尋ねた。

「微々たるものです。いくらなんでももう少し高くてもいいかと……」

「は？　何を言ってるの？」と、私は思わず大きな声を出していた。

事件が起こるたびにテレビに映し出される遺族のつらそうな表情が瞬時にして思い

浮かび、猛然と頭にきた。「安いとか高いとかの問題じゃないよ。工場に働きに来てるんじゃないんだからさ、犯罪者が刑務所内で小遣い稼ぎしてどうすんの。殺された遺族の身になってみなよ」

「それはおっしゃる通りなんですが、でも……」

「でも、何なの？」

「いえ、別に」と、刑務官は何か言いたそうだったが引き下がった。

昨今はただでさえ厳罰化を望む風潮が強くなっているのだ。それなのに、刑務官ともあろうものが賃金が安いだなんて、いったい何を考えているのだ、まったく。

「その作業報奨金は何に使うの？」と、マリ江が尋ねた。

「売店でタオルなどの日用品を買ったり、出所後の生活に充《あ》てたりしているようですが、刑務所内では三分の一しか使えないことになっています。残りは出所時に手渡されます」

被害者や遺族の気持ちを考えたら、それがどんなに少額であっても許されることではない。ついさっき、老女たちが一日に八時間も働くことに同情しそうになったが、やはり私は考えが甘い。いい家に生まれたからか、お人好《ひとよ》しの傾向がある。

「で、私が診察するのはどんな犯罪者たちなの？　病気の人はたくさんいるの？」

「八十代や九十代の受刑者は、膝の関節炎や心臓が悪い人が多いです。ほかにも喘息《ぜんそく》や癌《がん》を患っている人が結構な人数おりまして」

白髪の老女たちは、みんな背中が丸まっていて、見るからに弱々しそうだった。診察中にいきなり襲われたりしても、たぶん大丈夫だろう。問題なのは、力のあり余った若い犯罪者たちだ。凶悪犯かもしれないのだ。

百歩譲って刑務所内では刑務官が見張っているから大丈夫だとしても、いつの日か釈放されたときに仕返しされる恐れもある。

東京の自宅や、神田川病院から派遣されていることなどを知られないようにしなければならない。逆恨みされないよう、診察時の言動にも気をつけねば。

柔道か空手でも習っておくべきだったか。

ああ、やっぱり刑務所の仕事なんか引き受けるべきじゃなかった。

## 5　谷山清子　62歳　八百二十五番

静寂に包まれた朝六時半、郷ひろみの「お嫁サンバ」が女子刑務所の廊下に響き渡った。

今日もまた分刻みの一日が始まる。

一斉に起き出して蒲団《ふとん》を畳んで着替え、慌ただしく洗面と清掃を済ませると、舎房の入り口で廊下側に向いて横一列に正座し、刑務官が来るのを待った。歌詞の中に「あわてないで」とあるが、時間がないので慌てずにはいられない。

「テンケーン」と、入り口の前に立った刑務官が叫んだ。

「称呼番号、八百二十五番っ。お早うございますっ」と、左端の私が叫ぶと、並んだ順に大声で挨拶していく。

そのあと廊下に整列して大食堂へ行進した。朝食は七時十分からだ。

今日も丼に入ったご飯と味噌汁《みそしる》と佃煮《つくだに》とふりかけだった。三食ともに米飯で、パンは滅多《めった》に出ない。ご飯は白米が七割、麦が三割で、みんなバクシャリと呼んでいる。最初はマズイと思ったものだが、慣れてくると美味《おい》しく感じるようになるし、何よりヘルシーだと思うとありがたい。だけど十五分で食べ終わらなければならないので、ここでもゆっくりとはしていられない。

シャバにいるときは、朝は食欲がなくてコーヒーを飲むだけだった。それなのに、ムショにいると朝から妙にお腹《なか》が空《す》いて残さず食べてしまう。家にいれば、いつでも自由に冷蔵庫を開けて食べられるが、ここにいると間食はできないから、食べられるときに食べておかなきゃと、飢餓感みたいなものが芽生えるのだった。シャバに出たところで何の希望もないのに、こうやって日々健康体になっていくのは何とも皮肉なことだ。

朝食が終わると、刑務作業をする工場ごとに再び整列して房を出た。七時四十分から一斉に作業を開始しなければならない。

大量の玉葱《たまねぎ》を目の前にして、次々に皮を剝《む》いていった。もともと料理は嫌いではないし、料理が徐々にできあがっていくのを見ると達成感を得られるが、それでも八時間は老体には長すぎる。肩も凝るし目も霞《かす》んでくる。夏はどうしようもなく暑くて、冬は凍えるほど寒いことも加わって、夕方には疲れ果ててしまうのだった。

途中、午前十時になると、作業の合間に交代で三十分ずつ運動場を使用する決まりがある。私はラジオ体操をしたり、ぐるりをウォーキングしたりする。体調がすこぶるいいときには、ほんの数百メートルだけジョギングを加えたりすることもあった。

昼になると、また食堂に大移動して一斉に昼食を摂る。NHKラジオのニュースが流れていて、毎日聞いていると、いつもかかるメロディにほっとするようになった。そんな中でも二十分で昼食を終えなければならないので、ぼんやりはしていられない。

運動と昼食以外の時間はひたすら働き続ける。

やっと午後四時半になった。だが最後まで気が抜けない。どこの作業所にもいじめが横行していて、作業に使った道具を隠すバカがいるからだ。自分の調理器具がなくなれば、見つかるまで舎房には帰れない決まりで、夜中まで探しまわることもある。そして見つかったところで、懲罰として独居房に入れられるのだ。そういったレベルの低いいじめにも心底疲れてしまうのだった。

「舎房に戻る」時間となり、今朝、房を出たときと同じように整列して戻り、そのあと朝と同じように刑務官による点検を受けた。

五時からは夕食だ。以前は三食ともに大食堂だったが、大勢の受刑者を管理する難しさから夕飯は各舎房でとなったらしい。他のムショでも大食堂での食事は年々減ってきていると聞いた。

夕食を終えてから九時の消灯までが唯一の自由時間で、お喋りも許されている。それぞれが思い思いに手紙を書いたり本を読んだりもできる。テレビを見ることもでき、録画されたドラマや旅番組が人気だ。

「聞いた話だと、今度は女の医者が派遣されてくるみたいだよ」

山田《やまだ》ルルがどこからか噂を仕入れてきたらしい。食堂でも工場でも私語禁止で、常に刑務官が目を光らせているというのに、ルルは感心するほど情報通だった。二十六歳の若さだが服役は既に二回目で、きっと三回目も四回目もあるに違いない。それというのも、シャバに出たところで、やさぐれた彼氏が待ち構えているからだ。二十六歳にもなって純粋で世間知らずのルルに言わせると、この世で自分に優しくしてくれるのは彼だけだという。ルルは気づいていないようだが、そんな男とつき合う限り、死ぬまで覚醒剤をやめることはできないだろう。何度か忠告してやったが、ルルは反発するだけで逆効果だった。反対されるほど燃え上がるロミオとジュリエット状態だ。いつの日か気づいたときにはシャブ漬けになっていて取り返しがつかないことは目に見えている。

執行猶予期間中に罪を犯して服役した場合は、それまで猶予されていた分も加算されるので刑期がぐんと長くなる。だから覚醒剤取締法違反の場合でも、いきなり四年もの懲役を喰《く》らうことがあった。ルルは初犯のときからそんな状態で、四年経ってやっと出所できたと思ったら三ヶ月で舞い戻ってきた。

「へえ、今度は女医さんなの？　刑務所勤務を希望する医者は、犯罪者を懲らしめてやりたいという異常な正義感に燃えている人ばかりだって聞いたことがありますけど、本当のところはどうなんでしょう」

そう言ったのは児玉美帆《こだまみほ》だ。ほっそりとしていて上品で、美帆だけを見つめていると、ここが刑務所とは思えなくなってくる。

「刑務所で働く医者っていうのは、シャバで何かやらかして、シャバにいられなくなった役立たずの変人ばかりだって、聞いたことあるけどね」と私は言った。

六人部屋にプライベートはないからストレスが溜まるが、先月この部屋のボスが釈放されていなくなったことで、雰囲気が格段にマシになった。

ここに入ったばかりの頃は、癇癪《かんしゃく》もちのボスがいて嫌でたまらなかった。ボスは感情の起伏《きふく》が激しく、いったい何が気に障《さわ》るのかがわからず、みんな地雷を踏まないよう始終ビクビクしていた。ボスは四十代後半で、部屋には私を含めボスより年上が三人もいたが、ボスは三人を舐めきっていた。六十二歳の私が最年長で、五十代の傷害犯が二人もいるというのに。

ボスは同室のチョーエキたちのプライベートを詳細に知りたがった。罪名はもちろんのこと、生い立ちや家族構成を根掘り葉掘り尋ね、少しでもボスより幸福な匂いを感じると、いじめの対象になった。だからといって嘘をつくわけにもいかなかった。何年も同じ部屋にいるとなれば、そのうち話の辻褄《つじつま》が合わなくなってバレてしまう。いま思い出してみても、ボスは異様に記憶力が良かった。その頭脳をもっと有意義なことに使ったらどうかと思ったものだ。

ボスはキレたからといって、殴ったり蹴ったりするわけではなかった。暴力がバレたら刑期が延びるからだ。だがその代わりに、自分の過去を棚に上げて、同室メンバーの来《こ》し方を徹底的に糾弾《きゅうだん》するのだった。そして何よりつらいのは、月一回のスイーツを無慈悲にもサッと横取りすることだった。カステラだったり饅頭《まんじゅう》だったりと色々だが、どのチョーエキにとっても、甘い物が食べられることがムショ暮らしでは唯一の楽しみなのだ。

私は懲役二年を喰らっている。たった数百円の惣菜を盗んだだけだが、度重なると執行猶予もつかなくなる。百円の烏龍茶《ウーロン》のペットボトル一本で四年も喰らっているバーサンがいるという噂もルルから聞いた。常習累犯窃盗罪の場合は通常より重い罰が科されるから、珍しくないらしい。罪を重ねて高齢になれば、いずれ身寄りも亡くなり、帰る場所も失ってしまう。行き場がなくて孤立し、日々の生活の困窮から犯罪を繰り返す事例が多いのだ。

身寄りがなくてホームレスになるくらいなら、ムショで世話になる方がいいかもしれない。私もそういった境遇に片足を突っ込みかけているのだろうか。私には子も孫もいて身寄りがないわけじゃないが、息子に無視されるくらいなら天涯孤独のバーサンの方が精神的にはマシなんじゃないかと思うときがある。

今後もずっと癇癪もちで嫉妬深いボスと同室だと思って暗い気持ちになっていたところ、ある日突然ボスは刑期を終えて釈放された。あらかじめ出所する日にちが知られてしまうと、残りの数日に同室のメンバーから仕返しされる恐れがあるとでも考えたのだろうか。ボスは決して自分の刑期を口にしなかった。

ボスがいなくなったときの、同室のチョーエキたちの喜びようといったらなかったが、翌日には児玉美帆という女が入ってきた。元ボスと同じ四十代だと聞いた途端に私は思わず身構えた。六十二歳の自分からしたら、四十代の女は体力知力ともに、まだ衰えが見えない年代で、元ボスの狂気のせいもあって恐ろしい存在に映った。だが、入所してきたその日のうちに、美帆は元ボスとは違い、年上には敬語を使うという最低限の常識がある女だとわかった。そのお陰か徐々に年功序列の雰囲気ができあがり、いつの間にか私が部屋のボス的存在になっていた。とはいえ、私は威張るつもりなんか毛頭なかったし、間違っても他人のスイーツを横取りしたりしない。

元ボスが同室のチョーエキたちのプライベートを根掘り葉掘り聞いていたせいで、互いの罪状や生い立ちはわかっていた。だが新参者の美帆は元ボスが出所してから入ってきたので、事情は何一つわからないままだ。それでも狭い舎房の中で寝食を共にすれば、日々の様子から色々なことが推測できるものだ。

私と美帆は最も廊下に近い場所で向かい合わせの位置を陣取っている。私のひとつ奥が山田ルルで、ルルの向かいはルルと同じく覚醒剤で捕まった痩せこけた女だ。そしていちばん奥には、五十代の女二人が向かい合っている。

プライバシーはないとはいうものの、私物を収めることができる場所が一つだけある。それは私物保管箱という四角い木箱で、一人に一箱ずつ与えられている。箱の蓋《ふた》を閉めれば夕飯時には食卓となり、思い思いに手紙を書く机として使ったりもする。

その箱の上で、ルルがファッション雑誌の頁《ページ》をめくりながら、言葉の意味や漢字の読みを誰にともなく尋ねることがよくあった。それでわかったのだが、美帆は漢字や語彙《ごい》だけでなく世の中のことを実によく知っていた。「アメリカ政府はね」だとか、

「日本の民法ではね」などと言いながらルルに説明するときもある。そういう言葉をムショ内で聞いたのは初めてだった。

向かい側の箱の上で美帆が手紙を書いているとき、チラチラと盗み見してみたのだが、美帆は大人向けと子供向けの手紙を書き分けているようだった。というのも、ひらがなの多い大きな楷書《かいしょ》の文字で書いているときと、漢字だらけの崩し字の手紙のときがあるからだ。行書《ぎょうしょ》だか草書だか知らないが、そんなのをさらさら書ける教養のある女に刑務所で会ったのは初めてだった。もしかして、良家で育った学のある女たちまでもが罪を犯す世の中になってしまったのだろうか。だが、美帆が手紙を書けども書けども、返事が届いたのを見たことは一度もなかった。

チョーエキには優遇区分というのがある。ランクとも呼ぶが、それによって許される面会や手紙を出せる回数は決められている。ムショ内で問題を起こさなければランクが上がるのだが、今まで私が見た中で最もランクの高いチョーエキは、面会は月に七回で、手紙は十通ほど出せるようだった。シャバから手紙を受け取る分には、誰からでも何通でもかまわない。

奥にいる五十代の女二人は、どちらも暴力亭主に対する傷害で捕まったのだが、この二人にだけは頻繁に家族からの手紙が届く。二人は刑期も同じくらいで、家族が待ってくれているという恵まれた境遇にあり、互いに手紙を見せ合ったりして仲が良かった。

髪が短い方の女には三十代の息子と娘がいて、どちらも医療関係の専門職についていて母親思いのようだ。

髪が長い方は、実家の母親と独身の妹が帰りを待ってくれているという。

そのうえ、二人とも服役中に家族の涙ぐましい奔走のお陰で暴力亭主と正式に離婚できたというのだから、本当に恵まれている。さらに家族から現金の差し入れもあるらしく、売店で下着やシャンプーなどの日用品を次々に買ってくる。

元ボスのことは大嫌いだったが、この二人を目の仇《かたき》にしていた気持ちだけは痛いほどわかった。手紙など一通も届かない身には、二人の嬉《うれ》しそうな様子を見るのはつらい。元ボスに月に一回のスイーツを横取りされるのは、この二人のうちのどちらかの場合がほとんどだった。

私は心の中で彼女らを「幸せ二人組」と呼んでいた。理不尽だとわかってはいるが、あまりに羨ましくて、どうしても好きになれなかった。

ある日のこと——

「そういえば、美帆さんの罪名は何なの？」

ルルは漢字の読み方を美帆に尋ねたあと、無邪気な顔で質問した。

「殺人よ」

美帆があっさり答えたとき、みんなが一斉に息を呑《の》んだ気配がした。誰にとっても予想外だったのだろう。だって、あの元ボスでさえ殺人犯ではなかった。元ボスは高級ブランドの偽物をネットで売りまくった詐欺《さぎ》罪で捕まったのだった。美帆はいったい誰を殺したのか、なぜ殺したのか。根掘り葉掘り聞いてみたかったが、それだと元ボスと同じレベルになり下がってしまう。そう思ったのか、ルルも他の女たちも、それ以上は尋ねなかった。

「美帆さんは頭が良くて、すんごく勉強できたんだろ？」

ルルも空気を読んだのか、質問を変えた。

「そうねえ。否定はしないわ」と、美帆は苦笑してから続けた。「優等生だったのに、いったいどこで人生間違ったのか……」

そう言って投げやりな表情になった。時折こういった顔をするから、やはり人を殺した女なのだと思い、正直言って少し怖くなった。

そして美帆もまた私と同じように、奥の「幸せ二人組」が存在しないかのように無視していた。二人の日々の会話や頻繁に届く手紙などから、彼女たちの恵まれた境遇を知ったのだろう。

一段と寒さが増した頃、同室メンバーの入れ替わりがあった。

ルルの向かいに陣取っていた覚醒剤事犯の痩せこけた女が刑期を終えて釈放されたのだ。代わりに入ってきたのは、八十代と思われる見事な銀髪のお婆さんだった。

「わたくし、秋月梢《あきづきこずえ》と申します。よろしくお願いいたします」

上品な微笑《ほほえ》みに、部屋のみんなは呆気《あっけ》に取られ、返事をするのも忘れていた。美帆も品があるにはあるが、せいぜい「大企業に勤める夫の妻」といったレベルだ。それだってムショの中では珍しい存在に違いないが、シャバではよく見かけるタイプでもある。だが、このお婆さんは、そんなレベルじゃなかった。別格だった。どこからみても上流階級の女だ。自分のことを「わたくし」という女など、テレビドラマ以外で見るのは初めてだった。

「こちらこそよろしくお願いいたします」

最初に返事をしたのは美帆だった。それに釣られて、他のみんなも口の中でモゴモゴ言いながら頭を下げた。

こんな上品なバーサンが、いったいどんな罪を犯したのか。みんなの頭の中は、そんな疑問で一杯だったに違いない。だが誰ひとりとして尋ねなかった。

それというのも、つい先日ルルが我慢できずに美帆に矢継ぎ早に質問を浴びせかけたからだ。

——誰を殺したの？　どうして殺したの？　凶器は何？

そのとき美帆は、幼い子供を諭すようにやんわりと言った。

――相手から進んで話すのならいいけど、そうでない限りプライベートは尋ねない方がいいわ。

それ以降、「品のある不文律」が室内を取り仕切るようになったのだった。

私が先陣を切って上品バーサンに向かって「谷山清子です」と自己紹介すると、他のみんなも並び順に次々に名前を言った。偽名でもかまわないから、番号で呼ぶのだけは避けたいというのが共通の思いだった。

「あら、あなた、ルルちゃんておっしゃるの？　可愛らしい名前だこと。カタカナかしら？」

秋月梢は、そう言って微笑みながらルルを見た。

だがルルは、なぜか顔を強張《こわば》らせたまま黙っている。だから私は助け舟を出すつもりで言った。「この部屋では本名でなくてもいいことにしてるんです。なんせ番号で呼ばれるのが嫌なだけなので」

だがルルは、「本名だってば」とムッとした表情で言った。

「どうせ私なんか何やってもダメだもん。頭も悪いし運動神経も最悪だしブスだし、それに不必要に背が高いし」

何を思ったかルルは、いつものように自身を攻撃し始めた。薬物依存離脱指導の講座を週一回受けているが、劣等感の深刻さは微塵《みじん》も改善されていないらしい。

「私、ルルって名前が大っ嫌いなんだよ」

「どうして？　かわいい名前だと思うけど」と美帆が言った。

「小学生のとき、『妙な名前だ』って、担任のバカ野郎がみんなの前で笑いやがった。それがきっかけでいじめられるようになったんだからね」

「まあ、可哀想《かわいそう》」と秋月梢は眉間に皺を寄せた。

「うちのバカ親は、出生届に糸へんの縷縷《るる》って書いて出したんだよ。そしたら、人名には使えない漢字だって市役所で突き返されて、その場でカタカナに変えたらしい」

「あら、ステキ。糸へんの縷縷というのはね、細く長く続くという意味があるのよ。使えなくて残念だったわね」

「ええっ、すごい。年取ってんのに、あんな難しい漢字、よく知ってるね」

　ルルの親し気な物言いは、考えようによっては老人をバカにしているようにも聞こえてハラハラしたが、秋月がにっこり微笑んだのでホッとした。この狭い空間で険悪な雰囲気になることが何よりも嫌だった。シャバと違って、プイッと部屋を出ていくことができないのだ。

「ほんと、すごい。うちの親よりもっと年寄りなのにすごい」

　ルルは語彙が少ない。喜怒哀楽すべてに「すごい」を連発する。

「ルルちゃんのご両親も、細く長く続く幸せを願って名前をつけたかったのね」

「それはないよ。風邪薬の名前から取ったたって言ってたから」

「まあ、そうなの？」と言いながら、秋月はオホ、オホと、おかしそうに笑った。

ルルはムッとした表情で秋月を睨んでいたが、そのうち笑いが伝染したらしく、アハハと声を出して笑い出した。

「なんかスッキリした。変な名前つけやがってと親を恨んでたけど、もうこうなったら笑い飛ばすしかないね」

「そうよ、その通りよ。あなたは賢い子だわ」と、秋月梢は真顔になって力強く言った。

そのとき私は、不覚にも涙が滲んできて、それを何とか誤魔化《ごまか》そうと、天井を見上げて目を乾かそうと必死だった。

何年ぶりだろうか。こんなに温かい気持ちが溢れてきたのは。

この秋月梢という上品な老婦人は貧乏人には見えないから万引き犯ではないことは確かだろう。かといって覚醒剤をやるとも思えない。となれば、残るは交通系の犯罪だろうか。昨今は、老人がアクセルとブレーキを踏み間違える自動車事故が多くなった。怪我人《けがにん》が出たのだろうか。もしかして誰か死んだのか。

どちらにせよ、この部屋の「品のある不文律」に従えば、秋月に罪状を尋ねるわけにはいかなかった。

そのうち本人から話し出すのを待とう。


今日は月一回のお楽しみの日だった。スイーツの小皿が箱膳《はこぜん》の片隅にちんまりと載っている。それがムショ内では宝石のように輝いて見えるのだった。知らない間に笑みがこぼれてしまう。

「美味しそう」

ルルが溜め息まじりにつぶやいた。

白玉三つに黄な粉がまぶしてあり、横に餡《あん》が添えてある。それだけのことで、部屋の中は幸せな溜め息で溢れた。

スイーツを横取りする元ボスがいなくなってからは、慌てて口に放り込まなくてもよくなったことが何より嬉しい。まるで申し合わせたように、誰もが食後の楽しみとして取っておくようになった。

それにしても、小さな白玉三つくらいで幸せな気分に浸れるとは我ながら情けない。

「いただきます」

いつものように私の一言が号令となり、口々に「いただきます」と言って食事が始まった。

「私ね、いつか釈放されたら、その足で小豆《あずき》を一袋買いに行こうと決めてるんだよ」

奥の二人の会話が聞こえてきた。

「わかる、わかる、その気持ち」と、もう一方が言ってフフッと笑った。

「あんこが煮上がったら、食パンにたっぷり塗って食べるの」

その会話から、朝生が幼かったときの情景を思い出した。鍋で小豆をコトコトと煮るような幸せな日々もあったのだった。

だが次の瞬間、重大なことを思い出した。

──私には台所がない。

──帰る家もない。

──鍋ひとつ持っていない。

ムショ送りが決まったとき、アパートを追い出されたのだった。家主の容赦ないやり方に恨みはない。だって懲役の期間に家賃なんて払えるわけがないんだから追い出されて当然だ。それどころか家主は親切にも、家財はどうするかと問うてくれた。だけどレンタル倉庫を借りるお金なんてなかったから、テレビも茶碗《ちゃわん》も一切合切《いっさいがっさい》捨てるしかなかった。数冊のアルバムだけは、従姉が押し入れの隅に預かってくれた。そんな優しい従姉にしても、既に七十を超えていて、六畳一間の安アパートで独り暮らしをしているのだった。

つまり……一日も早くシャバに出て自由な空気を吸いたいけれど、帰る家はない。耳を塞《ふさ》ぎたくなった。部屋の奥にいる「幸せ二人組」のおしゃべりなんか聞きたくない。彼女らが妬《ねた》ましくて、どうしても好きになれない。そして何より、こういった嫉妬心や心の狭さも息子に嫌われる要因の一つかもしれないと気づき、さらに落ち込んだ。

## 6　医師・太田香織　37歳

マリ江と二人、診察室で待っていた。

カルテを見ると、「八百二十五番」と書かれている。

ドアを開けて入ってきたのは、どこにでもいそうな年配の主婦といった感じで、悪人に見えないどころか、人が良さそうにさえ見えた。

カルテには「六十二歳」とあるだけで罪名は書かれていないから、何をしでかしたのかはわからない。人殺しには見えないが、人は見かけによらないものだ。突如として常軌を逸した行動に出るかもしれないから気をつけねば。そう思うと、緊張して肩に力が入った。

「三十七度九分です」と、マリ江が体温計を見ながら言った。

犯罪者の襟《えり》のところから聴診器を差し入れた。少しゼイゼイ音が聞こえるが、たいしたことはなさそうだ。寝冷えでもしたのだろう。

その犯罪者は診察室に入るのが初めてなのか、部屋を物珍しそうに見渡したあと、上目遣いで私とマリ江を順に見たりと落ち着きがない。

「よそ見をするなっ」

大きな声で女性刑務官が怒鳴った。若くて可愛い顔をしているから、予想もしなかったドスの利いた声に、私の身体《からだ》までビクッと震えてしまった。

「申し訳ありません」と、犯罪者は蚊の鳴くような声で謝った。

すると、そのとき……。

——ほんと腹立つ。そんなに叱らなくてもいいじゃないか。

どこからか声が聞こえてきた。

辺りを見渡してみるが、診察室には犯罪者と刑務官とマリ江しかいない。

気のせいだったのだろうか。

だが、次の瞬間……。

——なんでそんなに厳しい声で言われなきゃなんないの?

今度ははっきりと聞こえてきた。

「ちょっと黙っててもらえる?」と、私はきつい調子で注意した。聴診器を当てていいるときに周りがうるさくするなんて言語道断《ごんごどうだん》だ。

「は？　香織先生、誰もしゃべってませんけど？」と、マリ江が顔を顰《しか》めた。

「え？　しゃべってない？　本当に？」

とうとう幻聴が聞こえるようになってしまったのか。長年の睡眠不足が祟《たた》ったのかもしれない。それとも今までの生活が忙しすぎて、ストレスが溜まりに溜まった結果、精神的にヤバくなっているのか、自分。

「きちんと前を向けっ」

またもや刑務官が叱咤《しった》した。

次の瞬間、犯罪者は「すみません」と素直に謝ったが、顔が強張っている。

――ねえ、刑務官のお姉さん、あんたのストレスをチョーエキにぶつけないでよ。ほんと迷惑なんだよ。

不貞腐《ふてくさ》れたような声が、またしても聞こえてきた。

どういうこと？　どこから聞こえるの？　幻聴だとしても、こんな明確に聞こえるんだっけ？　昨夜は早く寝たから気分がすっきりしていて眠くもないし、晩酌もワイン一杯だけだから酒が残っているとも思えない。つまり私の意識はしっかりしている。そんなときでも幻聴って聞こえるもんだっけ？

きっと過労だ。うん、そうに違いない。

そもそも日本人は働きすぎなんだよ。

それとも、引越し疲れがまだ残っているのかもしれない。悲しいかな、私ももう若くないらしい。ともかくさっさと診察を終わらせて、マンションに帰ってビール飲んで寝よ。そうだ、帰りに駅前で焼き鳥でも買うか。うん、そうしよう。

そのときだった。

――あっ、まずい。顔に出てしまったかも。しおらしく反省したふりをしなくちゃシャバに出るのが遅くなる。

その声が聞こえたと同時に、犯罪者は項垂《うなだ》れて目を伏せた。

もしかして、反省のポーズってヤツ？

それは刑務官に見せるためのポーズなのか？

どう考えても、この声は聴診器を通して聞こえてくるとしか思えない。そしてそれは、いま目の前にいる犯罪者の心の声だとしか思えないのだが……。

まさかね。

あ、そういえば、ルミ子がこの聴診器をプレゼントしてくれたとき、部長も摩周湖も妙な顔をしていたのではなかったか。

だって普通なら……。

――なんだよ、その古ぼけた聴診器は。そんなお古を先輩にプレゼントする気か？

――ルミ子さん、それは香織先輩に失礼ですよ。

部長も摩周湖も、それくらいは言ってくれてもよかったのではないか。

それなのに部長は……。

「騙されたと思って使ってみればいいだろ。後輩からのせっかくの餞別《せんべつ》なんだしさ」

ということは、この聴診器の秘密を知っていたのではないか。やはりこれは、患者の本音が聞こえる魔法の聴診器なのか。

はあ？　魔法、ですかあ？

まったく馬鹿馬鹿しいったらありゃしない。

医師ともあろうものが魔法だなんて。そんな非科学的なことを信じてどうする。幼稚園児じゃあるまいし、今日の私はどうかしている。

どうしてこんな子供じみた空想をしてしまうのだろう。刑務所への派遣が決まって以来、暴走族に入っていた頃の苦い思い出が繰り返し蘇《よみがえ》ってくるようになった。それが原因で、知らない間に心が疲弊していたのだろうか。

だけど、やっぱり……はっきり聞こえた。

いっそのこと、ルミ子と摩周湖にメールか何かで、この聴診器について尋ねてみようか。でも、どういうふうに聞けばいいのか。

――餞別に私にくれた聴診器のことなんだけどね、あれって、もしかして魔法の聴診器なの？

三十歳を幾つも過ぎた女がそんなことを口にしたら、彼女たちはどう思うだろう。ああ、恥ずかしい。とてもじゃないが聞けないよ。

でも……じゃあなんで、この聴診器を私に押し付けたんだ？　あのとき私は、要らないとはっきり言ったのに。

あっ、あのホラー映画……タイトルは何だったか。井戸から貞子《さだこ》が出てくる映画。確か『リング』と言ったか。あれと同じで、この聴診器を持っている人間には祟《たた》りがあるのではないか。だから誰しも手放したくて人から人へと渡り、今こうして私の所まで流れついたのだ。自分が祟りから逃れるためなら、同僚だろうが先輩だろうがお構いなしに押し付ける。つまり、それほど祟りは恐ろしいものなのだ。

は？　なに言ってんだか私。バッカじゃないの。

そのときだった。聴診器を通して暗い声が聞こえてきた。

――反省を装っても仕方がないんだった。だって身元引受人がいない限り早期には出所できないんだから。私の場合は、きっちり刑期満了してからしかシャバには出られない。なんで朝生があんなに冷たいのか、私の育て方が悪かったのか。もしも娘がいたならば、女の置かれた立場や、つらさも少しはわかってくれたんじゃないだろうか。ああ、娘のいる人が羨ましい。だけど朝生だって本来は優しい子なのだ。きっと忙しいだけだ。そのうち返事をくれるに決まっている。いや、もう何度も手紙を出したのだった。それなのに一度も返事をくれない。いや、これでいいのだ。朝生が幸せであればそれでいい。それこそが私の心の支えなのだから。孫たちはもう大きくなっただろうね。写真くらい送ってくれてもいいのに、それさえしてくれない朝生……もう一生会えないのかもしれないね。母さんは寂しいよ。でも、きっと朝生のためにも会わない方がいいんだろうね。朝生の人生を邪魔したくないから、母さんは我慢するよ。

「香織先生、香織先生ってば」

背後に立っているマリ江の声で、ハッと我に返った。

「どうしたんですか。ぼうっとしちゃって。廊下に患者さんがまだたくさん待ってるんですよ。まったく」と、マリ江は苛々《いらいら》全開だった。

気がつけば、さっきからずっと犯罪者八百二十五番の胸に聴診器を当てていた。

そのとき、また聞こえてきた。

——たった四百三十円の惣菜を盗んだだけで、どうしてこんな目に遭わなくちゃならないんだろう。

いったい今のはどういう意味？

惣菜を盗んだだけで懲役を喰らったってこと？

「えっ、マジで？」

驚いた私は大きな声を出していた。「あなた、四百三十円の惣菜を盗んだだけで刑務所に入ってるの？　まさかね、違うよね？」

犯罪者は一瞬驚いた顔をしたが、すぐに私の背後にある診療机に視線を移した。

——びっくりだよ。私のカルテに盗んだ煮物の値段まで書いてあるとはね。こんな若い女医に知られるなんて恥ずかしいじゃないか。どうせならもっと高級な物を盗めばよかったよ。せめて三千円くらいの蟹《かに》とか。

「あのう先生、罪状につきましては個人情報保護法に引っかかりますので、ちょっとそれは……」と、刑務官が遠慮がちに口を出した。

「なに言ってんの。診察には患者の精神状態だって加味しなくちゃなんないんだから、罪状を知る必要はあるのよ」と、私はハッタリをかましてやった。

「……そうですか。だったら仕方ないですが」

「惣菜を盗んだくらいで刑務所に入るなんておかしいでしょ、どうなのよ」

「刑務官の私にそれを言われましても……それに、六十五歳以上の受刑者の九割が万引きですので、珍しいことではないですし」

「ええっ」

マリ江と同時に驚きの声を上げていた。

「私の老後は大丈夫なんだろか」とマリ江は続けた。「他人事《ひとごと》じゃないね。私、明日からコンビニでシュークリーム買うのやめた。亭主にもメールして、無駄遣いしないよう、きつく言い渡しておかなきゃ」

マリ江は自分の将来を想像したのか、両腕で自分を抱きしめるようにしてブルッと震えた。

「で、あなたは何を盗んだの？　どんな惣菜？」

——そんな恥ずかしいことまで言わなきゃならないの？　それにしても、どうして刑務官は医者の言うことを制止してくれないのだろう。あ、刑務官が私を見て大きく頷きやがった。信じられない。正直に言えということらしい。

「えっと、あのう、タコときゅうりの酢の物と、高野豆腐と干し椎茸の煮物です」

——ああ、恥ずかしい。穴があったら入りたい。

「たったそれだけ？」と、マリ江が口を出した。

「はい、まあ」

「それが全部で四百三十円だったわけね」

「香織先生、さっきも言ってましたが、どうして値段を知ってるんですか？」と、マリ江が不思議そうな顔で尋ねる。

「だって、この犯罪者……じゃなくて患者さんがそう言ったのよ」

「言ってませんよ」と、マリ江と刑務官が声を揃えた。

「あなた、さっき言ったよね？」

「いえ、たぶん、私は言ってないと思いますが」と、患者は不安そうな顔で私を見た。

「それにしても四百三十円とはずいぶん安いよね、たったそれだけのことで懲役喰らったの？」と、私は話を別の流れに持っていった。というのも、この聴診器を通して患者の心の声が聞こえてくることに確信を持ちつつあったからだ。そして、それを他人に知られてはいけないと直感した。祟りを恐れて次の誰かに渡そうとしたとき、聴診器の恐ろしさが知れ渡っていたら誰も受け取ってくれないだろうから。

「そんなことくらいで刑務所に入れられるの？」と、マリ江が刑務官に尋ねた。

「はい。そうですが」と刑務官が答え、患者が「懲役二年です」と言った。

「えっと、それはつまり、お惣菜を二パック万引きしただけでってこと？」

マリ江が念を押すようにしつこく尋ねると、刑務官と患者が同時に「そうです」と答えた。

「……信じられない」とマリ江が溜め息まじりに言い、私とマリ江は目を見合わせた。

「本当に、タコときゅうりの酢の物だけで？」と、マリ江もかなりしつこい。

「いえ、高野豆腐と干し椎茸の煮物も盗みました」と、患者が答えて項垂れた。

「それがどうかしたんでしょうか」と、刑務官が苛々した調子で尋ねた。

マリ江は刑務官を無視して、「で、どうしてお惣菜を盗んだの？」と患者に尋ねた。

「貧乏だからです」と患者が答えたとき、マリ江は大きな溜め息をついた。

「お金がないなら仕方がないじゃないの。餓死しろとでも言うの？」

マリ江は今にも刑務官の胸倉をつかみそうな勢いで、顔を真っ赤にして睨みつけた。

「え？　ですから、それを私に言われましても……」

刑務官はそう言いながら、マリ江の迫力に一歩後退《あとじさ》った。

そのときだ。聴診器を通して心の声が聞こえてきた。

――ああ、なんてことだろ。やっとわかってくれる人がいた。この看護師さんには話が通じるらしい。

見ると、患者は口を閉じたままだったが、表情が穏やかになっていた。

このオバサンは犯罪者なんかじゃない。ちょっと貧乏なだけだ。それどころか、いい年して純粋で、息子の幸せだけを願っている優しい人だ。だったら心の中でさえ犯罪者と呼ぶのはやめた方がいい。

だから尋ねた。「あなた、名前は？」

「先生、ですからそれは個人情報保護法に違反するので」

「医学の知識もない素人のくせに黙っててよ。番号で呼ぶなんて精神的にも良くないんだってば」

そう言うと、刑務官は黙った。

「あのう、私でしたら、清子と言いますけれど」

「わかった、これからは清子さんと呼ぶことにするよ」

それにしても……もしかして私とマリ江は世間知らずなのだろうか。罪とか罰とか法律とか刑務所とか、もう何がなんだかわけがわからなくなってきた。

そもそも法律って何のためにあるんだっけ？

そもそも刑務所って何のためにあるんだっけ？

「バッカみたい」と、私は口走っていた。

惣菜四百三十円で懲役二年だってよ。

法律も刑務所も何もかもがバカバカしくて、そして心底ウンザリした。

「わけがわかんないよ。バカばっかりじゃん。どいつもこいつも」

## 7　谷山清子　62歳　八百二十五番

刑務官に付き添われて診察室を出た。

熱があるので今日の刑務作業は免除された。血液検査でインフルエンザではないとわかったので、独居房に隔離されることもなく舎房に戻った。

刑務官がじっと見守る中、コップの水を口に含んで一粒の風邪薬を口の中に放り込んだ。薬がゴクンと喉を通り過ぎるのを確認するのも刑務官の仕事だ。

「ら、り、る、れ、ろ」と区切って言ってから、最後に舌をべーっと出して、口内に何も残っていないことを刑務官に見せなければならない。というのも、何日分も薬を溜めてから一気飲みしたり、ムショ内での物々交換に使ったりするチョーエキがいるからだ。

悪寒《おかん》がするので、蒲団を敷いてすぐに潜《もぐ》り込んだ。目を閉じると、刑務官の足音が遠ざかっていくのが聞こえた。

それにしても、あのマリ江という看護師ときたら……。

――お金がないなら仕方がないじゃないの。飢死しろとでも言うの？

思い出すたび胸がジーンとする。わかってくれる人間もいると思うと嬉しくてたまらなかった。

いつの間にかぐっすり眠ってしまったようだ。

目を覚《さ》ますと、初冬の窓の外はとっぷりと日が暮れていた。

同室のチョーエキたちが刑務作業から帰ってきた。

「清子さん、具合はどう？」と、上品バーサンの秋月梢が尋ねてくれた。

「薬を飲んだら熱は下がったみたいです」

「そう、それはよかったわ」

秋月は、入所してすぐ刺し子の巾着《きんちゃく》を作る作業を割り当てられた。刺し子は技術が必要だが、秋月は昔から趣味でやっていたらしく、お手の物だと言って喜んでいる。それでもたまに暗い表情で宙を睨んでいることもあった。秋月は交通事犯だろうと踏んでいたのに、なぜか「交通安全指導」という改善指導には呼ばれていない。だとしたら何の犯罪で捕まったのだろうか。こんなに上品で教養溢れるバーサンが、いったい何をしでかしたのだろう。

ルルは舎房着を洗う「洗濯工場」で働いているが、今日も疲労困憊《こんぱい》の様子で、いつもと同じ愚痴をこぼした。

「若くて背が高いってだけで、体力モリモリだと思わないでほしいよ」

「ほんとだね。体力は人それぞれだもんね。ルルちゃん、ご苦労様」と、毎回同じことを言ってはみるものの、身体を使って疲れきるまで働くことは、自堕落《じだらく》な生活で覚醒剤をやっていたルルにはちょうどいいと私は密《ひそ》かに思っていた。

刑務作業の中には介護の仕事もあった。要介護の老人のチョーエキを、若いチョーエキが面倒をみるのだ。だがルルには介護の仕事は回ってこなかった。私が勝手に推測するに、ルルには精神的に不安定なところがあるから、人間を相手にする仕事からは外されたのではないかと見ている。

私に割り当てられたのは、チョーエキの食事の調理をする「炊場《すいじょう》工場」だ。毎日長時間立ちっぱなしで、六十二歳にもなれば目が霞むし肩も凝る。背中も腰も痛くて、結構つらい。だけど、こういった内部の仕事に就ける人間を、チョーエキはみんなエリートと呼んでいた。ルルの「洗濯工場」も同様だ。私は庖丁《ほうちょう》を扱うし、ルルは大きくて重いアイロンを使う。凶器にもなり得る物を取り扱うことができるのは、刑務官に信頼されている証拠とも言えるのだ。だから、私もルルも仕事がきついと不満を漏らしながらも、心の中ではほんの少し特別待遇の誇らしさもあるのだった。

他にエリートの仕事といえば、刑務官の食事をつくる「官炊工場」や、チョーエキの労働時間と報奨金を計算する「計算工場」、差し入れの本や新聞の仕分けをしたり、備え付けの本の整理や修繕をする「図書工場」、設備の修繕をする「営繕工場」、施設内の清掃をする「内掃工場」、施設外の草刈りなど施設周りの清掃をする「外掃工場」などがある。

仕事は疲れるが、そのお陰で夜はバタンキューなので、余計なことを考える時間が少なくて済む。そうやって日々が早く過ぎ去ってくれるのが利点といえば利点だ。美帆は「縫製工場」で一日中ミシンを踏んでいるが、細い身体で愚痴一つこぼさない。だから私も弱音を吐くわけにはいかなかった。

部屋の奥にいる五十代の傷害犯「幸せ二人組」は、革工芸品部門でメガネケースや小銭入れを作っている。目の霞みや肩凝りをしょっちゅう二人で訴え合っていて、手は絆創膏《ばんそうこう》だらけだから、思ったより楽ではなさそうだ。

夕食の時間が近づいたので、みんな私物保管箱を出して並べた。

今日の夕飯は、丼に入ったご飯と味噌汁、メインはアジの開きで、副菜は青梗菜《チンゲンサイ》の煮物と焼海苔《やきのり》だ。

夕飯のあと自由時間になると、ルルが尋ねた。

「ねえ清子さん、新しく来た女医さんや看護師さんは、どんな感じ？」

「そうねえ、女医さんは三十代半ばって感じかなあ。そんなことより驚いたのはね、金髪だったことだよ」

「ええっ」とみんな一斉に声を上げた。

「へえ、まさか欧米人とは思わなかった」と、秋月梢が驚いている。

「違います。小柄で丸顔で、どこから見ても日本人でしたよ」

女医の童顔と、斜に構えた態度や派手な化粧や金髪は、あまりにちぐはぐだった。

「パツキンってマジ？　そんなヤツでも医者になれんの？」とルルが目を丸くしている。

「そりゃあなれるでしょう。国家試験に受かりさえすればいいんだから」と、美帆が答えた。

「外見はともかくとして診察はどうだったの？　丁寧だった？　信頼できる感じ？」

と、秋月が問う。

「ものすごく感じが悪かったです。馬鹿って言われました」

――バッカみたい。

――わけがわかんないよ。バカばっかりじゃん。どいつもこいつも。

二回も馬鹿だと言われたのだ。

「えっ？　清子さんのことを馬鹿だと言ったの？　それも目の前で？」

「そうです」

「誰しも心の中では受刑者を見下しているんでしょうけれど、普通は口に出しては言わないですよね」と、美帆が悔しそうに言う。

「なんたってパッキンなんだろ？　外見と同じで性格も変わってんじゃねえの？　それも三十過ぎてるババアがパッキンなんて、テメエの方がよっぽど馬鹿だろ」

ルルは、私が馬鹿にされたことを自分のことのように怒ってくれた。

「確かに変わってたかも。それで、実は私……」

言おうかどうか迷った。私自身が変人だと思われそうで。

「なあに？　言ってみて。情報は多い方がいいわ」と、秋月が言う。

「……はい。私ゾッとしたんです。あの女医には霊感があるんじゃないかって」

そう言うと、秋月梢と美帆は「まさか」と同時に言って声を揃えて笑い出し、ルルは「怖い」と言って口を手で押さえた。

「だって、診察室はシーンと静まり返ってるのに、何度も『静かにしてちょうだい』って周りに注意するんです。まるで神の声でも聞こえてるみたいに」

「幻聴が聞こえるんでしょうか」と、美帆は気味が悪そうに顔を歪《ゆが》めた。

「うーん、精神的に少しオカシイ人なのかも」と秋月が言う。

「やだよ。そんな人に診てもらうなんて怖いじゃん」と、ルルは絶望したように天井を仰いだ。

「あの女医さん、私が盗んだ惣菜の値段まで言い当てたんですよ」

「そんなことまでカルテに書いてあるのかしら」と美帆が言う。

「私もそう思ってカルテをチラッと見たけど、書いてなかった」

「それ、絶対に霊感だよ。見える人には見えるって聞いたことあるもん」と、ルルが断定する。

「でも、年配の看護師さんは人情家で優しい人だったよ」と、私は慌ててつけ加えた。

ただでさえ絶望渦巻く刑務所なのだから、これ以上暗い話題にはしたくなかった。

「それはいいわ。看護師さんが年配なら、若い女医さんに忠告することもあるんじゃないかしら」と秋月が言う。

「そうかもしれません。だって、あの看護師さん、思ったことは何でもズケズケ言っちゃうタイプに見えたし」

「だったら安心かも」と、美帆は言葉とは裏腹に不安な表情で言った。

「ねえ清子さん、その霊感のこと、もっと詳しく聞かせてよ」とルルが言った。

「私も聞きたいです」と美帆が言い、「私にも聞かせてちょうだい」と秋月が言ったとき、チェッカーズの「ギザギザハートの子守唄」が流れてきた。

それを合図に一斉に立ち上がり、私物保管箱を片付けた。歯磨きをしてから、小さな鏡の前でそれぞれが化粧水やクリームを顔につけたり髪をとかしたりする。

蒲団を敷いて潜り込むと、ちょうど午後九時の消灯時刻になった。

夜勤刑務官による巡回が朝まで続くが、足音が聞こえるたびに話を中断しながらも、消灯後も遅くまで霊感の話が続いた。

## 8　医師・太田香織　37歳

また今日も、マリ江の部屋で手料理を御馳走《ごちそう》になった。

刑務所近くの借り上げマンションで隣室同士になって以来、マリ江の部屋で夕飯をともにすることが増えた。

半年だけの勤務だからと、家電や家具の引越し荷物は最小限にし、テレビは持ってこなかった。東京では忙しくてテレビを見る暇などなかったから、必要ないと思ったのだ。だが、ここでは残業も夜勤もないので、テレビがないと妙に孤独が身に染みて、夜の時間を持て余してしまうのだった。

マリ江の部屋も広めの1LDKで、私の部屋と同じように物が少なくガランとしている。十階建ての八階だが、周りに高い建物がないことで、まるで高層マンションに住んでいるかのように遠くの山々まで見渡せた。だが気持ちよく景色を眺められるのは早朝から夕方にかけてだけで、夜になると途端に寂しくなった。

月が出て星が瞬《またた》いている晴れの日ならまだしも、曇りの日は漆黒《しっこく》の闇がどこまでも広がっている。物音ひとつ聞こえない中にいると、自分一人が取り残されているような気がして、ガラにもなく不安な気持ちになる。そういうときは、すぐに部屋を出て、隣室のマリ江のドアチャイムを鳴らすのだった。

「香織先生、今日は私、本当にびっくりしました。お惣菜を盗んだだけで懲役になるなんて、可哀想でたまりませんでしたよ」

マリ江は里芋がごろごろ入ったけんちん汁をよそってくれながら言った。

「あとで刑務官に聞いたんですけどね、罪を重ねるうちに高齢になって、そしたら身寄りもみんな亡くなって、帰る場所を失ってしまうんだそうですよ」

「これ、お餅も入ってるじゃん。美味しそう」

「ちょっと、香織先生、聞いてるんですか？　あの人たちは行き場もないし、ひとりぼっちだし、お金もないとなると、盗みを繰り返す以外、生きていけないでしょう？」

「それはそうかもしれないけどね」

「八十代の女性に仕事が見つかると思います？」

「そりゃ難しいだろうね」

「常習の累犯になると、通常より重い罰が科されるそうです。例えば百円の烏龍茶を一本盗《と》っただけで三年もの刑期がついてしまうこともあるんですって。今日の患者の清子という女性は、まだ六十二歳ですけど、釈放されても前科があるから仕事は見つからないでしょうしね」

「私もあの場では清子に同情しかけたよ。でも今はそうは思わない。だって六十二歳でお金も家もないなんてこと自体がおかしいじゃん。それまでの人生で努力してこなかったのが見え見えだよ。自業自得って言葉がぴったり。きちんと働いて、こつこつ貯金していれば、年取ってから万引きなんてしなくて済むはずだよ。うちのママは清子と同世代だけど、きちんと家計管理してるもん」

「香織先生なんかに貧乏人の苦労がわかってたまるもんですか」

「あら、こう見えても私も色々と苦労してきたのよ」

「香織先生が暴走族に入ってたのは有名だから知ってますよ。ですけどね、それだって所詮はお嬢さんのお遊びみたいなもんでしょう？　お母さまにしたって、お医者さまの奥さんなんだから、そもそも働いておられないでしょう？　お金に困った経験もないでしょうしね」

「ママもおばあちゃまも働いてたよ。二人とも茶道の先生だったんだから」

「茶道の？　真剣に取り組んで、しっかり稼いでいらしたんですか？　趣味の域を出てないんじゃないですか？」

「なんて失礼なこと言うのよ」

「だったら聞きますけど、月の儲《もう》けはいくらだったんですか？」

「知らないよ。そんな下品なこと聞いたら、ママもおばあちゃまも顔を顰めるもの」

「下品ってどういう意味です？　お金の話をするのが下品ですか？」

「そういうわけじゃないけど……」

「家賃や食費を払って自分一人の力で生きていくって大変なんですよ」

「あら、私だって東京のマンションで独り暮らしだよ。家賃や食費を払って自分一人の力で生きてるよ」

「あのね、香織先生、よおく聞いてくださいね。今日の患者さんには頼りになる身寄りも家も学歴も資格もないんです。私はね、なにも香織先生のお母さまやおばあさまを非難しようっていうんじゃないんですよ。だけどね、香織先生のような恵まれた境遇のお嬢さまが、貧乏人を見下すのは許せません。本当に頭にくる。もう帰ってくださいっ」

そう言うと、マリ江はさっと立ち上がり、ドアの方を指さした。

「ええっ、だって……このけんちん汁、食べ始めたばかりだよ。マリ江さんだって知ってるでしょ、近所にレストランもコンビニもないってこと」

「だったらさっさと食べて帰ってください。香織先生の実家がお金持ちだっていうだけで、今日の私は腹が立って仕方がないんです」

「そんな冷たいこと言わないでよ。ティラミスが届いたから、食後のデザートに一緒に食べようと思って持ってきたんだからさ」

「馬鹿馬鹿しい。お取り寄せってヤツですか？　そんなお高いデザートばかり食べてる人、とても好きにはなれません。庶民はスーパーで大福を買うのがせいぜいなんですから」

「マリ江さん、ティラミス嫌いだっけ？」

「せっかくですからいただきますけどね。ええ、いただきますとも。ですけどね、今夜は徹底的に話し合いましょう。香織先生の性根《しょうね》を叩《たた》き直してあげますよ。お医者さまだろうが大統領だろうが今夜は遠慮しませんからね」

マリ江はテーブルの向かいに腰かけると、怒った顔のまま大口を開けて大きな里芋を放り込んだ。

## 9　谷山清子　62歳　八百二十五番

あの金髪の女医は話し方も立ち居振る舞いも粗暴だが、見かけによらず慎重な性格らしい。というのも、刑務官を通じて熱も下がって体調が回復したことを連絡したのに、念のためにもう一回診せに来いと言ってきたのだ。私だけでなく、同室のみんなも驚いていた。

というのも、今まではかなり具合が悪くなってもなかなか医師に診てもらえなかったし、虫歯になってどんなに痛みが激しくても予約は一ヶ月も先になったからだ。

刑務官に連れられて診察室へ向かった。

部屋の中に入った途端、女医も看護師も私を穴の開くほど見つめたので、なんだか怖くなってしまった。年を取るごとに気弱になっていく。盆正月などには子や孫に囲まれて、堂々と食卓の采配を振る立派なおばあさんになれると信じていたのはいつ頃までだったか。

それにしても、私の顔に何かついているのか。そう思うほど、二人してジロジロと見るので居心地が悪い。どこに視線を合わせればいいのかわからなくなり、ついつい宙に目を泳がせてしまった。

あ、しまった。妙にオドオドして見えたのではないか。壁際に立っている刑務官にはどう映っただろう。痛くもない腹を探られたらたまったもんじゃない。

「診察台に横になってください」と、看護師が言った。

仰向《あおむ》けに寝て天井を見つめていると、看護師が襟元から聴診器を差し入れてきた。それが冷たかったからなのか、気持ちがどんどん沈んでいった。

だって……病気を治したところでどうなる？

出所したところで行く所がないのだった。どうせまたムショに舞い戻ってくる運命なのだ。出所する日は刑務所長のところに挨拶に行かねばならないのだが、「お世話になりました」と頭を下げると、所長は「心を入れ替えて頑張ってください」などと言う。まったく嫌になる。心を入れ替えろだなんて、失礼じゃないか。それに頑張れと言われても、いったい何をどう頑張ればいいのか皆目わからない。行く手には絶望しかないっていうのにさ。

人生を振り返れば、小学生の頃から働き通しだった。典型的な貧乏人の子沢山《こだくさん》の家の長女として生まれたから、弟や妹の世話に追われ、子供時代の楽しい思い出はほとんどない。

その当時、クラスのほとんどの子が二人か三人きょうだいだった。その次に多いのが一人っ子だったように記憶している。そんな時代に私には五人もの弟妹がいて、2DKの狭いアパートでひしめくように暮らしていた。中学を卒業すると、家計を支えるために昼間は働いて高校は夜間に進んだ。休日になると朝から晩までアルバイトをし、給料はそっくりそのまま母親に渡したものだ。六人ものきょうだいがいるのに、長じてから誰一人として商売で成功する者も、エリート街道を突っ走る秀才もいなかった。私はもちろんのこと、弟妹たち全員がカツカツの生活から脱することができないままだ。

貧乏だが愛情溢れる仲良し家族……なんていうのはテレビドラマの中だけだ。うちのきょうだいはみんなギスギスして、もう長いこと会っていない。いくら何でも誰かが死んだら連絡が来るだろうから、今のところはみんななんとか生きてはいるのだろうけど。

結婚してからも苦労続きだった。まさかギャンブル好きの男だとは思わなかった。知っていたなら絶対に結婚しなかった。そのうえ舅《しゅうと》や姑《しゅうとめ》から金を無心されるなんて想像もしていなかった。

それでも耐えに耐えて頑張って家庭を支えてきたのに、一人息子の朝生は連絡をくれない。会社経営者を父に持つ、育ちの良さそうなお嬢さんと結婚できたのを喜んだ日々が遠い昔のことのように思えてくる。育ちのいい嫁の目に、刑務所を出たり入ったりしている姑の姿がどう映るかなんて考えるまでもない。金輪際《こんりんざい》関わり合いたくないと思って当然だろう。第一、孫にどう説明する?

——おばあちゃんは万引きがやめられなくて刑務所に入ってるのよ。

そんなこと言えるわけがない。教育上よろしくないこと、このうえないじゃないか。たぶん息子夫婦は、私を既に亡き者として忘れ去りたいのだろう。

私だって朝生には迷惑をかけたくない。だけど身元引受人がいなければ、出所後の生活を立て直すのは不可能に近い。お金もないし保証人もいないとなれば、住む所もパート仕事も見つけられない。

同じ舎房にいる五十代の「幸せ二人組」は、待っていてくれる家族がいるから、きっと満期を待たずに出所できるだろう。しかし彼女らは傷害罪だが、私は四百三十円の惣菜を盗んだだけなのだ。

早く出たところで行く所がないのなら、満期出所どころか一生ここにいた方がいいのかもしれない。

でも……狂おしいほど自由が欲しい。

好き勝手に街を歩きたい。

だけど出所したところで暮らしていけない。

ああ、堂々巡りだ。

いっそ死んでしまった方が楽だ。

でも死ぬ前に、朝生に一目でいいから会いたかった。幼いころ私を追いかけて泣いた愛らしい朝生が、今では私に会いたくないと思っている。こっちは会いたくてたまらないのに。

だけど、朝生にとって私は恥ずかしい存在なのだ。母親がムショにいるなんて誰にも知られたくないと思って当然だ。

孫たちにも会わない方がいいに決まっている。

だけど——

ねえ絵美《えみ》ちゃん、翔太《しょうた》くん、よおく聞いておくれ。

バアバはね、煮物を盗んだだけなんだよ。人が想像するような大それた罪を犯したわけじゃないんだよ。

こんな言い訳をしたところでどうなる？　ああ空《むな》しい。

考えてみれば、私が夫と離婚するずっと前から朝生は私には会いたくなかったのかもしれない。子育て時代を振り返ってみても、私はひどい母親だった。働けど働けど生活が苦しかったからだ。いつも疲れ果てていて、夫の浪費癖に苛々し、朝生を理不尽に叱ったことなど数えきれない。

そんな母親を、誰が好きになったりする？

テレビドラマに出てくるような優しい母親の許《もと》に生まれていたなら、朝生だって何倍も幸せだったろうに。

ごめんね、朝生。

## 10 医師・太田香織 37歳

マリ江と一緒に診察室で待っていると、清子が入ってきた。

顔色もよくなり、すっかり回復したようだ。

「診察台に横になってください」と、マリ江が言った。

「……はい」

清子はチラリと私の方を見てから、靴を脱いで横になった。

「マリ江さん、私の聴診器を使って患者さんの心音を聞いてみてちょうだい」

「香織先生の聴診器を？　私が使うんですか？　看護師の私だって自分の聴診器くらい持ってます」

「そんなこと知ってるわよ」

看護師ならみんな自分の聴診器を持っている。水銀血圧計を使用するときは聴診器がないと測れないし、肺音や腸雑音を聞いたり、鼻から栄養を入れる経管栄養などをしている患者の場合にも、チューブが胃にきちんと入っているか確認するために必要だ。

「昨日の夜、話したじゃん」と、私はムカついてマリ江を睨んだ。

聴診器から聞こえる声のことを自分一人の胸の内に収めておくことができず、つい話してしまったのだった。

ああ、祟りが怖い。

「昨晩の漫画チックなおとぎ話のことですか？」

「おとぎ話だなんて、ちょっとマリ江さん」

あんなに真剣に聴診器の不思議な現象を話したのに、欠片《かけら》も信じていないとは思わなかった。いったいどういう神経してるんだよ。

無理やり聴診器をマリ江の手に押し付けると、しぶしぶといった体《てい》で受け取り、マリ江は仕方なさそうに患者の胸に当てた。

清子はベッドに横たわったまま、驚いたふうに私とマリ江を交互に見て、「あのう、何か重大な病気、ですか？」と恐る恐る尋ねたが、説明するわけにもいかず、無視することにした。すると清子は一層不安げな表情になった。

マリ江は不貞腐れたような顔をして聴診器を当てていたが、徐々に顔つきが変わってきた。そして、私を思いきり振り返り、驚愕《きょうがく》の表情を晒《さら》した。

「ほうらね」と、私は得意になって言った。

やはり間違いではなかったらしい。幻聴なんかではなかったのだ。

「苦労の多い人生だったんだね。清子さんも大変だったね」と、マリ江が患者に向かって言った。

「え……」

清子は目を見開いてマリ江をじっと見つめた。そして次の瞬間、見る見るうちに顔をくしゃくしゃにしたと思ったら涙が膨れ上がってきて、表面張力いっぱいになり、耐えきれずに大きな一粒が頬を伝ってこぼれ落ちた。

マリ江が聴診器を当てたのは、ほんの三十秒ほどだった。そんな短い時間で、清子のこれまでの人生が見えたのだろうか。もしかして、テレビドラマなんかに出てくる「走馬灯のように」っていうアレか？　映像が一瞬にしてマリ江の脳ミソにインプットされたのか？

気になって仕方がなかったが、この場でマリ江に尋ねるわけにもいかない。

「ちょっとマリ江さん、返してよ」

奪うようにして聴診器を取り返し、清子の胸に当ててみた。目を閉じてみると、患者の幼い頃から今日までの日々が、途切れ途切れに瞼《まぶた》の裏に映し出され、様々な苦悩の断片がわかってきた。

——清子の息子って、いったいどんな野郎だよ。

そう心の中で毒づいたとき、瞼の裏にポッと息子の履歴書が浮かんだ。

氏名は谷山朝生、生年月日の欄を見ると私と同い年だった。一流大学を出て大手企業に勤めている。就職祝いの様子や招待客の多い結婚式がぼんやりと見えた。あれ？　結婚相手の女をどこかで見たことがあるような気がする。まっ、美人はみんな似ているっていうから、他人の空似だろうけれど。

「あのう、先生」と、刑務官が壁際に直立不動のままの姿勢で、遠慮がちに話しかけてきた。「何か重大な病気が見つかったんでしょうか」

一人の患者に医師と看護師が何度も交替で聴診器を当てているのだ。刑務官がそう思って当然だろう。患者も仰向けのまま不安そうな表情でこちらを見上げている。

「この人、とっくに回復してるよ」

「え？　そうなんですか？　ええっと、でしたら、診察は今日で終わりということでよろしいですね？」

そう尋ねながら、刑務官はメモを取ろうとボールペンを胸ポケットから取り出した。

「そうはいかないよ」と、マリ江が言った。

患者とは診察室でしか会えない。この患者を救うのは医療でもなければ更生でも反省でもない。だって更生なんてできるわけないじゃん。食っていけないから万引きしただけなんだもん。そもそも反省する必要なんてあんのかよ。

「診察は今後も続けるよ。心の病が治ってないからね」と、私はきっぱり言った。

「あのう、何て言いますか……先生は精神科ではなく内科だと聞いておりますが」

「だから何なの？」

「は？　えっと、それで心の病と申しますと、それはどういった？」と、刑務官が戸惑った表情で私を見た。

「ここを出所した人は、そのあとどうやって暮らしてんの？」

マリ江はいきなり話題を変えて、刑務官に尋ねた。

「それは人それぞれでして」

「人それぞれなんてことはわかってるよ。そうじゃなくて、この患者みたいに身元引受人も住む家もない場合を聞いてんの」

気の短いマリ江は、またしても遠慮なく苛々全開になった。

「更生保護施設に入ることができます」

刑務官が言うには、身寄りのない人間が一定期間滞在できる民間施設があるらしい。法務大臣が認可する施設で、そこでは就労支援や生活指導を受けられる。全国に百ヶ所ほどあり、在所期間は平均八十日ほどだという。

「なんだ、そんないい所に入れるんだ。それなら安心じゃないの」

マリ江が言うと、清子は首だけむくっと持ち上げてから、小さな声で「それが」と言いかけて、刑務官の方をチラリと見て口を閉じた。

それを引き継ぐように刑務官が言った。「定員が少なくて、なかなか入れないんです。百三ある施設のうち、女性を受け入れているのは十五ヶ所だけですので」

「なんなの、それ。全員が入れるわけじゃないって、どういうことよ」

マリ江は顔を真っ赤にして刑務官に詰め寄った。

「それを私に言われましても……私など一刑務官に過ぎないわけでして」

「役所はいったい何やってるの？　そういった保護施設に希望者全員が入れるか、それとも生活保護の手続きがチョー簡単で、すぐに住居を用意してもらえるなら、二度と万引きせずに済むじゃないの。この清子さんて人は服役三回目だよね」と、私もついつい刑務官を睨みつけてしまっていた。

「三回目だなんて、よくご存じで」と、刑務官は訝《いぶか》し気な目でマリ江と私を交互に見たが、私は無視して続けた。

「家がないんなら、出所した日はどこに泊まるの？」

「知人宅などじゃないでしょうか」

「は？　『など』って何よ。『じゃないでしょうか』って何なの？　あなたそもそも無責任なのよ」

「そんな……」

「泊めてくれる知人がいないときはどうすんのさ」と、マリ江も追い打ちをかける。

「そこまでは、こちらでは……」

「信じられない」と、マリ江はこれ見よがしに大きな溜め息をついた。

「ホテルやネットカフェじゃ住所不定ってことだもん。仕事だって見つからないでしょう？」と、マリ江は清子に向かって尋ねた。

「……はい」と、患者は上目遣いで刑務官の顔色をチラチラと窺《うかが》いながら返事をした。

「あんまりじゃないの。清子さん、あなたは今まで一生懸命、真面目に生きてきたのにね」

　マリ江がそう言うと、患者は息を呑んでマリ江を見つめた。

　また目に涙が盛り上がってきた。涙もろい人に悪人はいないなどという単純なことを思っているわけじゃない。でも、どこから見ても悪人には見えないのだ。

　あ、そりゃそうか。

　だって、四百三十円の惣菜を盗んだだけなんだもんね。

　あの当時の暴走族仲間なんて、しょっちゅうアクセサリーや洋服を盗んでいた。あれは食っていくためじゃなくて、お洒落《しゃれ》をするためだった。そして誰一人として警察に捕まるようなヘマはしなかった。それに比べたら、清子は生きるために必死だっただけで、悪ふざけやお遊びの万引きをする女どもとは違う。

じゃあいったい誰が悪いのか。ギャンブル好きの夫なのか、それとも夫の愛人なのか、それとも貧乏人が浮き上がれない社会の仕組みそのものなのか。

どちらにせよ、この清子という女は犯罪者ではなくて被害者だ。


その日もマリ江の部屋で夕飯を食べた。

今日は焼いた縞《しま》ホッケと、青梗菜と油揚げの煮浸し、それに蕪《かぶ》の味噌汁だった。

「刑務作業って安すぎると思わない？」

「あれ？　香織先生、この前と言ってることが違うじゃないですか。安い高い以前に報奨金を出すこと自体が間違っている、遺族の身になってみろって、おっしゃってませんでした？」

「……言ってない」

「は？　言いましたよ。私、はっきり覚えてますもん。誤魔化さないでくださいよ」

「あのときは、世間知らずだったのよ」

「あのときって、つい先週のことですよ」

「だって、あんなどこにでもいるような普通のオバサンが刑務所に入ってるなんて知らなかったんだもん」

十代の頃、亮太と結婚する将来を夢見ていた。もしも彼が白血病になるのがもう少し遅かったならば、私はシングルマザーになっていたかもしれない。うちの両親は暴走族の亮太との結婚には反対しただろう。勘当された可能性もある。そしたら私は貧乏のどん底を味わい、赤ん坊のミルクくらいは盗んだのではないか。そして清子みたいに私も刑務所に入ったかもしれないのだ。

もしそうならば、懲役期間のうちに少しでも多く稼いで、出所後の生活に備えたいと思うだろう。それができないなら、刑務所にいる間に手に職をつけたい。襖張《ふすまは》りやら木彫り職人のような今どき需要の少ない職種ではなくて、エステティシャンだとか、ネイリストだとかヘルパーだとか。それと、どんなにボロボロでも狭くても構わないから、出所後しばらくの間はアパートを用意してほしい。だってそうじゃなければ、また刑務所に舞い戻ってきてしまうのは火を見るより明らかだ。

「息子さんが一人いるらしいですが、身元引受人になってくれないようですね」

「親子なのに冷たいもんだよね」

「聴診器を通して見えたんですけど、息子さんはスーツをビシッと着こなして颯爽《さっそう》とオフィス街を歩いてましたよ」

「私にも見えた。履歴書によると大企業に勤めてるらしいじゃん。お金がないとは思えないよね」

「母親が懸命に働く背中を見て育ってきただろうに、薄情者めが」

そう言いながら、マリ江は憎々しげに縞ホッケに箸《はし》を突き刺した。

「私ね、清子の息子を呼び出して説教してやろうと思うんだよね」

「ええっ、香織先生、それ本気で言ってます？」

マリ江の顔に「大反対」と書いてあった。

「やめた方がいいですってば。そこまで医師がお節介を焼くのはおかしいですよ」

「だって身元引受人もいないんじゃ、出所してもまたすぐ戻ってくるよ」

「そりゃあ私だって同情はしてますよ。ですけどね、医師や看護師としての本来の仕事を逸脱《いつだつ》していますＩ」

「あらマリ江さん、いつもと違うじゃん。あの聴診器を貸してあげてから、マリ江さんは法律や刑罰に対して怒りっぱなしだったじゃん。清子の息子を呼び出して二人して説教してやろうよ」

「香織先生はやっぱり所詮はいいとこのお嬢ちゃんですね。世の中、善人ばかりだと思ってるでしょう。どんな人でも話せばわかると思ってませんか？」

「あのね、バカにしないでくれる？　私だって過去には色々あったんだよ」

「だから知ってますってば。何度も言わなくても暴走族に入ってらしたことは病院内で知らない人はいませんよ。悪いことは言いません。呼び出して説教するなんてこと、絶対にやめてください」

「でも……」

「本当に考えが甘いですね」

「ダメかなあ」

「ダメに決まってるでしょ。医師が受刑者の息子を呼び出して説教するだなんて……どうやったらそんな馬鹿なことを思いつくのか。そもそも香織先生には常識ってものがないんですよ」

マリ江は、もうこれ以上はバカにつき合っていられない、とでも言いたげに、またしてもこれ見よがしに大きな溜め息をついた。

## 11　谷山清子　62歳　八百二十五番

夕食後、斜向《はす》かいの秋月が、心配そうに私の顔を覗き込んだ。

「診察、どうだったの？　もう治ったんじゃなかったの？」

「そうなんですよ。熱も下がったし、自分としては回復したと思うんですけどね、心の病気があるとかで、来週もまた診せに来いって」

「心の病気？　そういえば清子さん、最近ずっと暗い顔してるわ」

「聴診器を当てられると、なんでだか色々と思い出してしまうんです」

「色々って、例えばどういう？」

「物心ついてから今日までのことをまざまざと。私なんて後悔ばかりの人生だから落ち込んでしまって」

「少し鬱《うつ》症状があるのかしらね」

元ボスとは違い、秋月梢はそれ以上は尋ねなかった。

「ここにいる人はみんなそれぞれにつらい思い出があるものね」

秋月梢の優しい声音を聞くうちに、ふと心の内を聞いてもらいたくなった。

「実は私……罪悪感で苦しくてたまらなくなることがあるんです」

こんなに正直な気持ちを他人に言ったのは初めてだった。振り返ってみれば、人に甘えたことがないように思う。両親にも夫にも甘えるどころか顔色を窺って言いたいことも言わず、自分の気持ちを抑えて生きてきた。

「わたくしでよければ話してみてちょうだいな。吐き出してすっきりすることも多いから」

部屋を見渡すと、ルルと「幸せ二人組」は奥の方で料理談議に花を咲かせていた。

向かい側にいる美帆は正座して静かに手紙を書いている。

「聞いていただけたらありがたいです」

私はそう言いながら、秋月の狭い陣地へ移動し、生い立ちから順を追って小声で話した。

貧乏人の子沢山の家の長女として生まれ、小学生の頃から弟や妹の世話に明け暮れたこと。そして高校時代から給料の全額を母に渡し、結婚後は元夫のギャンブルのせいで働き通しだったこと。

「あなた、偉いわ」

秋月は幼子を褒めるように言った。「小学生の頃から家族の役に立って、就職してお洒落をしたい盛りに給料を家に入れて家族を支えてきたんだもの。立派よ。なかなか真似《まね》できることじゃないわ」

「いいえ、そんなことは」

両親が褒めてくれたことなど一度もなかったし、弟や妹から感謝の言葉を言われたこともなかった。

「で、さっき言ってらした罪悪感で苦しいというのは、どういうこと？」

「結婚してからは働いても働いてもお金が足りなくて、いつも忙しくて苛々していました。私は母親失格なんです。ゆったりと優しい母親にはとうとうなれずじまいでしたから、息子に嫌われて当然なんです」

「だってあなたは生活を支えるために働いてきたんでしょう？　それは息子さんのためでもあるんでしょう？」

「もちろんです。それどころか息子のためだけに生きてきたようなものです」

「だったら罪悪感を持つ必要なんてないいんじゃない？　あなたは精一杯頑張ってきたんだもの」

「でも、友だちがみんな持っているゲームも買ってやれなかったし、塾にも通わせてやれなかった。サッカー部のユニフォームもすぐには買ってやれなかった」

言えば言うほど当時を思い出してつらくなってきた。息子が文句ひとつ言わず、じっと我慢していたことを思い出すと余計につらい。たくさんの惨めな思いをさせてしまった。

「子供というのはね、母親の苦労をよく見ているものよ。息子さんも、きっとわかってくれていると思うわ」

「……そうでしょうか」

「そうよ。そうに決まってる。で、いま息子さんはどうしてるの？」

「アルバイトや奨学金で、なんとか大学を卒業して就職しました。今は結婚して子供が二人います」

「なんだ、立派に育ってるじゃないの」

「ええ、まあ、それは本当に嬉しいことなんですが」

「ねえ、清子さん、人はどうして罪悪感を持つと思う？」

「どうしてって……それは、自分が悪いことをしてしまって後悔するからです」

「それは違うわ。わたくしの経験ではね、愛する人に愛を与えられなかったときに最大の罪悪感を覚えるのよ」

そのとき、手紙を書いていた美帆の手がハッとしたように止まったのが視界の隅に入った。

「つまり罪悪感というのはね」と、秋月は話を続けた。「誰を愛して生きてきたのかがわかる計測器のようなものなのよ。あなたは息子さんを心から愛してきた。愛すればこそ罪悪感があるの」と、秋月は静かに言った。

私は息を呑んで秋月を見つめた。

「清子さんが一番愛しているのは誰？」

「息子です」

「息子さんはあなたの宝物よね」

「はい、本当に」

「清子さんは、もともと優しい人なのよ。そういう人は、誰かに優しくできなかったときに、強烈に罪悪感を覚えるの」

秋月の言葉がストレートに心に染み渡った。

「つまりね、清子さんの優しさが罪悪感を招いているの。あなたは何も悪くないわ」

「私は何も悪くない……本当ですか？」

「あなたとこうして寝食をともにしていたらわかるわよ。あなたという人間は、その時々で考えられる最善の策を取って一生懸命に生きてきたってこと。違うかしら？清子さんは根が真面目で純なところがあるもの。一日中働き詰めで、そのうえ家のこともやって疲れ果てて子供に冷たく当たった。きっと理不尽に叱ったこともあったでしょう。だけど、それもこれも仕方がないことだわ。だってあなたは心身ともに疲れ果てているのに、ダンナさんのギャンブルのせいで家計はいつも火の車。とても過酷な環境に置かれていたのよ」

「過酷……」

「あのう」と、それまで黙っていた美帆が口を出した。「男は会社で残業を含めて一日に九時間以上働くけれど、女は十六時間は働いてるって聞いたことがあります。そして男は給料がもらえるけれど、女の場合はパートの安い時給が少しと、あとは家庭でのタダ働きです。過酷です。本当に」

それは美帆の経験から来るものなのか、それとも一般論なのだろうか。

「罪悪感というのは愛の量に比例するの」

秋月の言葉を心の中で反芻《はんすう》しながら噛《か》みしめていたとき、美帆が「愛の量……」とつぶやくように言った。そして次の瞬間、美帆はいきなり顔を覆《おお》って泣き出した。

美帆の過去は知らないままだ。誰を殺したのか、なぜ殺したのかは知らないが、一筋縄ではいかないそれまでの苦労が透けて見える気がした。

美帆が泣き出したことで、部屋の奥にいたルルと「幸せ二人組」は話を中断して、一斉にこちらを見た。

「清子さん、もしも当時に戻って人生をやり直せるなら、優しい母親になれるかしら？」と、秋月が尋ねた。

「いえ……たぶん無理です。毎日が体力の限界でしたから」

「なんだ、わかってるじゃないの。それだけ過酷だったってことよ。そんな状況の中でも、きっと清子さんは毎日ちゃんと息子さんにご飯を作って、洗濯して清潔な衣服を着せてあげてたんでしょう？　それだけでも見上げたものだと思うわ」

「そうだよ。すごいよ。清子さんてマジすごい」

ルルが口を挟んだ。「うちのママが清子さんみたいなマトモな人ならよかったのにって私いつも思うもん。お弁当だって毎日作ってあげてたんでしょう？　うちのママなんて一回も作ってくれたことないよ。まっ、ママの料理よりコンビニのおにぎりの方が百倍美味しかったけどさ」

「清子さん、もっと自分に自信を持ってちょうだい」

「でも、息子は身元引受人になってくれなくて」

「それは仕方がないことだと思うわ。もう立派な社会人だしお子さんもいるんでしょう？　誰だって親が刑務所に入っているなんて知られたくないもの」

「だけど清子さんはスーパーのお惣菜を盗んだだけだよ。それもたった千円くらいの」

「ルルちゃん、千円じゃないよ、四百三十円だよ」と、私は訂正した。

「ねえ清子さん、息子さんに身元引受人になってもらうのはあきらめて、遠くから息子さんの幸福を願うことに決めたらどうかしら」

「だけど」と、「幸せ二人組」の一人が口を挟んだ。「清子さんだって息子さんやお孫さんに会いたいでしょう？」

そんな当たり前のことを、それも「幸せ二人組」に言われても、とてもじゃないけど素直に頷けない。

「だったら清子さん、息子さんの会社や家の近くに行って、遠くから元気な姿を見ればいいわ。愛する人たちが健《すこ》やかに暮らしていることを確認するだけで、母親というものは心満たされるものよ」と秋月が言う。

そのときふっと、息子夫婦や孫たちが休日の公園で遊んでいる姿が思い浮かんだ。実際に見たことがあるわけではないから想像に過ぎないのだが、それでも少しずつ心が穏やかになっていく。

私は息子家族にとって迷惑な存在に違いない。逆の立場を考えてみれば簡単にわかる。親族が刑務所に入っているなんて、誰にも知られたくなくて当然だ。世間の人はその事実を知った途端に、息子家族を色眼鏡で見るだろう。ムショに縁のない生活を送っていた昔の自分だってそうだった。私がムショに入っていることは、さすがに息子の妻だけは知っているだろうが、孫たちや妻側の親族にはひた隠しにしていることだろう。

優しいおばあちゃんになれると思っていたのは遠い昔のことだ。今や息子の人生を邪魔する魔物に変わり果てた。きっと息子夫婦は思っているだろう。心の中から抹殺してしまいたい、もう思い出したくもないと。

「息子家族を遠くから見守る……確かにそうですね。私にはそれで十分です」

秋月の言う通り、私なりに精一杯やってきたつもりだった。しかし、それを息子が否定的に捉《とら》えていたとしても、私にはもうどうしようもないことなのだ。

身元引受人のことは潔《いさぎよ》くあきらめよう。満期出所でも仕方がない。そして、ダメ元で生活保護の申請をしてみるところから人生をやり直すのだ。

シャバは人手不足だと騒いでいるから、何かひとつくらい住み込みの仕事が見つかるかもしれない。履歴書に前科を書かなければバレないだろう。バレたらバレたで馘になるだけだ。そしたら次の仕事を探せばいい。

何十年ぶりだろう、こんなに気持ちがさっぱりしたのは。

秋月の言葉で、自分の人生が大きく舵《かじ》を切ったように感じた。

何十年ぶりかで、息子に対する罪悪感から解放された思いだった。

とはいえ……寂しくてたまらないけれど。

## 12　医師・太田香織　37歳

刑務所の事務棟にある応接室で、谷山朝生の到着を待っていた。

――重大なお話がありますのでお越しください。

そう言って、清子の息子を呼び出したのだった。

刑務官は大反対した。

――そんなことは規則に違反します。勝手なことをしてもらっては困ります。

それに対して、私はこう答えた。

――精神的な病気もあるのだから、治療の一環として医師と身内との話し合いが必要なのよ。

刑務官だけでなく刑務所長とも粘り強く話し合った結果（といっても、こちらの喧《けん》嘩腰《かごし》に向こうが怯《ひる》んだだけだが）、刑務所側は渋々承諾したのだった。

刑務官が傍にいたら本音で話ができないと思ったので、同席は必要ないと強気で言ってやった。刑務官が抵抗するかと思ったら、ホッとしたような顔で即座に了承したので助かった。

部屋に入ってきたのは、細身のスーツを着こなしたビジネスマンだった。その背後にいるベージュのスーツを着た女は、朝生の妻に違いない。清子を診察したときに、聴診器を通してぼんやりとした映像が伝わってきたとき、どこかで見たことがあるような気がしていたが、下を向いたままで頭を上げようとしないから、顔がはっきりわからない。

「谷川朝生と申します。母が大変お世話になっております」

朝生はマリ江を担当医だと思ったらしく、マリ江に向かって深々と頭を下げた。

「ちょっとちょっと、私が担当医の太田香織なんだけど」

そう言うと、一瞬だが妻の身体がビクンと跳《は》ねた。朝生もびっくりしたように私を見ている。髪の色に驚いたのか、視線が私の頭部へと移動し、そのあとすぐに頭部から目を逸《そ》らして言った。「あ、こちらがお医者さまでしたか、これは大変失礼いたしました」

「私は看護師の松坂と申します。さあどうぞ、こちらにおかけください」とマリ江が向かいのソファを勧めた。

「母は何か重大な病気なんでしょうか」と、息子は座るなり深刻な表情で尋ねた。

「なんでそう思うの？」

「え？　なんでって、だって、呼び出されたってことは、やはり……」

「この前、軽い風邪を引いただけで、もう治ったよ」

さっきから妻は一度も顔を上げない。髪を前に垂らして、まるで顔を見られるのを恐れているかのようだ。

どこかで見たことがある……気がする。

誰だっけ？

色々な知り合いを次々と思い浮かべてみた。

暴走族仲間には、この手の女はいなかった。実家のご近所さんでもなさそうだ。だったら研修か何かで会ったのだろうか、それとも以前担当した患者の家族か。

「あなたは清子さんのたった一人の子供なのに、身元引受人になるのを断ってるらしいじゃないの」と、私は単刀直入に言った。

「それは……」と、朝生はうつむいた。

「いったい何考えてんだか」

私の隣に座ったマリ江は、初《しょ》っ端《ぱな》から憤怒《ふんぬ》全開だ。「身元引受人がいないと満期出所になるんですよ。可哀想だと思わないの？」

「え？　満期出所って何ですか？」と、朝生が尋ねた。

「そんなことも知らないの？　身元引受人がいなければ、たとえ模範囚であっても、早めの仮釈放を望めないってことですよ。つまり懲役二年と言われたら、きっちり二年経つまで出られないってこと。母親が刑務所に入ってるのに、そんな基本的な言葉も知らないなんて呆《あき》れちゃう。そもそもあなた、手紙の返事も書いてないらしいじゃないの」と、マリ江はどんどん責め口調になる。

「……すみません」

「お母さんは苦労してあなたを育ててくれたんじゃないの？」

「……はい」

「朝から晩まで働き通しで、あなたを大学まで出してくれたんじゃないの？」

「はい、その通りです」

「サッカーのユニフォームを買うのだって大変だったのよ」

「え？　そんなことまで母は話したんでしょうか」

「それは……そんなこと、この際どうだっていいでしょ」と、マリ江は聴診器から聞こえたとは言えず、咄嗟《とつさ》に誤魔化した。

「そりゃあ清子さんを引き取るのは大変だと思うよ。お宅も子供が二人いるんだし、いまどき東京のサラリーマンで、何部屋もある広いマンションに住んでる人なんていないもんね」

「いえ、マンションではなくて妻の両親と一軒家に同居しておりまして」

「あら、同居だったの？　だったら尚更《なおさら》お母さんを引き取るのは無理だわね」

「……はい」

「だったら郊外に安いアパートを借りてあげるとか、工夫できない？」

「ええ、まあ、それくらいなら」と朝生は言いながら、妻の方をチラリと見遣《みや》った。

どうやら妻に遠慮しているらしい。

　マリ江もそのことに気づいたのか、今度は妻の方を見て言った。「奥さんは、どう考えておられます？」

「やはり、身内に刑務所帰りの人間がいるとなりますと……」と、顔を上げないまま妻は続けた。「子供たちにも悪影響を及ぼしますし、世間からも色眼鏡で見られますので……」

　妙に不安定な声音だった。無理して裏声でしゃべっているとしか思えない。

「お子さんたちには、清子さんのことをどう話してるの？」と、マリ江が尋ねた。

「えっと、それは……」と、妻が言い淀《よど》んだ。

「もう死んだとか？」と、私は尋ねた。

「はい、実はそうなんです」と、妻が答えた。

「なんてことを言うんだよ」と、朝生が声を荒らげた。

「じゃあどう言えばいいのよ。刑務所に入ってるって正直に言えって言うの？」

咄嗟に地声が出てしまったらしい。その声を聞いた途端――。

「あ、思い出した」

私がそう言ったとき、妻はうつむいたままの姿勢で目だけ動かして、上目遣いで私を見た。恐る恐るといった感じで。

そのぎこちない態度で私は確信した。部屋に入ってきた瞬間から、妻は私がかつての同級生であることに気づいていたのだと。

「あなた、ピーチだよね？」

桃実《もみ》とは、小学校から高校までずっと同じ女子校に通った仲だ。

桃実は全身が固まってしまったように、うつむいた姿勢のままだったが、次の瞬間、バレてしまったら仕方がないといったふうに、息を吐きながら顔を上げた。そして、開き直ったように私を真正面から見つめた。

「香織ちゃんがお医者さまになったっていう噂、本当だったのね」と落ち着いた声で言った。驚いたふうな演技をしてみせる気もないらしい。

「お久しぶり」と私が言うと、桃実はいきなり手を合わせて拝むようなしぐさをした。

「香織ちゃん、このこと誰にも言わないで。お願いよ。ねっ、この通り」と言って頭を下げた。

「このことってどのこと？」と、私はとぼけてみせた。我ながら意地が悪いとは思ったが、清子の絶望的な境遇を思うと、ピーチの立場は重々理解できながらも、簡単に頷くことなどできなかった。

「どのことって、香織ちゃん……」

　ピーチは、暗い目で私をじっと見つめた。

「ピーチのお姑さんが刑務所に入ってることが一家の恥だから誰にも言うなってこと？」

　そう尋ねると、ピーチは思いきり私を睨んだ。

　そのときふと、ある日の情景を思い出した。あれは中学生のときだったか、グループ学習の課題をやるために、女子五人でピーチの家に行ったのだった。大金持ちだと聞いてはいたが、びっくりしたのはトイレの広さだった。個人宅なのに、まるで高級デパートの化粧室かと思うくらい豪華で、何十本ものバラの花が生けられていて、その奥にはトイレの個室が三つも並んでいたのだった。

私の父は開業医だが、祖父の代からの小さな医院は当時から既に古ぼけていた。それは北千住《きたせんじゅ》の庶民的な商店街が途切れたところにあって、ところどころ外壁の赤煉瓦《あかれんが》は剝《は》がれ落ちてしまい、庭は物干し台を置いただけで、いっぱいいっぱいの狭さだ。だからピーチの家に行ったときは、世の中にはこんなに金持ちがいるのかと、子供心にも大層驚いたのだった。

中学生だった当時から、ピーチに見下されているのを感じていた。金持ちであることを口に出したり鼻にかけたりはしなかったが、自分を高みに置いている空気感ははっきりと出ていたように思う。だけど私の方がピーチよりずっと勉強ができたので、私は私で自分の方が格上だと思っていた。

だから……嫌いだったのだ。私を見下すピーチを。

今にして思えば、私とピーチの関係は、私からカツアゲした暴走族の女の子たちとの関係に似ていたのかもしれない。圧倒的な境遇の違いを見せつけられたら、すごすごと引き下がるのではなく、相手に勝てる部分を探そうとする。人間とはみんなそういったものなのだろうか。

ピーチの部屋は豪華で、ピンク色で統一されたお姫さま仕様だった。ベッドカバーのぐるりにフリルがついていたのを印象的に覚えている。ベッドカバーというものを見たのもそのときが初めてだったように思う。そして、部屋の窓から見えたのは、都心とは思えない広々とした庭だった。

そうか、あのお屋敷に清子の息子も同居しているのか。敷地の広さを考えれば、庭の隅に小さなプレハブを建てて清子を住まわせたとしても、まだ余裕があるが、そういった単純な話ではない。

あそこは高級住宅街だ。お金持ちの奥さまばかりが住むエリアでは、たとえ刑務所帰りでなくとも、清子の外見や服装や立ち居振る舞いは完全に浮いてしまうだろう。刑務所帰りだと噂が立つのも時間の問題かもしれない。

それ以前にピーチの親が断固拒否するだろう。

「ねえ谷川さん、貧乏な家に生まれたことは恥ずかしいことじゃないよ。そのこと、ちゃんとわかってる？」

マリ江がそう尋ねると、朝生はハッとしたようにマリ江を見つめた。

「自分を見失ってたんじゃないの？　ほうら、図星でしょ。私にも覚えがあんのよ。給料の多い医者と同じ職場で働いてると、安月給の自分が嫌になっちゃうし、なんでだか見栄《みえ》を張ろうとしたこともあったのよ」

相変わらず朝生は何も言わずマリ江を見つめている。

「清子さんはね、犯罪者じゃなくて被害者だと思うんだよね」と、私は静かに話し出した。清子の万引きせざるを得なかった切羽詰まった暮らしを、詳しく話してみようと思ったのだ。たぶんピーチもこの前までの私と同じで、自分の恵まれた境遇を顧みず、人間は努力次第だ、などと考えているのではないか。そうであれば、清子がいかに働き者で、どれだけ頑張って生きてきたかを知ってほしかった。

私は、聴診器を通して知ったこれまでの清子の生き様を語った。マリ江にも私の熱意が伝わったのか、私が言い足りない部分を、その都度丁寧につけ加えてくれた。

朝生もピーチも静かに聞いていた。朝生は目に涙を浮かべているが、ピーチは表情を変えず、どう感じているのかは読み取れなかった。

「今度の休みにピーチの家に行っていい?」と、私は尋ねてみた。

「えっ、香織ちゃんがうちに? どうして? 何しに来るの?」

「いま私が説明したことを、ピーチのお父さんとお母さんにも聞いてもらいたいんだよ。それで意見を伺ってみたい」

「冗談やめてよっ。医者がそこまで口を突っ込む権利なんてないわっ」

「そんなこと、もちろんわかってるけどさ」

「このままだと模範囚であっても満期出所になりますし」と、マリ江が続ける。「出所したところで、すぐに刑務所に舞い戻るか、それともホームレスになるかの二択ですよ」

「ホームレスって……」と言ってから朝生は絶句し、つらそうに顔を歪めた。

「そんなの脅しに決まってるわよ。生活保護を受けるなりなんなりすればいいのよ」

「ピーチ、あなた、あんなに大きな家に住んでるのに……」

「香織ちゃん、それとあなたと何の関係があるの？　どうしてそこまで口出しされなきゃなんないの？　だったら聞くけど、香織ちゃんが暴走族に入ってたこと、バラしてもいいの？」

「えっ、暴走族？」と、朝生が目を見開き、私の頭髪に再び目をやった。

——なるほど、道理で金髪のわけだ。

朝生の胸に例の聴診器を当てたならば、きっとそう聞こえてくるだろう。

「誰にバラすんです？」と、マリ江は尋ねた。「香織先生が暴走族に入っていたことは、うちの病院じゃ有名ですよ」

ピーチはそれを聞いて、がっかりした様子を隠さなかった。

「そんなことよりね、生活保護の手続きだけでも息子さんがやってあげてくれませんか？」

息子があんな豪邸に住んでいることがわかれば、役所の方でも受けつけないかもしれないが、ともかくやれることは全部やってみてほしかった。

「もう帰りましょう。何の話かと思って来てみたら馬鹿馬鹿しい」

そう言うと、ピーチは朝生の腕をつかんで立ち上がった。

「姑が重病で、もうすぐ死にそうだっていうのを期待して来たんですか？」

マリ江は腹立ちまぎれにピーチの背中に向かって言ったが、ピーチは振り返りもしなかった。

だが、ドアの所で朝生だけは振り返り、深くお辞儀をして言った。

「母のこと、何卒《なにとぞ》よろしくお願いいたします」


朝生夫婦が帰っていったあと、マリ江がお茶を淹《い》れ直してくれた。

「香織先生、ダメでしたね。あんな薄情な息子だとはね」

「ピーチが奥さんだったとは驚いたよ」

「世間は狭いものですね。誰にも言わないでって必死でしたね。息子は妻の言いなりって感じでしたしね」

「でも、息子の方は苦しんでいるようにも見えたけど」

「そもそもお金持ちのお嬢さまと結婚したのが間違いなんですよ。釣り合いってものが大切だって昔から言うじゃないですか」

「それより今日の夕飯は何なの？」

「え？　またうちに食べに来るんですか？」

「だって清子さんの出所後のことをまだ話し合いたいんだもん。私、このまま引き下がりたくないんだよ」

「毎晩うちに来られたんじゃあ、亭主と暮らしているのとなんら変わりませんよ。せっかく独身生活を楽しもうと思ってたのに」

「そんなこと言わないでよ。マリ江さんには心から感謝してるんだよ。あ、そうだ。なんなら今夜は私が手料理を御馳走するよ」

「それだけは勘弁してください。口が腐りますから」

## 13　谷山清子　62歳　八百二十五番

土日祝は刑務作業がない。

それぞれが思い思いに過ごせる貴重な休日だが、私は昼寝をすることが多かった。刑務作業の炊事では、重い鍋を運ぶことも多いし、立ちっぱなしの八時間労働だ。そのうえ道具を隠されないようにと、常に他のチョーエキを警戒して気を張っている。だから最低でも週に一回は昼寝しないと身体がもたないのだった。

昼寝から目覚めて気分がスッキリし、蒲団を畳もうとしているときだった。コツコツと刑務官の足音が近づいてくるのが聞こえてきた。

その足音は、私たちの舎房の前で止まった。

誰か面会に来たのだろうか。この部屋の中で家族が面会に来るといえば、奥にいる「幸せ二人組」のどちらかと決まっている。毎度のことながら気分が落ち込みそうになったので、奥の二人を見ないよう目を伏せたまま、蒲団を畳んで部屋の隅に寄せることに意識を集中させた。

「八百二十五番、出ろっ」と、刑務官が怒鳴るように言った。

「おい、聞こえないのかっ」

「八百二十五番て、清子さんのことじゃない？」と、ルルが言った。

「えっ、私ですか？　何でしょうか」

刑務官は質問には答えず、「早く出ろっ」とだけ言った。

廊下に出ると、「面会だ」と、背の高い刑務官は静かな声で言った。

「えっ、面会？　私に？」

嫌な予感しかしなかった。

だって誰が面会に来てくれる？

元夫が今さら何の用？

まさか私を勝手に借金の保証人にしたとか？

元夫なら断ろう。受刑者は面会を拒否する権利を与えられているのだから。

あ、もしかして従姉かも。

いや、それはない。封筒の検閲印で刑務所からの手紙だとバレるから、もう手紙は出さないでほしいと言ってきたのだった。従姉とは子供の頃からずっと仲が良かったし、何かあるとすぐに相談に乗ってくれた。刑務所に収監されると決まったときは、アルバムまで預かってくれたのだ。けれど、四十代の娘がやっと結婚してくれたと喜んでからというもの、娘婿の家族にバレないよう、従姉は冷や冷やしっぱなしだった。

だから、面会者が従姉であるはずがない。

だったら、やっぱり元夫なのか。

それとも、朝生に何かあったの？

交通事故に遭ったとか？

そして……死んだとか？

「面会人は谷山朝生だ」

「えっ？」

びっくりして思わず刑務官を見上げた。

本当に朝生が来てくれたのだろうか。

「どうする？　会うのか？」と刑務官が尋ねた。

「会います。もちろん会います」

「では、行くぞ」

途端に気が急《せ》いて速足になったので、前を歩く刑務官の背中にぶつかりそうになった。

「入れっ」

刑務官の命令で、緊張しながら面会室に入った。

「母ちゃん」

本当に朝生だった。

あまりの驚きで、呆然《ぼうぜん》としていた。

「母ちゃん、元気そうで安心したよ。ちょっと太ったね」

声が詰まって何も言えなかった。

「母ちゃん、手紙をもらったのに返事出さなくてごめん」

「……ううん、いいんだよ。刑務所の検閲印があるのに、手紙なんか出してごめんね。もう出さないよ。私のことなんて忘れてくれていいんだからね」

「何を言ってるんだよ。俺のたったひとりの母ちゃんだろ」

「だって桃実さんがどう思うか……今日は内緒で来たんだろ？」

「内緒じゃないよ。人の親を馬鹿にするなって言ったら、離婚するって言い出して、大喧嘩になった」

そう言って、朝生は笑った。

「大丈夫なのかい？　私のことが原因で夫婦仲が悪くなったりしたら……」

「大丈夫だよ。桃実と夜明けまでとことん話し合ったんだ。それに、あの女医さんが……あ、いや、桃実の女子校時代の同級生が電話やメールでガンガン説得してくれたんだ。そのとき『視野が狭い』とか何とか言われたみたいで、桃実のヤツかなり悔しがってたけど、それでも何日か経って考え直したみたいだった。まっ、とにかく絵美と翔太には『おばあちゃんは遠い町に行ってる』ってことにしてあるんだ。出所して会いに来たときは話を合わせてくれよな」

　孫たちに会える日など、本当に来るのだろうか。

「母ちゃんが出所するの、俺待ってるから」

　何を言えばいいのか、頭の中が真っ白で、言葉が出てこない。

「手紙も書くからね」

　涙が滲んで朝生の顔がぼやけて見えた。

「えっと、朝生、あのう、色々とごめんね。こんな母ちゃんで申し訳ないです」

「なに言ってんだよ、母ちゃん。そんなこと言うなよ」

「だって、向こうのご両親の手前だってあるだろうし……」

「それも大丈夫だよ。俺から話しておいたから」

「話したって、何を？」

「母ちゃんが万引きせざるを得なかった切羽詰まった暮らしのこととか、母ちゃんは本来は働き者で優しい人だってこと」

息子から優しいなどと言われるとは想像したこともなかった。

「それで向こうのお義父《とう》さんは、なんて？」

「君のお母さんは努力が足りないってさ」

「……そう」

「母ちゃん、そんな顔すんなって。実は今回のことがきっかけになって、俺たち一家は、あの家を出てマンションを借りることにしたんだよ」

「えっ？　私のせいで、そんなことに……」

「違うってば。前から俺はそうしたかったんだよ。同居が窮屈でたまらなかったんだ。これで思いきり下品に納豆ご飯を掻《か》っ食らうことができるぜ」

「朝生は本当にそれでいいのかい？」

「もちろんだよ。俺がもっと早く母ちゃんを助ければ刑務所なんかに入らずに済んだのに、本当にごめん。俺、どうかしてたよ。向こうの金持ちの親に気後れして、遠慮ばかりしてた」

そのときだった。

「面会終了っ」

刑務官の声が響き渡った。

「朝生、元気でね。風邪引かないように」

「母ちゃんも身体に気をつけて。来月また来るから」

朝生がにっこり笑ってじっと見つめてくる。

私も涙を拭いて見つめ返した。

「早く出ろっ」

面会室を出て、元来た廊下を戻る。

刑務官の背中がぼやけて見えた。

廊下の曲がり角まで来たときだった。

「連絡事項が一つある」

そう言いながら刑務官が立ち止まり、振り返って小柄な私を見下ろした。

「先ほどの面会人が、八百二十五番の身元引受人になるサインをした」

そう言うと刑務官は前へ向き直り、続けて言った。

「八百二十五番は模範囚だから、早めに出られるはずだ」

# 第二章　殺人犯

## 1　児玉美帆《こだまみほ》　40歳　九百七番

どんどん情緒不安定になっていく。

なぜ手紙の返事が来ないのか。

子供たちは元気にしているのか。

和樹《かずき》はまだ五歳だから、ちゃんとした手紙を書くのは無理だとしても、怪獣だとか機界戦隊ゼンカイジャーの絵を描いて送ってくれてもよさそうなものだ。名前だけは平仮名で書けるのだし、なんなら名前一行だけでもかまわないのに。

それより風花《ふうか》はどうしたの？　小五だし聡明《そうめい》な子だから、手紙を書くくらい簡単なはずよ。それなのに、どうして手紙をくれないの？

舅《しゅうと》か姑《しゅうとめ》に手紙を書くことを禁じられているのだろうか。それとも、私の手紙は握りつぶされて、子供たちの目に触れないようにしているのか。

今まで宛先不明で戻ってきたことは一度もなかったから、手紙が届いているのは確かなはず。それはつまり、引っ越してはいないということだ。風花と和樹が夫の実家で世話になっている生活に変わりはないのだろう。それだけが安心材料だった。

――まさか本当に死ぬとは思いませんでした。人間があんなに簡単に死んでしまうなんて……。

裁判のとき、私はそう言ってさめざめと泣いた。演技ではなかった。自然と涙が溢《あふ》れ出てきたのだ。裁判官の中には、私の涙を見て夫の死を悲しんでいる、深く反省していると勘違いしてくれた人もいたかもしれない。だが正直に言うと、夫の死など悲しくもなんともなかった。あのときの涙は、極度の緊張と、将来に対する恐怖と不安から来るものだった。

――正直に答えてください。本当は、暴力亭主なんて死んでしまってもかまわないと考えていたんじゃありませんか？

本心をズバリ言い当てられるとは思ってもいなかった。私はどこから見ても凶悪な人間には見えないと思うのだが。

――死んでしまってもいいなんて、そんなこと考えたこともありません。だって、あの人は子供たちの大切な父親なんですから。

これは本心ではなかった。あの男が子供たちの父親であることは紛《まぎ》れもない事実だが、あんな父親ならいない方がマシだと断言できる。その考えは今でも変わらない。

どんなにひどい父親であっても生きている方がいいと、自信を持って言える人がいるのなら、その根拠を是非とも聞かせてもらいたい。

だがこの時点で私は知らなかった。殺意があったかどうかで殺人罪か傷害致死罪かが決まるという法律の基本中の基本を。いや、たぶん聞いたことくらいはあったと思うが、それまでの人生で殺人なんて他人事《ひとごと》だったし、そもそも殺意の有無などという本人でさえはっきりとはわからないことを、裁判所が勝手に決めてしまうなんて想像もしていなかった。

あのとき弁護士は、そんな重要なことをなぜ教えてくれなかったのか。

――くれぐれも言動には気をつけてくださいね。決して殺意があったわけじゃなくて偶発的なことだった、避けられないことだったと、裁判官に印象づけるようにしなければなりません。例えば、ですね、こう尋ねられたときは……。

などと具体的に指導してくれてもよかったのではないか。それをしてくれなかったということは、夫殺しの女なんか無期懲役だろうが死刑だろうが知ったことじゃないと思っていたに違いない。あの柔和な好々爺《こうこうや》のごとき笑顔に騙《だま》された思いだ。

だが、そういったことは初めてじゃなかった。若い頃から、ある種の男性から見て私が「ムカつく女」だと思われていたのは知っている。そのたびに愕然《がくぜん》とし、ショックを受けたものだが、気にしないよう自分に言い聞かせてきた。気にしないなんて所詮《しょせん》不可能なのだが、ほかにいい方法が見つからなかった。

――女のくせに男のオレよりいい大学を出てやがるのが気にくわない。

そんな本心が透けて見えることもあったが、それは自分としてはどうしようもないのだった。たぶん会議などで理路整然と冷静な顔で反論するのが「ムカつく」という気持ちに繋《つな》がるのだろう。だったら、バカっぽく話す軽薄な女を演じる練習をすべきだったのか。

裁判でも同じことだった。見るからに社会の弱者――貧乏のどん底にいる無知な女――といった感じなら、判決も違うものになっていたのではないかと、今になって考えることがある。もしも私が儚《はかな》い雰囲気――声が小さくて、いかにも自信なげで小柄だが、よく見ると、すごい美人で透き通るように色白で――を纏《まと》っている女なら、裁判官の印象も変わったのではないか。

――台所にあった庖丁《ほうちょう》でメッタ刺しにした痕跡《こんせき》から推定するに、パニックに陥っていたと思われます。

そう言って弁護士が庇《かば》ってくれた場面もあることはあった。いくら何でもそれくらいのことは言わないと、次の仕事が来ないとでも思ったか。

夫に蹴られて肋骨《ろっこつ》が折れたときのレントゲン写真や、殴られて痣《あざ》だらけになった写真などが次々に証拠として提出されたとき、傍聴席から息を呑《の》む気配が伝わってきた。何度も離婚してほしいと頼んだが、その都度ひどく殴られたので恐ろしくて言えなくなっていた。

夫の暴力が私だけに向けられているときは、自分さえ耐え忍べば済むことだと我慢を重ねていた。だが、子供たちにまで向かうようになったとき、それまでの「逃げたい」が初めて「夫なんかこの世からいなくなればいい」に変わった。

……そうか、そういうことだったのか。やはり私には殺意があったらしい。計画的ではないにしても。

いつだったか、テレビのドキュメンタリー番組で、執行猶予がついた殺人事件を特集していたことがあった。暴力亭主を殺した妻だけでなく、浮気した妻を殴り殺した夫までもが執行猶予がついて普段通りの生活を送っていた。それを思い出して、私も当然そうなると思っていた。

それなのに——

刺し傷が十五センチにも及ぶ深さで、何度も刺していることから、確実な殺意があったと判決が下った。

テレビドラマの刑事ものや法医学ものを欠かさず見るような人にとって、刺し傷の深さや刺した回数が分かれ道になることは常識中の常識だと、後になって知った。だけど私は普段からほとんどドラマを見ないので、そんなルールがあることも知らなかった。

ああ、どうせ殺すなら徹底的に過去の殺人事件の判例を調べるべきだった。何度も頭の中で段取りを反芻《はんすう》し、完璧にやり遂げればよかった。刺し傷をなるべく浅く、刺す回数も少なくして致命傷を負わせる方法を研究し、練習もやればよかった。

しかし、どんなに頭の中でシミュレーションを重ねたとしても、いざとなれば冷静ではいられなかっただろう。あのときだって必死だった。私より二十センチも背の高い夫に庖丁を取り上げられでもしたら、いくら夫が酒に酔っていたとはいえ、私の方が刺し殺された可能性は高い。背の高い人は腕も長いから小柄な人間を刺すのなんて簡単だ。

母親の私が死ぬわけにはいかなかった。子供たちには母親が必要だ。本当は母親でも父親でもかまわないのだが、どちらにせよ、まともな保護者――暴力を振るわない、そして話が通じる――が必要だ。

――執行猶予は難しいかもしれないですね。

弁護士の言葉で奈落の底に落とされた。可愛い盛りの子供たちと離れて暮らさなければならないと思うと、つらくてたまらなかった。

――無期懲役なんてことはないですよね？

――たぶん、大丈夫だとは思いますけどね。

たぶんって……。

目の前が真っ暗になった。

結局のところ、刑期は五年になった。執行猶予はつかなかったものの、情状酌《じようじようしやく》量《りよう》の余地があるとされた。

夫が血だらけになって倒れて救急車を呼んだあの夜から、風花にも和樹にも会えていない。あの日、子供たちは私の実家に泊まりに行っていて、血だらけの夫を見なかったことがせめてもの救いだ。

しかし、母親と会えない子供たちの精神状態が心配でならなかった。私が出所するまでは、実家の両親が子供たちの面倒を見てくれるものだと思っていたが、舅は「孫の和樹は我が家の跡取りだ」と言って、実家の母を恫喝《どうかつ》したという。そして、「風花だけなら、そちらにやってもいいが」と、まるで犬猫のように言い放った。だが母は幼い姉弟を引き離すのは忍びないと言い、風花も舅に引き渡したと、弁護士から後になって聞かされた。

母親の私がある日突然いなくなった理由を、子供たちはどう聞かされているのか。

――あなたたちのママはね、外国でお仕事をしているのよ。

などと姑が話してくれていると勝手に想像していたのだが、だとしたら、「外国から届いたわよ」と言って、私の手紙を見せてくれてもよさそうなものだ。それをしていないのなら……。

——ママはね、パパを殺して刑務所に入ってるの。鬼のような女なのよ。

いや、そうは言わないだろう。姑は教養ある人だ。子供の心に暗い影を落とすようなことを言うはずがない。

だったら……もしかして私は死んだことになっている、とか？

それらのどれでもないと気づいたのは、つい先日だった。秋月梢《あきづきこずえ》が、清子《きよこ》を慰めていたときのことだ。清子は、どうやら一人息子に見限られているらしいのだ。

——誰だって親が刑務所に入っているなんて知られたくないもの。

この秋月の言葉で、私は自分の甘さを思い知らされた。

保育園や小学校で私のことが話題に上らないはずがない。どの子も親から聞かされているに決まっている。「人殺しの子」だと言われていじめられているのではないか。そうであれば、風花は不登校になって、家から一歩も出られなくなっているかもしれない。

ああ、それもこれも、すべて私のせいだ。私は子供たちに罪なことをした。あんな父親ならいない方がマシだと思ったのは間違いだったのか。じゃあどうすればよかったのだ。

そして秋月梢は清子にアドバイスした。

――息子さんの会社や家の近くに行って、遠くから元気な姿を見ればいいわ。愛する人たちが健《すこ》やかに暮らしていることを確認するだけで、母親というものは心満たされるものよ。

つまり、出所しても会えず、二度とこの手で抱きしめることもできない。物陰に身を潜《ひそ》めて子供たちをそっと見ることしか許されないのか。

夫さえこの世からいなくなれば、親子三人で穏やかに暮らせると思っていた。執行猶予がつくものと信じて疑わなかった。

それにしても……実家の母は？

少なくとも田舎に住む両親だけは手紙をくれると思っていた。それなのに一向に届かない。父は穏やかで優しい性格だが、鈍感なところがある。殺人を犯した娘をどうやっても理解できず、疲れ果てて見放したのだろうか。

刑務所の中では、誰もが手紙を待ちわびている。行間に微《かす》かな希望を見出《みいだ》そうと必死だ。誰からでもいい。「元気でやってるか」のひとことだけでもいい。時候の挨拶だけでもいい。なんなら私を非難する親戚からの手紙だって大歓迎だ。それがきっかけで、非難の応酬の文通になればなお嬉《うれ》しい。そうなれば、実家はもちろんのこと子供たちの様子も、便箋《びんせん》から少しは透けて見えるはずだ。

「ねえ、美帆さん、どうしてそんなに穏やかでいられれんの？　刑期、長いんだろ？」

突然ルルに尋ねられ、それまでの妄想が断ち切られた。

穏やか？　この私が？

ルルには穏やかに見えるらしい。実際は、朝から晩まで心の中で葛藤《かっとう》していて苦しくてたまらないのに。

一瞬の間が空くと、ルルは慌てたようにつけ加えた。「あ、ごめん。変なこと聞いちゃって。あのさ、だってさ、刑期の短い私でさえ落ち込んじゃうことがあるからさ、だから不思議でね。アハハ」

そのとき、清子が「ルルちゃん、早く食べないと時間がなくなるよ」と、助け舟を出してくれた。今日の夕飯は鰯《いわし》の梅干し煮で、副菜は切り干し大根、味噌汁《みそしる》の具は大根の葉と油揚げだ。

――あのね、ルルちゃん、私は夫を殺したこと自体に後悔はないの。だけどね、もう生きていくのが嫌になっちゃってるの。穏やかなんかじゃなくて、どうやっても気分が沈むから静かなだけよ。

ルルが大きな口を開けて麦ごはんを頬張るのを見ながら、私は心の中でそう言ってみた。この狭い部屋の中では、一対一で話をしようとすれば、移動して隣に座るしかなかった。そうでなければ全員の耳に入ってしまう。清子や秋月梢にならば聞かれてもかまわないが、奥の二人組に知られるのは嫌だった。

聞くところによると、私と入れ替わりに釈放された女は、この部屋のボスだったという。狭い空間でプライバシーをしつこく尋ねる女だったために、互いの罪名や刑期だけでなく、生い立ちや経済状態に至るまで否応《いやおう》なく耳に入ってしまったらしい。だが新参者である私と秋月梢だけは、同室メンバーの細かい事情を今も知らないままだ。とはいうものの、部屋を飛び交う会話から、だいたいの事情は察せられた。覚醒剤で捕まったルルには悪い虫がついているようだし、清子は貧困ゆえの万引きで捕まったらしい。そして奥に陣取る二人はどちらも五十代で、夫に対する傷害罪だ。驚いたのは、家族の涙ぐましい奔走で二人とも正式に離婚できたことだ。そんな幸運な女がこの世にいるとは知らなかった。

だが離婚届を出したからといって、完全に縁が切れたと考えるのは甘いと断言できる。私だって何度も家出して身を隠したが、夫は探偵を雇ってすぐに私を見つけだした。シェルターも探してはみたが、どこも満杯だったし、ネットの記事によると、夫に嗅ぎつけられることがよくあるらしい。子供たちだけは安全な場所にと願い、私が家出を試みるときは実家に預けた。だが、夫はすぐに迎えにいった。実家の父の前では穏やかで優しい夫を演じ、簡単に子供を取り返した。絶対に子供を引き渡さないでとあれほど何度も頼んでいるのに、実家の父には通じなかった。父は幼い子供たちの表情から怯《おび》えを読み取れる男ではなかった。いつの間にか、夫と父との間では、私という人間は「御しがたい我儘《わがまま》な女」として厄介者扱いされるようになっていた。

――あの婿さんはエリートなのに、うちの美帆みたいな頭のオカシイ娘を捨てずにいてくれるのはありがたいことなんだぞ。

実家に帰ったとき、父が母にそう言っているのがドアの隙間から聞こえてきたことがある。

夫はどこまでも追いかけてくる。いったんクズ男と結婚したら、一生涯逃れられない運命を背負うことになる。だから殺すしかなかった。

そういった経験から、離婚届を出したくらいで明るい未来を思い描いている奥の二人を、私は「能天気二人組」と心密《ひそ》かに名付けていた。

――あなた方が釈放されたあと、元夫はいつ何どき家を訪ねてくるかわからないですよ。

能天気二人組に、そう忠告したいと思うときがある。だが言ったところで、愚かな嫉妬だと取られるだろう。実際、羨《うらや》ましさからくる意地悪な気持ちが半分含まれていることは自覚していた。

「能天気二人組」のうち髪が長い方の女は子ナシで、実家で母親と独身の妹が帰りを待ってくれていると聞いた。もう一方の女には子供が二人いるが、子供といっても、既に三十歳を過ぎているらしい。

やっぱり羨ましい。うちの子供たちが自立するのはずっと先のことだ。

人を殺すのは最も罪深いことだ。そんなことはわかっている。だが、私にとっては、そんなのはきれいごとだ。夫を生かしておいたら、私だけでなく子供たちも犠牲になるかもしれなかったのだ。

仮に「能天気二人組」のように、夫が負傷しただけで死ななかったとしたら、今頃どうなっていただろう。想像するだけで背筋に冷たいものが走る。どんな仕返しをされるかわかったものではない。離婚など、それこそ死んでもしてくれないだろう。彼にとって私はなくてはならない存在だった。ストレスの捌《は》け口として重宝するサンドバッグだった。

「ご馳走様《ちそうさま》でした」

清子の言葉で、ハッと我に返った。

ルルが私を上目遣いでチラリと見た。不用意な質問――ねえ、美帆さん、どうしてそんなに穏やかでいられんの？　刑期、長いんだろ？――をしてしまったことを申し訳なく思っているのだろうか。ルルを安心させるために（本当はあまり言いたくなかったけれど）微笑《ほほえ》みを添えて言った。

「あのね、ルルちゃん、私はそれほど刑期が長いわけじゃないのよ」

そう言うと、ルルはホッとしたような顔をしたあと、不思議そうな顔になった。

――人を殺したのに刑期が長くないって、どういうこと？

ルルだけじゃなく、この部屋のみんなは、本当はもっと色々と尋ねたいのだろう。

いったい誰を殺したの？

なぜ殺したの？

どうやって殺したの？

「美帆さん、顔が赤いけど、もしかして熱があるんじゃない？」と、隣の秋月が、私の顔を覗《のぞ》き込んだ。

「そうですか？　赤いですか？」

そう言いながら、額に手を当ててみた。

「あら、ほんとだ」

そういえば、今朝から身体《からだ》がだるかった。風邪を引いたのかもしれない。

一日八時間もの縫製作業がきつくて、疲れが溜《た》まっていた。

## 2　医師・太田香織《おおたかおり》　37歳

診察室のドアを入ってきたのは、刑務所には不似合いな女だった。

受刑者はみんな揃《そろ》いの作業着を着ている。工務店のオヤジが着るようなグレーの上下で、動きやすいようにという観点からか、みんな少し大きめのを着ていてダボッとして皺《しわ》だらけだ。だが、この女が身につけていると、違った印象になるのが不思議だった。姿勢が良くて細身だからなのか、妙にきちんとして見えた。

それにしても、またしても悪人には見えなかった。それどころか上品にすら見えるから、いったい何をしでかしたのか見当もつかない。カルテには「四十歳」とあるだけで、罪名の記載がないのもいつも通りだった。

「三十八度一分です」と、マリ江《え》が体温計を見ながら言った。

私は受刑者の襟元から聴診器を差し入れた。「ちょっとひんやりするよ」

少し脈が速いが、たいしたことはなさそうだ。寝冷えでもしたのだろう。

「咳《せき》は出るの？」と尋ねてみた。

「はい、昨日の夜から少し」と、小さいがよく通る声で女は答えた。

「お腹《なか》は下してない？」

「はい、大丈夫です」

すると、そのとき……。

――びっくりだわ。まさか本当に金髪だとは。

どこからか声が聞こえてきた。

念のために辺りを見渡してみたが、診察室には受刑者と刑務官とマリ江しかいない。

やはり聴診器から聞こえているのだ。

そのとき、マリ江と目が合った。

――何か聞こえたんですか？

私をじっと見つめるマリ江の目がそう語っている。

「熱があって、それで咳が少し、と。そして、お腹は大丈夫、ってことね」

そう口にしながら、私は熱心にカルテに書き込むふりをし、顔を上げないまま尋ねた。「で、あなたの罪状は何だっけ？」

我ながら尋ね方がさりげなくて、まるで演技派の女優みたいだと思ったのに、間髪を容《い》れず刑務官の鋭い声が飛んできた。

「先生、個人情報保護法に違反します」

「あのさ、この人には精神的な病があるんだよ」

「えっ、精神的な？　こんな短い診療で、もうわかったんですか？」と、刑務官が訝《いぶか》し気な目を向ける。

「そりゃわかるよ。だって心臓がドキドキする音が聞こえるんだもん」

聞こえなければ死人なのだが、刑務官はなぜか納得したような顔になり、それ以上は何も言わなかった。

――心の病気って、何のこと？

患者の声が聞こえてきた。

――鬱《うつ》症状があるとか？　だとしても、聴診器をちょっと当てただけでわかったりするのかな。それに、刑務所に入れられて鬱にならない人間なんていないと思うけど。

「で、あなたは何をやらかしたの？」

「それは……」と、受刑者は言い淀《よど》んだ。

――言いたくない。言ったら驚くに決まっているもの。周りの受刑者のほとんどが万引きか覚醒剤でつかまっている。正直に殺人だと答えたら、この金髪の医師はどう思うかしら。

えっ、殺人？

マジかよ。この女は人を殺したのか？

人は見かけによらないというのは本当らしい。清子の場合は四百三十円の惣菜《そうざい》を盗んだだけだから心から同情したけれど、こんな大人しそうな女が殺人犯だとは。

急に恐ろしくなってきて、思わずキャスター付きの椅子に座ったまま後ろにすうっと下がると、背後の壁にぶち当たってしまった。その一連の動作を、この殺人犯の女は気味の悪いものを見るような目でじっと見つめている。

世の中には殺人事件のニュースが溢れている。連日のように報道されるから聞き飽きて、いちいち気にしていられないほどだ。だけど、こんな間近で殺人犯を見たのは初めてだったし、こんな上品そうな女が人を殺す場面を上手《うま》く想像できなかった。

やっぱり、ここは怖いところだ。

この女は要注意人物だ。というのも、細身の女は意外と力が強い。大学時代に、テニスサークルの合宿で腕相撲大会をしたことがあったが、優勝したのはメンバーの中でも最もスリムで見るからにか弱そうな女の子だった。

いったい誰を殺したのか。どうやって？　凶器は何？

好奇心に耐えきれず、椅子に座ったままそろそろと近づいて、再び聴診器を当てた。

——殺人だと言えば、きっと凶悪な人間だと思われるわね。だったらいっそのこと、夫を殺さなければならなかった事情を詳しく説明した方がいいのかしら。

「へえ、ダンナを殺したんだ」

そう言うと、受刑者は目を見開いて私を見た。

——清子さんが言ってた霊感というのはこのことね。なんだか怖いわ。

おいおい、怖いって何だよ。人殺しのテメエの方がよっぽど怖いだろ。

「で、どうやって殺したんだっけ？　多量の睡眠薬を盛ったとか？」

――そんなことまで医師に言わなきゃならないのかしら。発熱と何の関係があるの？　庖丁でメッタ刺しにしたなんて、絶対言いたくない。

「メッタ刺し？　マジ？　そんな真面目そうな顔して怖い女だねえ」

そう言うと、冷たい空気が聴診器を通して伝わってきた気がしたが、錯覚だろうか。それにしても庖丁でメッタ刺しとはね。やはり自分たちとは住む世界が違うようだ。

「あなた、名前は？」と尋ねてみた。

「ですから先生、それは個人情報保護法に違反しますので」と刑務官が口を出す。

「この前も言ったじゃん、番号で呼ぶのは精神的にも良くないって」

そう言うと、刑務官はまたしても黙った。

「あのう、私でしたら、児玉美帆と申しますが」

「じゃあ、これからは美帆さんて呼ぶことにするよ」

――美帆さん、だなんて……この医師は髪の色だけでなく性格もおかしいらしい。それに私のことを「怖い女だ」と言って簡単に切り捨てるなんて、ひどい。ひどすぎる。この医師が私の立場なら、夫にどう向き合ったのかを聞いてみたいわ。

「香織先生、ちょっと私にも貸してくださいよ」

そのとき、幼い子供が二人並んでいる写真がぼんやりと伝わってきた。

「ちょっと待ってよ」

「順番だって言ったでしょ。香織先生ったら長すぎますよ」

マリ江がじれったそうに言うので、仕方なく聴診器を手渡した。

マリ江は聴診器を奪い取るようにして殺人犯の胸に当てると、すぐに目を閉じた。

そしてほんの数十秒経《た》っただけで、「あなた、男運が悪かったわね。若いのに苦労して、ほんと、かわいそう」と言いながら、目に涙を溜《た》めた。「だってそうでしょう？まともな男と結婚してれば、刑務所とは無縁の生活が送れたでしょうに」

例によって、マリ江には殺人犯のこれまでの人生が「走馬灯のように」見えたらしい。どうもこの聴診器は、私よりマリ江の方が相性がいいようだ。

「美帆さん、あなたが悪いんじゃないよ。男選びをちょこっと間違っちゃっただけなんだよ。この世には善良な男なんか山ほどいるっていうのに、よりによって……若気《わかげ》の至りだよねえ。仕方がないよ」

「ちょっとマリ江さん、返してよ」

悔しくなって聴診器を取り返し、殺人犯の胸に再び当ててみた。

夫をメッタ刺しにする過去も見えただろうに、マリ江は美帆を恐ろしい女だとは思わなかったのか。それどころか同情を寄せている。それほどの事情があるのかと思い、私も過去を探ってみようとするが、どうもうまくいかない。だからマリ江の真似をして目を閉じ、耳に神経を集中させようとした。

そのときだった。「あのう、先生」と、刑務官が壁際に直立不動のままの姿勢で、遠慮がちに話しかけてきた。「何か重大な病気が見つかったんでしょうか」

もうちょっとのところだったのに、まったく、もう……。

美帆を見ると、刑務官と同じように、不安そうな表情でこちらを見ている。

「あのさ、考えてもみなよ。聴診器を当てただけで重大な病気を発見できると思う？ 霊能者じゃあるまいし」

「すみません」と、刑務官は項垂《うなだ》れたが、すぐに顔を上げ、「でも先生、だったら、さっき、どうして……」と尋ねる。

なぜ看護師と聴診器を奪い合うようにして患者の胸に当てていたのか。そう聞きたいのだろう。

「この殺人犯、じゃなくて美帆さんは軽い風邪だよ」

「え？ でしたら、もうそろそろ……」

刑務官は、そう言いながらドアの方を見た。さっさと終わらせて次の患者を呼べと言いたいのだ。

「で、美帆さんは食欲はあるんだっけ？」

「いつもと比べますと、あまり……」と美帆が答えた。

「だったら栄養があって食べやすい物がいいね。お腹は壊してないようだから、例えばアイスクリームとか、ビタミン豊富な果物とか、それとも」

「先生、それは無理です」と、刑務官が遮《さえぎ》った。「甘いものは月に一回と決まっておりますので」

「甘いとか甘くないとかの話じゃないんだよ」

「ええ、おっしゃってることはわかるんですが」

「ここは本当に不自由な所だね。だったら、お粥《かゆ》は？」

「それなら出せます」

「だったら、お粥にしてあげて」

言いながらも、殺人犯にここまで親切にする必要があるだろうかとも思っていた。だって人の命を奪ったのだ。それなのに、殺した本人は風邪を引いたからと、お粥を食べて身体を大切にするって……どこか間違ってはいないか。

「まっ、どっちにしても一晩寝たら治ると思うよ。薬を出しておくね。明日は土曜日だから、刑務作業はないんだったよね？」

「はい、土日はお休みです。それで」と刑務官が続ける。「明日になって熱が下がっていたら診察はもう終わりってことでよろしいですね」

「うん、そうだね」と私が答えたときだった。すかさず、「そうはいきませんよ」と口を出したマリ江の口調は強かった。「香織先生、そうでしょう？　最低でも、もう一回くらいは診ないとダメですよね？」

そう言いながら、マリ江は刑務官に背中を向け、私にだけわかるようにウィンクを寄こした。

なんなのだろう。いい歳《とし》してウィンクなんて気持ち悪い。だけど、マリ江には聴診器を通して何かが見えたのだ。診察を引き延ばさなければならないほどの事情が。

## 3　児玉美帆　40歳　九百七番

やっと土曜日になった。

平日は分刻みの忙しさだから、休日が来るとホッとする。手紙を書いたり本を読んだり、同じ部屋のメンバーと話したりできる。

土日のどちらかは、必ず昼寝をして寝だめすることにしていた。そうしないと、翌週一週間が体力的に厳しくなる。狭い部屋に六人もいて、みんながおしゃべりをしている中でも、それを気にせずぐっすり昼寝することができるのは、疲れ果てていることもあるが、この部屋には安心できる空気があるからだ。刑務所内はいじめがひどいと聞いていたから、この舎房に入れた私は特別に運が良かったのかもしれない。

奥に陣取る「能天気二人組」は、刑務所に併設されている美容室に行ったので、部屋にはいなかった。私は一度も行ったことがない。お金がないからだ。

聞いた話だと、刑務所内の美容室の美容師も受刑者だという。敷地内に美容学校があり、希望者の中から選抜された少数の受刑者が刑務作業の一環として通うことができ、美容師免許を取得することができる。

家族から現金の差し入れのある「能天気二人組」は、二ヶ月に一度以内という規定に沿って美容室に通っている。毎月のように家族が面会に来てくれるのだから、小ぎれいにしているところを見せたいといった気持ちがあるのだろう。そういったことが、彼女らの心の張り合いになっているのが、日々の前向きな生活からも見て取れた。

彼女らを見ていると惨めな気持ちになる。私は決して裕福な生まれではないが、この安価な美容室代さえ払えない今の境遇を、すんなり受け入れることができなかった。そして、その惨めさに拍車をかけるのは、子供の頃からずっとショートヘアだったことだ。こんな歳になってから、生まれて初めてのロングヘアになろうとは思いもしなかった。

ルルが見かねたのか、こっそり黒い髪ゴムをくれた。こっそりというのは、刑務所内では貸し借りや譲渡が厳しく禁じられているからだ。

　ルルは感心するほど手先が器用で、まとめ髪を一瞬で作ってしまう。後ろに目がついているのかと思うほどだ。私は長い髪に慣れていないこともあり、後ろ手で髪を一つにまとめるだけのことでも初めての経験で、もたもたしてしまうのだった。

「美帆さん、体調はどう？」と、秋月が尋ねてくれた。

「はい、もう熱も下がりましたので大丈夫です。まだ少しだるいですが、この二日間ゆったり過ごせば元通りになると思います」

「そう、それはよかったわ」

「ねえ、ねえ、女医さんて、本当にパツキンだった？」とルルが尋ねた。

「そうよ。本当に金髪だったわ」

「それって、似合ってるわけ？」

「似合わない人ほど、ああいったお洒落《しゃれ》をしたがるのかしらね。不思議よね。そんなことよりね、清子さんが言っていた通り、霊感があるとしか思えなかった」

「やめてちょうだいよ。あなたまで」と、秋月が珍しく眉間に皺を寄せて続けた。

「そういった非科学的なことを信じる人、どうかと思うわ」

「すみません。私も今まではそう思ってきたんです。霊感だとか占いだとかを信じる人を心の中では軽蔑してたくらいですから」

「だったら、霊感があるなんて言わないでちょうだいよ。この部屋がそういった雰囲気になるのが、わたくしは嫌なのよ」

「そうですね。秋月さんのおっしゃる通りです。でも……」

昨日の診察のとき……。

――へえ、ダンナを殺したんだ。

金髪医師がそう言ったときは、本当に驚いた。だが次の瞬間、思い直した。きっと何かの資料を見たに違いないと。だけど……。

――メッタ刺し？　マジ？　そんな真面目そうな顔して怖い女だねえ。

そこまで資料に書いてあるとは思えないから、やはり霊感に違いない。

「美帆さんが女医に霊感があると思ったのは、なんでなの？」と、ルルが尋ねた。

「今まで誰にも話していないプライベートなことを、次々に言い当てられてしまったからよ」

「ええっ、本当？　怖いよう」と、ルルが泣きそうな顔になる。

向かいにいる清子は深く頷《うなず》きながら、私を見て言った。「でしょう？　私のときもそうだったんだよ。びっくりしたよ」

そのときドアが開いて、「能天気二人組」が美容室から帰ってきた。二人ともにこやかだからか、一瞬ここが刑務所ではない、何かの待合室か休憩所のような空気になる。

私は素早く二人の髪に目をやった。美容師にブローしてもらうと、こうも艶《つや》が出るものかと改めて感心し、美容室にも行けない自身を再び思い、落ち込みそうになった。清子も同じ思いなのか、二人からはいつも目を逸《そ》らしている。だがルルはまったく気にも留めていない様子で、屈託《くったく》のない笑顔を二人に向けた。

「すごい、すごい。艶々じゃん。年寄りなのに天使の輪ができてる」

ルルとしては褒めたつもりらしい。ルルが悪気がないことを知っているからか、それとも心に余裕があるからなのか、二人はいつも通り顔を見合わせて笑った。

「あら失礼ねえ。年寄りだなんて。まだ五十代なんだから、せめてオバサンと言ってよね」

「噂で聞いたんだけど、一般の人もムショの美容室に来てるんだって？」と、ルルが尋ねた。ルルは噂をあちこちから仕入れてくる情報通だ。

「誰でも来店できるみたいよ。カットが九百円という安さだもの。道理で近所に住む女の人たちにも人気があるわけよ」と、一人が答えた。

「でもね、ハサミやカミソリを使うから、万が一に備えて、刑務官がつきっきりで見張っていてね。なんだか物々《ものもの》しいの」

美容師の資格を取得できた人が羨ましかった。私にはヘアスタイルに関してセンスがあるとも思えないし、性格的にも客商売は向かないとは思う。そのことを重々承知していてもなお心がざわつくのだった。出所したときに手に職があればどんなに安心だろうと。

　次回の募集で希望を出してみようかな、と思いを巡らしているときだった。

「どんなチョーエキなら美容学校に入れるの？」と、尋ねたのは清子だ。

「日頃から態度が良くて刑務官に気に入られていて、刑期が長いチョーエキだって聞いたよ。全部で十人くらいだって」と、ルルが答えた。

「えっ、刑期が長い人？　どうして？」と、私は尋ねた。

「だって、美容学校で二年間勉強したあと、最初はチョーエキの髪を練習台にして、そのあとムショの一階にある美容室に立つまでに、六、七年はかかるんだってさ。だから刑期の短いチョーエキはダメなんだよ」

「へえ、そうだったの」と、清子ががっかりしたように言った。

「清子さん、まさか美容師になりたかったの？」と、ルルが尋ねた。

「センスも自信もないけど、出所したあとの生活を考えるとさ、手に職があればいいなあと思って」

　清子も私とまったく同じことを考えていたらしい。

「無理、無理、年寄りには無理だよ」と、ルルはにべもなく言い放ち、顔の前で手を左右に振った。「だってシャバでは普通なら二十歳くらいで卒業するんだよ。資格を取った若い子でも、最近はなかなか美容院で雇ってもらえないって聞くよ。それなのに歳食ってるオバサンなんてチョー無理。それも前科アリだよ？」

「前科のことは履歴書には書かないよ」と清子が言う。

「だよね」と、当然のようにルルが応えた。

「あーあ、資格さえあれば何歳でも働けると思ってたのに」と、清子は残念そうに言った。

「それよりさ、ムショ内の美容学校は、途中で自分には向いてないとわかって嫌になっても、途中退学は絶対に認められないんだってよ」

ルルが言うには、美容学校で勉強するのは刑務作業の一環であって、シャバの学校とは意味が違うという。実技だけでなく座学も多いのだが、小学校の頃から学校に通っていない女性も多く、勉強する習慣が身についていないから、苦痛でたまらないと感じる女性が少なくないらしい。ヤル気のなさが見えただけで、懲罰が待っているというから厄介だ。

そういった現実が受刑者たちに知れ渡っているからなのか、意外にも倍率は高くないという。実際に応募に踏み切るのは、子供の頃から美容師になることが夢だったという女性がほとんどで、そういった女性は最後まで粘り強く頑張って資格を取るらしい。

「昔は髪結《かみゆ》いの亭主って言葉があったほど、女が自立できる仕事だったのにね」と、秋月がぼそりと言った。

「それ、知ってる。昭和時代のドラマで見たことある」と、ルルが続ける。「自宅の一階を店にして、今の美容院にあるような高そうな機械もないもん。きっと安く店を開けたんだろうね」

「そうなのよ。今の美容院は椅子ひとつとっても見るからに高価そうだもの。自力じゃ無理ね。ほんと生きづらい世の中になっちゃって」と、秋月が溜め息をついた。

秋月によると、昔は美容師に限らず、板前や大工など様々な人々が店を開いたり会社を興《おこ》して親方《おやかた》の元から独立したのだという。いつか店を持つという夢があるから、つらい修業にも耐えて技術を身につけ、親方も暖簾《のれん》分けと称して開店資金を出してくれたから、着々と夢を実現していくことができた。だが現在は、雇用される状態から抜け出せないどころか、正社員として雇用されることさえ狭き門だ。となると、出所してからどうやって食べていけばいいのだろう。子供たちを引き取るなんて夢のまた夢に思え、つらい気持ちになる。

そのとき、刑務官の足音が近づいてきたと思ったら、ドアの前でピタリと止まった。見ると、たくさんの封書や小包みを胸に抱えている。

手紙や雑誌の差し入れは、「能天気二人組」宛《あ》てと決まっているから、思わず目を逸らした。だけど、ひとりぼっちなのは私だけじゃない。清子も秋月も私と同じように家族から見放されている。そう思うことで、ちょっぴり慰められる瞬間でもあった。

ルルも同様で、家族からの手紙が届いたのは見たことがない。ルルの両親はまだ五十代前半で健在だというから、親子なのに冷たいものだと思う。ただ、ルルにはときどき彼氏からの手紙が届く。見せてくれたことがあるが、絵文字だらけで、ピンクや黄色のマーカーが使われていてカラフルだった。

ふとそのとき、女の子が書いているのではないかと思った。字だけは彼氏が書いているとしても、その周りを縁取《ふちど》るマーカーや絵を見ているうちに、ルル以外に女がいると直感的に思った。だが口には出さなかった。彼氏からの手紙だけがルルの心の支えだからだ。しかしルルが釈放される日が近づいたときには、それとなく注意してあげようと考えている。余計なお節介だろうか。

「二百七十四番と三百十七番、手紙だ」

案の定、刑務官は奥の二人組をドアの所まで呼び出し、封書と小包みを手渡した。どちらも検閲されているから開封済みだ。

二人は満面の笑みで受け取り、自分の陣地に帰っていく。今にもスキップしそうなウキウキした二人の背中を見るのはつらかった。

手紙はそれで終わりかと思っていたら、刑務官が「八百二十五番と九百七番、手紙だ」と言った。清子と私の番号だったので、びっくりして思わず清子と目を見合わせた。だが、ルルと秋月には届いていないことを思うと、あからさまに喜ぶことも躊躇《ためら》われて、清子と互いに頷き合うにとどめた。

私にはなんと、三通も届いていた。嬉しさのあまり、差出人を見ないまま胸に抱きしめた。誰からの手紙だろう、風花だろうか、和樹だろうか、そして残り一通は実家の母ではないか、それとも、意外にも姑が子供たちの様子を知らせてくれたのかと想像を巡らした。

自分の陣地にそっと腰を下ろし、壁にもたれてゆっくりと胸から封書を離して送り主の名前を見ると、不思議なことに、私の名前が書かれていた。

えっ、どういうこと？

紛れもなく私の筆跡だ。

慌てて裏返して宛名を見た途端、息を呑んだ。

封筒の真ん中に「受取拒否」の赤いハンコが押されていた。急いで他の二通も見てみたが、同じだった。

ふと顔を上げて清子を見ると、手紙を取り出して読んでいるところだった。周りを気にしてか、清子は手の甲でさっと涙を拭《ぬぐ》った。

「清子さん、大丈夫？」と、ルルが隣の清子の顔を覗き込んだ。

「うん、嬉しくて、ついね」と、清子は恥ずかしそうに答えた。

「あ、もしかして、息子さんから、とか？」

「うん、そうなの」

「へえ、すごいじゃん」

「実はね……この前、面会に来てくれたんだよ」

えっ、息子さんが？

清子は息子に見捨てられたのではなかったのか。

あ、そういえば……。

ああ、なるほどね。そういうことだったのか。

あれは数週間前のことだ。清子が刑務官に呼び出されたことがあった。部屋に帰ってきたとき、単なる事務連絡だったと清子は言ったが、今にも綻《ほころ》びそうになる顔を無理やり押し殺しているように見えた。

そうか、そうだったのか。

やはりあれは何か嬉しいことがあった直後の表情だったのだ。模範囚として刑期が少し短くなったという連絡でもあったのだろうかと想像していたのだが、まさか息子が面会に来てくれていたとは。冷たい息子だと聞いていたのに……。

羨ましさを通り越して妬《ねた》ましくなった。

もう私は人の幸福を喜ぶことができなくなっている。

「やだ、清子さん。そうならそうと早く言ってくれなきゃ」と、ルルが頬を膨らませている。

「だって、なんていうかさ、その、ちょっと言いそびれちゃってね」

誰ひとり面会に来ず、一通の手紙さえ届かない私や秋月の気持ちを慮《おもんぱか》って言わなかったのだろう。だが、今日は私にも手紙が届いた。それも三通も。

だから今やっと、清子は自身の幸福を披露してもかまわないと判断したのではないか。

だったら秋月は？　彼女はたぶん上流階級の出身で、庶民には想像もつかない別格の人生だから構わないと、清子は考えたのかもしれない。

「で、息子の手紙、何て書いてあんの？」と、ルルが遠慮なく尋ねる。

「実は身元引受人になってくれたの。今日の手紙は近況報告ってところ」

「よかったじゃん。だけどさ、どうして息子は急に優しくなったの？」

「私もそれが不思議なんだよ」

「財産狙いとか？」

ルルがそう尋ねると、清子はアハハとおかしそうに笑った。

清子が声を出して笑うのを初めて聞いた気がする。

「やだあ、私に財産なんてあるわけないじゃないの」

そう言いながら、清子はその純真とも思える子供のような笑顔のまま首を動かして私の方を見た。

だが次の瞬間、清子はいきなり口を閉じて真顔に戻った。そして私から目を逸らすと、不自然なほど怖い顔をして手紙に目を落とした。

清子のその一連の動作で、いま私がどれほど暗い表情をしているのかが、鏡を見なくてもわかった。

## 4　医師・太田香織　37歳

診察室で待っていると、美帆が入ってきた。

「三十五度八分です」と、マリ江が体温計を見ながら言った。

すっかり回復したようで、顔色も良くなっている。

「診察台に横になってください」と、マリ江が言った。

美帆はチラリと私の方を見てから、靴を脱いで横になった。

聴診器を当てて目を閉じると、なぜか白い封筒が見えて、それがどんどんこちらに迫ってくる。神経を集中させせると、封筒の真ん中に「受取拒否」の赤いハンコが押されているのが見えた。

なんだ、これは？

家族に手紙を出したけど、戻ってきちゃったってことなの？

その映像が美帆の胸にどっしりと腰を据《す》えていて、他の物は何も見えなかった。つまり、他のことはまったく考えられないといった心境なのかもしれない。

美帆は、どん底に突き落とされたような暗い顔で天井の一点をじっと見つめていた。ぐっと奥歯を噛《か》みしめることで、今にも感情が溢れ出しそうになるのを我慢しているように見えた。

「手紙が戻ってきちゃったんだね」

そう言うと、美帆は目を見開いて私を驚愕《きようがく》の表情で見た。

「家族に宛てた手紙だったの？」

そう尋ねてみると、美帆は更に歯を食いしばった。そうすることで、涙ぐみそうになるのを抑えているようだった。

美帆を初めて診察した日の夜、マリ江の部屋で夕飯を食べた。そのときマリ江は、聴診器を通して知った美帆の過去を語り出したのだった。結婚してすぐから始まった夫の暴力や暴言の日々が、まさに「走馬灯のように」マリ江の瞼《まぶた》の裏に映し出されたという。それは見るに堪えないものだったらしく、その夜のマリ江は暗く沈んでいた。

「あのう、先生、もう熱も下がっているようですが、風邪以外に何か病気でも？」と刑務官が遠慮がちに尋ねた。

「この人、とっくに回復してるけどね」

「えっ？　でしたら診察は今日で終わりということでよろしいですね？」

そう尋ねながら、刑務官はメモを取ろうとボールペンを胸ポケットから取り出した。

「ちょっと待ちなよ。今日で終わりってわけにはいかないよ」と私は言った。

患者とは診察室でしか会えない。この患者を救うのは医療でもなければ更生でも反省でもない。

だって更生するって、どういうこと？

もう二度と再び人を殺さないよう心を入れ替えるってことなら、美帆の場合は当てはまらないもん。だってダンナはもう死んだんだよ。これ以上、美帆が誰を殺すっていうの。

だけど……。

そうなのだ。やっぱり心に引っかかる。

何もさ、殺さなくてもよかったんじゃない？　逃げればよかったんだよ。さっさと離婚すりゃあよかったじゃん。

「診察は今後も続けるよ。心の病が治ってないからね」と、私はきっぱり言った。そのことについては、マリ江からしつこく懇願されていた。

「あのう、先生、そのことなんですが、この前も申し上げましたが、先生は精神科ではなく内科だと聞いておりまして……」

「だったら何なの。内科の医師が患者の精神状態を心配したらいけないの？」

「いえ、そんなこと、決して私は……」と、まだあどけないような顔をした若い刑務官は慌てたように言った。

## 5　児玉美帆　40歳　九百七番

今日の縫製作業はつらかった。

作業中ずっと風花のことを思ってばかりいた。というのも、今日私に割り当てられた仕事が女児用のワンピースの裾縫いで、その生地が子猫キャラの柄だったからだ。風花はそのキャラクターが好きだった。ピアノのレッスンバッグやスリッパ、それにハンカチや枕カバーに至るまで、その柄で揃えてやったのだった。それらを思い浮かべると、胸が締め付けられるようだった。

「おい、ぼうっとするな」

刑務官の厳しい声が飛んできた。

「すみません」

気づけば、作業中に手だけでなく息まで止めて、子猫キャラの目をじっと見つめていた。

あれはいつだったか、全国矯正《きょうせい》展を訪れたことがあった。友人に誘われたあの日、気が進まなかったのを覚えている。犯罪者が作ったものなど欲しいとも思わなかった。「質の良いものが展示即売で安く買えるのよ」と楽しげに言う友人の屈託のない笑顔を見て、ここで断ったら差別的な人間だと思われるのではないかと思い、仕方なく同行したのだった。

そこは広大な会場だった。聞けば六万点もの製品が展示販売されていて、毎年二万人もの人が訪れるという。芸術的な民芸家具を始めとして、七宝《しっぽう》焼やガラス工芸やちりめん細工などの手工芸品が並べられていた。食品コーナーでは、コッペパンやうどんが大人気だった。

私は何も欲しくなかったが、つきあいで仕方なく小さなキーホルダーを一つだけ買った。だが友人は、レトルトカレーや食パンなど、持ち切れないほどの食品を買ったのだった。百歩譲って工芸品ならまだしも、口に入れるものを買う友人を信じられない思いで見た。犯罪者が作った食べ物など、私なら気味が悪くて食べられないと思った。

それなのに、まさか自分が刑務所に入って刑務作業をする日が来ようとは……。そして刑務所に入ってみれば、気味が悪いと思っていた犯罪者たちは、どこにでもいる普通の女ばかりだった。それはそうだろう。私自身がどこにでもいる平凡な人間なのだから。

縫製作業をする中で、馴染《なじ》みのあるキャラクターや有名ブランドのロゴを目にすることは多かった。刑務所に仕事を発注している民間企業は約二千社に上るとルルから聞いた。

——チョーエキを使った方が安く作れるからだってさ。パートみたいに途中で「やーめた」って言えないから、安定した労働力なんだと。それに勤怠管理をする必要もないしね、会社側にとってはチョーラッキーらしいよ。

休憩時間になったのでトイレに行こうとすると、いつものことだが奥の作業台の方から笑い声が聞こえてきた。

「そこ、静かにしろっ」

刑務官に注意されて一瞬シンとなるが、どうやっても笑うのを堪《こら》えきれないようで、クスクスと漏れ聞こえてくる。刑務官が呆《あき》れた顔で、それ以上注意しないのもいつもの光景だ。刑務官が彼女らを大目に見ているのは、どうにも重苦しい空気の刑務所内で、底抜けに明るい彼女らの存在にホッとしているからかもしれない。

その朗らかな一群は、全員が夫殺しで入所した女性たちだった。彼女らの筒抜けのおしゃべりのせいで、それぞれの事情は聞き耳を立てずともわかってしまう。

――この世にアイツはもういない。

――だよね。二度と殴られることも蹴られることもないんだよ。

――首を絞められることもないしね。

――逃げても逃げても追いかけてきたけど、もうその心配もないもんね。

――きっとそのうち殺されるっていう恐怖心が消えたのが大きいよ。

――なんといっても幼い息子や娘がひどい目に遭わされなくて済むもんね。

――やっと生きる希望が見えてきたよ。

――子供たちの未来も明るいよね。

同じ夫殺しでも、彼女らと私は違う。彼女たちには、子供たちから頻繁に手紙が届く。子供たちは実家で祖父母に育てられているらしく、実家から写真や現金の差し入れが頻繁にあるらしい。

だから私は彼女らに対して、私もあなたたちと同じ夫殺しなのよ、とは決して言えない。だから仲良くなれない。そもそも仲良くなる必要もない。だけど、ひょんなことから罪状がバレたら、どうして私たちの仲間に入らないのかと、責められたりいじめられたりするのではないか。それを思うと、今から恐ろしくて仕方がないのだった。同じ部屋の「能天気二人組」といい、この作業場の彼女らといい、手助けしてくれる親族に恵まれた女たちばかりだ。そう思って落ち込んだ時期もあったが、刑務所全体を見渡せば、たぶん私と同じような境遇か、それ以上に悲惨な女の方が人数的にはずっと多いのではないか。そして、この朗らかな一群の中にも実はそういった女が何人かいて、仕方なくリーダー格の女に話を合わせているのではないかと、日を追うごとに冷静な目で見られるようになった。

舎房に帰ると、秋月だけがいた。もうすぐ全員が帰ってくるだろう。

「大丈夫？」と、秋月が私の顔を覗き込んできた。

軽く会釈をして微笑んだつもりだったのだが、沈んだ気分が透けて見えたのだろうか。

「ええ、なんだか、つらくて」

「受取拒否で返ってきた手紙のこと？」

そのとき清子が帰ってきた。軽く会釈をしただけで何も言わず、自分の陣地に静かに座った。

「子供たちはいつかわかってくれる日が来ると思うわよ」と秋月が言う。

「そうでしょうか。でも手紙を書けないとなると、何を心の支えにしていいのやら」

「便箋じゃなくて、ノートに書けばいいんだよ」と、清子が口を挟んだ。

「ノートに、ですか？」

「日々の気持ちを綴《つづ》っておけば、いつか子供たちが読む日が来るよ。秋月さんが言ったように、子供たちはお母さんの気持ちをわかってくれるはずだよ」

「私もそう思うわ。仮にお姑さんやお舅さんが、美帆さんの悪口を吹き込んでいたとしても、子供もいつか分別のつく大人になる日が来るんだもの」

「そうでしょうか」

「それに、書くことで自分の気持ちの整理がつくよ」と清子が言う。

「何かに自分の気持ちをぶつけることは大切だわ。それがノートなら、誰にも迷惑かけないもの」と秋月も賛成する。

「じゃあ今夜から便箋じゃなくてノートに書くことにします」

二人に慰められて、ほんの少し気持ちを浮上させることができた。

## 6　医師・太田香織　37歳

その夜、私はマリ江の部屋のキッチンに立っていた。といっても、テキパキと調理するマリ江の手許《てもと》を見つめていただけだが。

「まったくもう。香織先生は美帆さんを可哀想《かわいそう》だとは思わないんですか？」

マリ江はいかにも私は怒っていますといった横顔を見せたままガスレンジの前に立ち、菜箸《さいばし》に挟んだ牛脂を鍋底に押し付けるようにして撫《な》でまわしている。

「だから言ったじゃない。人殺しに同情したって仕方ないって」

覗《のぞ》き込んでいるうちに、白い煙がもうもうと上がってきた。

「香織先生、ぼうっと突っ立ってないで、そこの牛肉を早く入れてくださいよ」

「あ、ごめん。気が利かなくて」

「ほんとですよ。本当に気が利かないったらありゃしない」

マリ江は昨夜から怒り続けている。二人の間で美帆に関して意見の食い違いがあり、言い争いが続いていた。

――また今日も私の部屋に来るんですか？　香織先生の顔を見ただけで腹が立つんです。えっ、それでも来るんですか？　はいはい、わかりましたよ。だったら久しぶりに美味《おい》しい牛肉が食べたいですから、すき焼きにしましょう。牛肉とデザートを買ってくるのは香織先生の担当ですからね。上等のお肉にしてくださいよ。割りカン？　冗談でしょう？　高給取りのくせに何言ってんだか、まったく。ケチくさいったらありゃしない。私は安月給ですからネギと白滝だけ用意しておきます。それが嫌なら来なくていいですから。

そういった経緯を経て、今日もマリ江の部屋にお邪魔させてもらったのだった。

「誤解だよ、マリ江さん、私だって美帆には同情してるんだよ。結婚してから夫が豹《ひょう》変《へん》するっていうのもドラマで見たことあるしさ。そのとき耐えられなくてチャンネル変えちゃったもんね」

「なんだ、わかってるじゃないですか。だからさっきから言ってるように、悪いのはダンナさんであって、美帆さん自身はごくごく普通の女性なんですってば」

「それは違うでしょ。いくら何でも普通というのは言いすぎだよ。どんなに憎くても、私は人を刺し殺したりできないもん」

「はあ？　香織先生には想像力ってものがないんですか？」

「あら、失礼ね」

「香織先生、ネギと焼き豆腐と白滝を入れてください。ほら、もたもたしないで」

「はい、はい」

「私だってね、人を殺すなんて想像もできませんよ。ですけどね、それは私も香織先生も、大男に殴り殺されそうになった経験がないからです」

「そう断言されてもねえ。本当にそうなのかなあ」

「夫の暴力が自分だけじゃなくて子供たちにまで向かうようになったら、香織先生はどう思います？」

「子供たちも暴力振るわれてたの？　どうしてそれがマリ江さんにわかるの？」

「聴診器を通して見えなかったんですか？　私には見えましたよ」

「……そうか、そうだったのか、それはダメだ。子供の身体は小さいから後遺症が残ることもあるしね。それどころか死んでしまうことだってあるよね」

「少なくとも心に後遺症が残るのは確実です。それは一生涯消えないんですよ」

「だけどさ、何も殺さなくてもなんとかして回避できたんじゃないかな」

そのときマリ江はいきなり私を振り返り、鋭い目で睨《にら》んだ。

「ほお、そうですか。例えばどういう方法ですか？　具体的におっしゃってみてください」

「えっと、例えばさ、離婚するとか、ね？　あ、違うかな？　違うよねえ。だって、それができたらとっくに問題解決してるわけだしねえ」

「わかってるじゃないですか。離婚なんて口に出した途端に暴力がひどくなったんですから」

「それもマリ江さんには見えたの？」

「見えましたとも。香織先生も次回、心の中で『過去を全部見せて』と念じてみてください。くれぐれも口には出さないでくださいよ」

「わかってるよ。私だって、こう見えても馬鹿じゃないんだから」

「どうだかね」

「ちょっと、何なの、マリ江さん」

「さっさとテーブルに鍋敷きとお箸を用意してください」

「あ、はい」

「いちいち言わなきゃわからないんだから」


翌日も、美帆を診察室に呼び出した。

「三十五度八分です」と、マリ江は言った。

「調子はどう?」と私は美帆に尋ねた。

「はい、元通りです。もうすっかり治っていると思いますけど?」

美帆は、私とマリ江を交互にチラリと見た。もう熱も下がったというのに、なぜ今日もまた診察室に呼び出されたのかと、不思議に思っているのだろう。

「あのう、先生」と、刑務官が口を出した。

「言いたいことはわかってるよ。『てめえ、精神科じゃなくて内科のくせに、ふざけんな』って言いたいんでしょう?」

「いえ、そんな……先生に向かって、てめえ、だとか、ふざけんなとかまではいくらなんでも……」

「診察台に横になってください」と、マリ江は刑務官を無視して言った。

私は美帆に聴診器を当てて、マリ江に言われた通り『過去を全部見せて』と、心の中で念じてみた。すると、あどけない幼少期から、溌剌《はつらつ》とした表情の大学時代が目の前を流れ、満面の笑みの結婚式までが超特急で瞼《まぶた》の裏に展開された。

そして、狂ったように暴力を振るう夫。その異様な目つき。部屋の隅で怯《おび》える子供たち。離婚届を目の前で破られ、逃げてもどこまでも追ってくる夫。追い詰められた美帆の痛々しい表情……。

なるほどね。マリ江が私に訴えていたのは、こういう事情がすべて見えたからなのか。確かにこれはひどいね。ひどすぎる。

誰が考えたって、被害者は美帆で、加害者は夫だ。それなのに、なぜ美帆が刑務所に収監されているのか。刑務所とは、加害者が入るべき所じゃないのか。

どうすれば美帆が夫を殺さずに済んだのだろう。どこのシェルターも定員オーバーで、運よく入れたとしても長居できるわけじゃないし、そのうえ夫が連れ戻しにくることも多いとマリ江から聞いた。

それ以前に、正当防衛という考え方は、どこ行っちゃったんだっけ？

次は裁判の様子が見えてきた。

えっ？　刺し傷の深さが十五センチもあったから？　そしてそれが何ヶ所もあったから？　だったら仮に浅くて数ヶ所だけなら執行猶予がついたってことなの？

おい、裁判官、テメエ、女を舐《な》めてんのか？

そういえば、暴走族仲間の中に、父親の暴力が原因で家に帰らなくなり、友人宅を泊まり歩いていた女の子が二人いた。あの当時の私には、彼女らのつらい立場を思いやることができなかった。若かったし、あまりに世間知らずだった。友人宅を泊まり歩く様を見ては、なんてだらしないんだろうと、思いきり見下していたのだった。

その夜も、マリ江の部屋で夕飯を御馳走になった。

といっても、デパ地下で特上寿司《ずし》を二人分買ったのは私だ。マリ江は三つ葉のお吸い物と、簡単なサラダを作った。

「香織先生、受取拒否の手紙は見えましたか？」

「うん、見えたよ。それにしても、美帆の子供たちは、なんで手紙の返事を書かないんだろう」

「おじいちゃんやおばあちゃんから、ママは悪い人だって吹き込まれてるんじゃないでしょうか」

「やっぱりそうなのかな。でもさ、上の子はもう小五だってよ」

「そうでしたね。小五なら、母親が父親を刺し殺したことも知ってるんでしょうね」

「ねえ、マリ江さん、一度その家に偵察に行ってみない？」

「はあ？」

「今度の休みにさ、死んだダンナの実家をスパイしに行こうよ、ねっ？」

「香織先生、それ、本気で言ってます？　常識なさすぎです」

「だってさ、子供たちがどういう生活してるか気になるし、それを美帆に伝えてあげれば、きっと喜ぶよ」

「香織先生って本当に変な人ですね。そこまで医師がお節介を焼くのはおかしいですってば」

「だけどこのままじゃあ、美帆は本格的に鬱病《うつびょう》になる心配があるし、身元引受人だっていないんじゃあ、お先真っ暗じゃん」

「そりゃ私だって同情してますよ。ですけどね、医師や看護師としての本来の仕事を大きく逸脱しています」

「マリ江さんて、意外に冷たいんだね」

「はあ？　そういう問題じゃありませんっ」

「美帆が鬱病になったら、マリ江さんのせいだからね」

「そんな脅しには乗りませんよ。ともかくね、偵察に行くなんてバカなことは金輪際《こんりんざい》おっしゃらないでください」

「ダメかなあ」

「ダメに決まってるでしょ。どうやったらそんなことを思いつくんですか。香織先生は桁外《けたはず》れの非常識人間ですよ」

マリ江は、もうこれ以上付き合いきれない、とでも言いたげに、これ見よがしに大きな溜《た》め息《いき》をついた。

「だけどマリ江さん、この前は清子の息子を呼び出したじゃん」

「あのね、呼び出すのと、こちらから偵察に行くのとではわけが違います」

「だったら、呼び出してみようよ」

「いったい誰を呼び出すっていうんですか?」

「夫の両親か、それとも美帆の実家の両親かのどっちかだよ」

「百歩譲って呼び出したとしましょう。で、香織先生はご両親に何をおっしゃるおつもりですか?」

「わかんない。だって子供たちがどうやって暮らしているかが見えないもん。でも、美帆の苦しい立場だけは訴えたいんだよ」

「なるほど。ですけどね、ここは遠いですし交通の便も悪いしで、お年寄りを呼び出すのは賛成できません」

「だから言ったじゃん、こっちから偵察に行けばいいって」

「私たちは探偵じゃありませんっ。あのね、私だってもう若くないですからね、遠出して休日を潰《つぶ》すのは体力的にも厳しいんです」

そのとき、メールの着信音が鳴った。

「あ、岩清水《いわしみず》からだ」

「えっ？　岩清水先生から、ですか？　どうして香織先生にメールが来るんです？」

なぜかマリ江はムッとした表情を晒《さら》した。岩清水のファンであることは噂で聞いたことはあるが、メールが届いたくらいのことで嫉妬されても困る。そもそもヤツはルミ子と交際しているのだし、マリ江は五十代の既婚者だ。

岩清水展《ひらく》は三十三歳で、有名総合病院の御曹司だ。大学時代にファッション雑誌のモデルをしていたというだけあって百八十三センチの長身で、手足が長くて顔が小さい。そのうえ気さくで優しいと看護師たちにも大人気だ。そんな上等な男が、なぜか変人のルミ子と付き合っている。女の趣味だけは相当おかしい。どんなに完璧に見える人間でも、やはり一つや二つ妙なところがあるらしい。

「メールには何て書いてるんですか？　香織先生にどういった用事があるんです？」

――香織先輩、そちらの勤務はいかがですか？　みんな心配してますから、たまには部長に報告メールをお願いします。

「特に用事ってほどのことでもないね」

「用事もないのにメールのやりとりをするような仲なんですか？」

「そうじゃないよ。別に親しいわけでもないし」

「そういえば、岩清水先生のご実家の病院は、井の頭線の浜田山にあるんでしたね」

「へえ、よく知ってるね。マリ江さんてストーカーみたい。いい歳《とし》して気持ち悪い」

「はあ？　違いますよっ。高級住宅街にある有名な病院だから知ってるだけなんですよっ」

「まあ落ち着きなよ。で、岩清水の実家がどうしたのさ」

「聴診器を通して、受取拒否のハンコが押された手紙をご覧になったでしょう？　あの住所も浜田山だったように思うんです」

「そういえばそうだったね。あ、いいこと思いついた」

「香織先生の言う『いいこと』はいつもロクでもないですよ」

「岩清水に偵察に行ってもらえばいいんだよ。アイツだってたまには実家に帰ることもあるんじゃない？　そのときにでも、ね？」

「冗談でしょう？　岩清水先生には関係ないことだし、そもそもお忙しいだろうに、そんなわけのわからないことを頼むなんて絶対反対です。それに、確かご実家とは絶縁状態だと聞いたことがありますけど」

岩清水は高校生のとき、母親を交通事故で亡くしている。その後、父親の再婚相手とうまく行かず、家に帰っていないと聞いたことがあった。大学の学費だけは父親に出してもらっていたが、雑誌のモデルなどのアルバイトをしながら、ひとりでアパート暮らしをしていたらしい。

「だけどさ、いつまでも親と絶交なんて言ってられないでしょ。もうとっくに三十歳も過ぎた大人なんだし」

「それはそうかもしれませんけどね、だけど、それと偵察とは関係ありませんよ」

「どっちにしろ、岩清水には私から頼んでみるよ」

「お断りなさるに決まってます」

「もしも岩清水が引き受けてくれたら、その後のやりとりはマリ江さんに頼んでもいいかな」

「えっ、私が岩清水先生との連絡係に？」

ふっと、眉間の皺《しわ》が消えた。

「マリ江さん、頼むよ。私は部長への報告やら何やらで色々と忙しいからさ」

「そういうことでしたら仕方ないですね」

「ラッキー、マリ江さん、引き受けてくれるの？」

「そこまでおっしゃるんなら、お引き受けしてもいいですけどね、ええ。こういうのも人助けには違いないんでしょうから」

そう答えるマリ江の口角は、微妙に上がっていた。

## 7 医師・岩清水展 33歳

早朝に出勤して医局に入り、パソコンを開いてみると、先輩医師である太田香織から長文のメールが届いていた。

論文を書かせたら神田川病院では彼女の右に出る者なしと言われているので、昼の休憩時間になったら読もうと、朝から楽しみにしていた。だが今回は「ムショのバカ野郎」というタイトルだから、もしかしたら研究結果ではないのかもしれない。ということは、刑務所での医師の役割や現状の問題点についての分析なのかな。そう考えながら、午前中の外来診察を終えて医局に戻った。

院内のコンビニで買ったパンを齧《かじ》りながらパソコンを覗くと、いつも通りの理路整然とした無駄のない文章が現れた。しかし、なぜだか児玉美帆という受刑者のこれまでの人生や服役の経緯など、個人的なことばかりが詳細に綴《つづ》られている。

その悲惨な結婚生活に深く同情しつつ読み進めながらも、はてさて、なぜこのメールが俺宛てに送信されてきたのだろうか、送信先を間違えたのではないかと考え始めていた。

だがその答えは、いきなりくだけた最後の文章にあった。

――まっ、そういうわけでさ、その家の現在の家族構成や暮らしぶりを偵察してきてほしいわけよ。住所を書いておくよ。ほらココね、岩清水の実家にチョー近いだろ？　だから何かの縁だと思ってさ、頼むよ。今度会ったときメシおごるからさ。

は？　あのう、香織先輩、俺ね、すごく忙しいんですけど。

――追伸、望遠レンズで写真も撮ってきてね。変装してバレないようにすればいいから、頑張って。

冗談抜きで、そんな暇はない。いや、まったく時間がないわけではないが、休息しないとぶっ倒れてしまいそうな毎日なのだ。そのうえ、実家のある町には十年以上帰っていなかった。その間、父親にも会っていない。

どういう断り方をすれば香織の機嫌を損ねずに済むのか。考えてみたが、適切な文言を思いつかない。だから、部長とルミ子と摩周湖《ましゆうこ》にも転送して助けを求めた。きっとみんな香織の言動に呆れ、いくらなんでも患者の私生活に首を突っ込みすぎだと非難するだろう。

……と思ったら違った。部長からの返信は、「いい行いだね。頑張れよ」というものだった。そしてルミ子からは「その人、可哀想だね。いい方向に導いてあげてね。

応援してるよ」というもので、摩周湖に至っては「社会の歪《ひず》みが原因だと思われます。世直しのためにも岩清水先生の奮起を期待します」というものだった。

いったい俺はどうすればいいんだろう。


夜勤明けの日、十数年ぶりに実家に帰った。

父には、香織からのメールを添付したうえで、「児玉美帆の家のことで知っていることがあれば教えてほしい。明日、帰ります」とだけメールしておいた。用があるから仕方なく、という形にしないと、なかなか帰るきっかけがつかめなかった。考えようによっては、父との再会の機会を、香織に与えてもらったとも言える。

実家に到着すると、水玉模様のエプロンをつけた六十歳前後と見える女性が笑顔で出迎えてくれた。

「お坊ちゃま、お帰りなさいまし。わたくし家政婦の須田《すだ》と申します。旦那様から夕飯を用意するよう仰《おお》せつかっております。奥様は朝から二泊三日で旅行に出かけられました」

父の再婚相手が留守なのを知って、一気に気が楽になった。向こうも緊張に耐えられず、急遽《きゅうきょ》出かけることにしたのではないか。

「夜勤明けだから夕方まで眠りたいんだけど、使っていい部屋、ある？」

「はい。お坊ちゃまのお部屋をお掃除しておきました」

須田はそう言うと、玄関脇にある階段を見上げた。

「掃除？　ああ、ありがとう。それは、えっと……」

もしかして高校時代まで使っていた自分の部屋が、まだ残してあるのだろうか。まさかね。

須田に礼を言って階段を上った。廊下の床も壁に掛けられた静物画も以前のままだったから、懐かしさが込み上げてきた。廊下を奥まで進んでドアノブに手をかけ、そっと回して開けた。

息を呑み、ドアの所で立ち尽くした。

まるでタイムスリップしたみたいだった。そこには、高校時代そのままの部屋があった。窓辺の学習机に近づいてみると、高校三年のときの時間割が貼ってある。ベッドに腰かけてみると、布団乾燥機にかけてくれたのか、掛け布団はフカフカで、布団カバーの柄まで見覚えがあった。

仮眠をとったあと一階の食堂に降りていくと、既に父が食卓についていた。十数年ぶりとは思えないほど以前と変わらず若々しかった。もっと老けている姿を想像していたので、なんだか安心した。

「おう、展、久しぶりだな。例の児玉家のことだがな、町内会の会合で、俺と同世代の男性を何度か見かけたことがある。あれはたぶん、メールにあった美帆さんとかいう受刑者の舅にあたる人だろうね」

父は、沈黙を恐れているかのようにしゃべり続けた。無理やり笑顔を作ろうとしているが、頬のあたりにぎこちなさが見てとれる。

「調べてみたら児玉家の孫二人は、うちの病院の小児科がかかりつけのようだ。だけど展、お前だって忙しいだろ？　そういうときは自分の都合を優先した方がいいぞ」

そう言うと、父は白ワインをゴクリと飲んだ。

「うん、実は俺もそう思ってた。やっぱり断るよ。偵察なんて俺の仕事じゃないし」

そう言うと、父はチラリと俺を見てから、家政婦が作ってくれたサーモンのマリネを口に放り込んだ。

「断るのか？　意外と冷たいヤツだな、お前は」

「え？　だって、今、親父《おやじ》も……」

「断れと言ったんじゃないよ。忙しい身だから短時間で最大の効果を上げる方法でやれという意味で言ったんだ」

「つまり？」

「だからさ、こそこそと偵察の真似をするより、さっさと家を訪ねていけばいいんだよ。その方が手っ取り早いだろ」

「そう簡単に言うなよ。どんな口実で児玉家を訪ねるのさ。振り込め詐欺と間違われて通報されるのがオチだよ」

父に相談したのが間違いだった。そんなことに首を突っ込むなと言ってくれさえしたら、俺も罪悪感なく断れたのに。

ああ、そうだった。こういうときは、事務長を夕飯に招待すべきだったのだ。

――冗談じゃありません。そんなのは医師の仕事の範疇《はんちゅう》を超えてます。だいたいねえ、患者に同情したらキリがないんです。そういうのは行政に任せるべきなんですよ。

事務長なら、きっとそう言ってくれるに違いないのだ。

「親父、いつからそんな人情家になったんだよ」

「人情家……か」

俺は人情家なんかじゃないと否定するだろうと思っていたのに、父は意外なことを言った。「たぶん、母さんが事故で亡くなってからかな」

「え？」

「なあ展、人から頼まれるうちが花だぞ」

「まったく何を言ってんだか。日々の仕事で手いっぱいなんだよ。もうこれ以上、誰からも何も頼まれたくないよ」

「だけどさ、事情を知ってしまったからには、ほっとくわけにもいかんだろ。きっと、思い出すたびに罪悪感に襲われるぞ」

「親父、俺を脅してんの？」

「なんなら俺も一緒に行ってやってもいいぜ」

「は？　なんで親父が？」

「なんとなくね」

「二人も行くと仰々しいだろ。向こうだって何ごとかと身構えるよ」

「いきなり訪ねるわけじゃないさ。前もって電話で説明すればいいよ。美帆さんが心配しているから様子を知りたいと言えば、断らないんじゃないか？」

「そうかなあ」

「それに、向こうの話を聞くのだって、一人より二人の方が聞き漏れや思い違いがなくていいと思うぞ。家に帰ってから俺とお前で考えをぶつけ合えるし」

「そりゃあそうかもしれないけどさ」

父は、数年前から午前中の診療しか受け持たないことにしたらしい。寄る年波には勝てず、体力的にきついからだと言う。もしかして、午後から暇を持て余しているのではないか。以前は、他人のプライベートに首を突っ込むような人間ではなかったはずだが。

それとも……これをきっかけに父子の仲を取り戻そうとしているのか。

「こういうのも、いい人生経験になると思うぞ。母さんを轢《ひ》き殺した人間をずっと恨んできたし、今も恨みは消えてないが、トラックの運転手の長時間労働やギリギリの苦しい暮らしを考えると、赦《ゆる》しとは何かをいつの間にか考えるようになってな」

「交通事故と殺人とは違うだろ」

「共通する部分もあるさ。遺族の悲しみや怒りがずっと消えないこととか」

児玉家の老夫婦はどう考えているのだろう。自分の息子が妻子にひどい暴力を振るっていたと知っても、それでもまだ息子を殺した嫁の美帆を恨み続けるのだろうか。

「わかったよ。一応電話だけはしてみる」

夕飯を食べ終えてから、電話で何を説明すべきかメモ帳に書き出した。行動に移す前に箇条書きすることで頭の整理もできるし、却《かえ》って効率がいい……こういうことも、小学生の頃に父から教えられたことではなかったか。

どうやら、俺は当分父を追い越せそうにないらしい。

次の休日に、父と二人で児玉家を訪問した。

角地にある立派な門構えの家で、玄関に出迎えてくれたのは、美帆の姑にあたると思われる女性だった。小柄で痩せていて、光線の加減なのか顔色が悪いように見えた。

「どうぞ、こちらでお待ちください」

緊張した面持ちでそう言い、玄関脇の応接間に通してくれた。

しばらくすると、強張《こわば》った表情の老人が入って来た。これが美帆の舅だろう。姑と同じように痩せていて青白く見えた。そのうしろから、姑が湯呑《ゆのみ》の載った盆を持って入ってきた。

「児玉忠司《ただし》です。こっちは妻の江里子《えりこ》です。わざわざ病院長自らおいでくださり恐縮です。それに立派な息子さんまで来てくださって」

互いに自己紹介が終わると、児玉は「本当にお恥ずかしい次第で」と、苦笑して見せるが、目元に疲れと怒りが滲《にじ》んでいるように見えた。

初めて電話したあの日、児玉は警戒心を剝《む》き出しにした。息子が殺されてからというもの、マスコミからの電話が鳴りやまなかった。そのうえ息子が実は暴力亭主だったという報道があって以降、一般人からも嫌がらせの電話が頻繁にかかってきたらしい。しかし、こちらが父の病院名を出したことで、やっと冷やかしではないとわかってくれたのか、それまでの怒りにまみれた声音《こわね》が一変し、落ち着いたものになった。

「お電話でもお話ししましたが、『受取拒否』のハンコが押されて手紙が刑務所に戻って来たことや、それ以前から手紙の返事が一度も来ないことで、美帆さんは、子供たちが元気でいるのかどうか心配しています。担当医師によりますと、精神的に追い詰められているようです」と、俺は再び説明した。

「手紙のことですが……」と、児玉は一層暗い表情になって続けた。「実は嫁の美帆から手紙が届くたびに、私も妻も精神的に不安定になってしまうんです。開封するのも嫌になりまして、引出しの奥深くに突っ込んだままにしていたんですが、今後は受取拒否にしようと決めました」

「なるほど、そういうことでしたか。で、奥様はどうお考えですか？」と父が尋ねた。

「……はい、手紙が来るたびに息子が殺されたことを思い出しまして、気持ちが沈んで仕方がないものですから、受取拒否には賛成いたしました」

「それで、お孫さんたちはお元気なんですか？」と、俺は尋ねてみた。

「健康に過ごしてはおりますが、元気かと問われますと……」と江里子は言い淀《よど》んだ。

「私どもはね、もうどうしたらいいのか参ってしまっておるんです」と、児玉が続ける。「孫たちは保育園や小学校でいじめられるみたいでして、泣きながら帰ってくることもあります。下の子はママに会いたいと泣き叫ぶこともありまして」

児玉の口が滑らかになってきた。これまでは、殺到するマスコミや嫌がらせをする一般人への警戒を解けないせいで、誰とも腹を割って話すことができなかったのかもしれない。本当は、信用できる誰かに話を聞いてほしかったのではないか。

「近所にも口さがない人々が何人もおります。遠くへ引っ越したくても、この年になって知らない土地で暮らすことを考えますと、なかなか……」

「だから、あなた、やっぱり美帆さんのご両親に引き取ってもらった方が」と言う江里子の言葉を児玉は遮り、「何を言っとる。和樹は我が家の跡継ぎじゃないかっ」と一喝した。

「だってあなた、あんなに無邪気だった和樹が今は滅多《めった》に笑わなくなったし、何より美帆さんのご両親は、私たちと違って夫婦ともに子供好きですよ」

どうやらこの老夫婦は小さな子供が苦手らしい。

「それに、美帆さんのご両親は、私たちより一回り以上も若いのよ」

「だから何だ」

「私たちに比べたら体力だっておありでしょうし。それに、こう言っちゃなんですけど、向こうの家は高級住宅街じゃないわ。ずいぶん庶民的な土地柄よ」

「何が言いたいんだ。いつも言ってるだろ。結論から先に言えって」

「ですからね、周りから『町内の品位を汚《けが》す家だ』なんて言われることがない分、向こうの方が暮らしやすいんじゃないかしら」

「上のお子さんは不登校にはなっていないのですか?」と、俺は尋ねた。

「風花は頑張り屋さんなので、歯を食いしばって登校しています。ですが、私とは口をきいてくれません」

「えっ、それはどうしてです?」と、父が尋ねた。

「孫の前では息子夫婦のことを悪く言わないでおこうと固く決心していたんですが、ちょっとしたきっかけで恨みつらみが爆発してしまって、美帆さんのことを口汚く罵《ののし》ってしまったのが原因だと思います。あのとき風花は激しく言い返しました。悪いのはパパだ。ママを殴って何度も怪我《けが》をさせた。私だって首を絞められたことがある。あのままだったらママも私も殺されたんだって」

「なるほど。それで、それ以降、口をきいてくれなくなったんですな」と、父が確かめるように言ったあと、ひとつ質問をした。「美帆さんのご実家とは連絡を取っておられるんですか？」

「まさか、とんでもない。なぜ私らが嫁の実家と仲良くせにゃならんのですか」

「奥さんも同じ考えですか？」と父が尋ねた。

「もちろんです。大切な一人息子を殺されたんですから、そりゃあ嫁も嫁の実家も憎くてたまらないですよ」

「美帆さんのご実家から連絡は？」と俺が尋ねた。

「孫に会わせてほしいと何度も電話がありましたけどね、そのたびに主人が『絶対に会わせるものか』と怒鳴って電話を切るもんですから、最近は諦めたみたいで、かかってこなくなりました」

「あの嫁のせいで、うちだけでなく親戚中の人生が滅茶苦茶になりました。それまでみんな順風満帆だったんです」と、児玉が言う。

「私は世間の目が恐ろしくて買い物にも行けなくなってしまって」と、江里子が言う。

「ですが、息子さんは暴力を振るっておられたのでは？」と、俺は遠慮がちに問うてみた。

「百歩譲って、仮にうちの息子が暴力を振るっていたとしても、ですよ、何も殺すことはなかったんじゃないですか？　そうでしょう？」

児玉はそう言いながら、同意を求めるように父と俺を交互に見た。

百歩譲るも何も、香織のメールには、裁判では多くの証拠写真が提示されたと書かれていた。だとしたら認めざるを得ないのではないか。それとも親というものは、こうも我が子を客観視することができないものなのか。

「離婚すればよかったんだ。なぜ殺す必要があった？　そもそも情状酌量って、いったい何なんだよ。人を一人殺しておいて、たった五年の懲役って、裁判官の頭がおかしいとしか思えん。息子は永久に戻ってこんのに」

江里子はテーブルの上に置いてあった古びた写真を手に取った。俺たちに見せようと、昨日から準備しておいたらしい。

「これを見てください。幼稚園に通っていた頃の息子です」

ふっくらした頰の可愛らしい子供だった。はにかんだように笑っている。

「お前の育て方が悪かったんだ」と、児玉は江里子に向かって吐き捨てるように言った。「だから幼い子供にまで暴力を振るうような男に育ってしまったんだよ」

　江里子は何も答えず、固まってしまったように動かなかった。

「黙ってないで、江里子、何とか言いなさい」と児玉が叱咤《しった》する。

「だって……どこでどう間違ったのかわからないんです。もしも過去に戻れて子育てをやり直せたとしても、いったい、どこをどう直せばいいのか見当がつきません」

「お前はそれでも母親なのか。何を無責任なことを言っておる。元を辿《たど》れば児玉家の不幸を導き出したのはお前じゃないか」

　児玉の言葉に対し、江里子は苦しそうに顔を歪《ゆが》め、膝の上に置いた自分の指先をじっと見つめている。

「もしかして、奥さんもご主人に暴力を振るわれたことがあるんじゃないですか？」

と、突然父が尋ねた。

　江里子が驚いたように顔を上げ、「え？」と言ったきり黙ってしまった。肯定しているのも同然だった。

「だったら奥さんもご主人を殺したいと思ったことがあるんでしょうなあ」

　父がとんでもないことを、妙にのんびりした調子で言った。

「おい、親父、ちょっと、その言い方はいくらなんでも……」

「院長先生、冗談はやめてくださいよ。うちの妻に限ってそんなことを考えるわけないじゃないですか、なあ江里子」

江里子が黙り込んでしまったので、場が凍り付いたようにシンとなった。

「美帆さんは何度も離婚してほしいとお願いされたようですが、それを言うと暴力が更にひどくなったと聞いています」と、俺は言ってみた。

「そりゃあそうでしょう」と、児玉が続ける。「離婚なんてできるわけがありません。男の沽券《こけん》にかかわるし、社会的信用もガタ落ちですからな」

「でもさっき、殺さずに離婚すればよかったとおっしゃいませんでした？」と、尋ねてみた。

「それはそうだが」

「つまり、殺さず離婚もせず、美帆さんにはとことん我慢してほしかった。そういうことですか？」

「その通りです。それが夫婦道ってものですからね。若先生は結婚しておられますか？」と児玉は尋ねながら、俺をじっと見た。

「……いえ」

「あ、まだ独身でしたか。だったらまだ理解できんでしょう」と、児玉は当然のことのように言う。

なぜか父は、さっきから庭の木々を眺めている。こちらの話など、もう聞いていないとでも言うように。

あれ？　ところで、俺と親父は何しにここに来たんだっけ？

だんだん饒舌《じょうぜつ》になってきた児玉老人の話を聞いているうちに、訪問の目的が何だったか、ふとわからなくなってしまった。

湯呑に手を伸ばし、すっかり冷めてしまったお茶をゆっくり飲んだ。

香織のメールには、偵察に行けとだけ書かれていた。ということは、児玉家の暮らしぶりや子供たちの様子を探るだけでいいのだろう。であれば、既に目的は達したと言える。

父も同じ考えだったようで、「さて、と」と言い、視線を窓から正面の児玉に移した。帰るつもりらしい。だから俺は、残りのお茶を一気に飲み干してから、立ち上がろうとした。だが、そのとき――。

「そろそろ本題に入りましょうか」と父は言った。

えっ、本題って？　おい親父、本題って何だよ。

驚いて、父の横顔を見つめた。

「児玉さんは、これからどうされるおつもりですか」と父が問う。

「どうって、何が、ですか？」と、児玉は訝《いぶか》しげな目で父を見た。

「幼い子らの面倒を見るのは骨が折れるでしょう？」

「もう大変ですよ。孫のためにも長生きしなくちゃと思って健康に気をつけてはいますがね」

「下の子はまだ五歳でしょう。先が長いですぞ」と、父が脅すように言う。

「実は……」と江里子が続けた。「腰も膝も痛いですし、これから先、どんどん年を取っていくと思うと不安で……」

「何を弱気なことを言っておる。お前がしっかりしないでどうするんだ」

「だって、実際に孫の世話をするのは私なんです。保育園の送り迎えはもちろんのこと、食事の世話も洗濯も掃除も。どんどん大きくなるから洋服や靴を買い替えたり、遠足の用意をしたり、それに学校やＰＴＡのお便りにも気を抜けないし、そういうことを私一人が全部やらなきゃなりませんから、もうくたびれ果ててしまって……」

江里子は、大きな溜め息をついた。

「男は気楽でいいですなあ。ふんぞり返って奥さんを叱っていればいいんですから。奥さんが倒れたら大変なことになるんでしょうなあ」と、父が言った。

江里子がびっくりしたように目を見開いて父を見た。男なのに女の気持ちをわかってくれると思ったのか、江里子は父を見つめたまま訥々《とつとつ》と語り出した。

「正直言いますと、嫁の美帆さんに申し訳ない気持ちもあるんです」

「何を言ってるんだ、お前は」

「まあまあ、ご主人、奥さんの気持ちも聞きましょうよ」と、父が言った。

「うちの息子が妻子に暴力を振るっていたなんて信じたくありませんが、あの診断書や写真は嘘だとは思えません。あなたも、本当はそう思っているんでしょう？」

　妻の問いかけに、児玉は答えなかった。

「孫たちと暮らすのも、正直言ってつらいです。孫の和樹が息子に似てきたので、息子の可愛い盛りを思い出して、胸が抉《えぐ》られるようで……それに、風花は私とは目も合わせてくれませんから、もう本当に悲しくて」

「風花なんてどうだっていいだろ。もっと美人なら育て甲斐もあるが、ツンとしやがって性格まで悪いときている。だから俺が最初に言った通り、風花は美帆の実家にくれてやればよかったんだよ」

「そんな、あなた……」

「だがな、和樹は跡継ぎだ。この辺りの住民はレベルが高いから環境がいい。そこいくと、美帆の親は教養もなければ金もない。江里子、いいか、和樹には台所の手伝いなんかさせるんじゃないぞ。勉強以外は何もしなくていい環境を整えてやるんだぞ」

　聞けば、五歳なのに学習塾や英会話教室、それにヴァイオリン教室にも通わせているらしい。

「サッカー教室までやめさせてしまって……」と、江里子が小さな声で言う。

「何回言ったらわかるんだ。プロサッカーの選手になれる確率が何パーセントだと思ってるんだ。なれるわけがないんだ。時間の無駄じゃないか」

「別にプロになれなくても、楽しければ、それで」と、江里子の語尾が消えかかる。

「あれ？　じゃあヴァイオリン教室というのは？」と、俺は思わず口を挟んでいた。

「楽器のひとつもできんと、上流社会では通用せんのですわ」

「なるほど、そういう育て方が第二の息子さんを生み出すんでしょうなあ」と、父は相変わらずのんびりした調子で続けた。「将来はお殿様のような性格になりますぞ。ちょっとでも気に入らないことがあれば暴力を振るってでも手下を手懐《てなず》けることになるんでしょう」

やっと父の言葉が皮肉だとわかったのか、児玉はムッとした表情のまま、ぬるい茶を飲んでから言った。

「このままでは私の人生は大失敗だったってことになるんです。和樹にしっかり跡を継いでもらわんとならんのです」

「お孫さんには大迷惑でしょうなあ。誰しも自分の人生は自由に選択したいもんですから」

「院長先生、そうはおっしゃいますけどね、若先生も立派なお医者さんになられておるじゃないですか」と児玉は言った。

「父から医師になれと言われたことは一度もないんですよ」と、俺は言った。「それどころか、医師の仕事は大変だから、もっと気楽な職業を選べと言われて育ちました」

「そんな格好の良いことを言われましても、今は現に立派な医者になられておる。院長先生、想像してみてくださいよ。若先生がいつか結婚されたとき、嫁に刺殺されたらどう思われますか？　院長先生なら許せるんでしょうか」

「そう言われましても、うちの息子が女性に暴力を振るうなんて想像もできんのですが」と、父は答えた。

「僕自身も想像できませんよ」と、俺は言った。

「それでも……無理やり想像してみますと、うーん、どうでしょうなあ。お嫁さんに申し訳ない気持ちになりますよ」と父は言った。

「私はそうは思いません。嫁に至らないところがあったからこそ、息子は暴力で知らしめてやったのです」と、児玉が得意げに言う。話の内容よりも、議論で負けるのが悔しくてたまらないようだった。

もう、これ以上話しても無駄だと思いかけたとき、父は腰を上げた。

「帰ります。それにしても、お嫁さんのご両親がまだ若くて子供好きというのは滅多にない幸運だと思いますよ。私なら向こうのご両親に孫を二人とも預けますけどね」

父が一気にそう言うと、児玉は腕組みをして押し黙った。

## 8　医師・太田香織　37歳

今夜もマリ江の部屋に来ていた。

今日は海鮮あんかけ焼きそばを作ってくれた。仕事の帰りに、一緒に駅前のスーパーに寄り、高価な紋甲《もんごう》イカとホタテ貝柱と木耳《きくらげ》を買うようマリ江に命じられた。だがマリ江が買ったのは、麺と特売の青梗菜《チンゲンサイ》だけだった。

「香織先生、いったい美帆さんは、出所してからどうやって食べていくつもりなんでしょう」

「心配だよね。出所したその日だって泊まる所があるんだろうか。やっぱりさ、刑務作業の時給をもっと上げるべきじゃないかな?」

「香織先生、以前は逆のことをおっしゃってましたよ。受刑者が刑務所で小遣い稼ぎをするのは間違っている、みたいなことを。あら、この紋甲イカ、分厚くて本当に美味しいですね。それに受刑者一人にかかる年間経費は、人件費を含めるとだいたい二百七十万円だって刑務官が言ってたでしょう」

「うん、経費はかなりかかってるね」

「それも我々が納めている税金なんですから」

「わかってるよ。だけど刑務作業で作った物を販売してるでしょ。年に五十億円くらいの収入になるらしいよ」

その売り上げの全額が国庫に入るらしい。だが受刑者が受け取る作業報奨金は、月に二千円から三千円だ。高齢者や障碍《しょうがい》者などは五百円にも満たないことが多いと刑務官から聞いていた。

「報奨金は出所するときに支払われるんでしたね」

「うん。受刑者の六十五パーセントが五万円以下だってさ」

「だったらアパートも借りられないですね。あらまあ、こんなに美味しいホタテ貝柱を食べたの、生まれて初めてですよ」

「やっぱりさ、刑務作業の報奨金をもっと上げるべきだよ。この前、刑務官が話してくれたでしょう？　大阪の男子刑務所でやってる伝統芸術のこと」

それは江戸時代から堺市に伝わる手織緞通《ておりだんつう》のことだ。大阪府の無形民俗文化財に指定されているのだが、後継の職人がいなくなった。そこで保存協会から相談を受け、受刑者の職業訓練の一環として取り組んでいるらしい。つまり、その織物技術を受け継ぐのは、日本の中で受刑者だけなのだという。

「ああいう技術を習得すれば、出所後も重宝されるんじゃないかな」

「そうかもしれませんね。他にも後継者のいない技術をどんどん刑務所に持ってきてほしいもんです」

「だよねえ、食いっぱぐれて刑務所に戻ってきたりしないように、刑務作業の内容を決めるときだって、ちっとはアタマ使って工夫しろっつうの。それに美帆だってシェルターに匿《かくま》ってもらえていれば、ダンナを殺さなくても済んだはずだよ」

「シェルターは、あることはあるようですけどね」

聞くところによると、行政が運営する公的なものもあるし、民間のは全国で百二十四ヶ所もあるという。

「でも、空きが少ないんだったよね？」

「そうなんです。それに、たとえ入れたとしても、夫に居場所を知られないようにするために、携帯電話やパソコンを取り上げられてしまうし、そのうえ自由に外出もできないから、入りたがらない女性も多いと聞きました」

「それは仕方ないよ。暴力亭主が乗り込んできたら怖いもん」

「ですけどね、閉所恐怖症や鬱になる女性も多いようですよ」

「そうか、それもつらいね。ところでさ、マリ江さんの作った料理って本当に美味しいね。これからも頼むね」

「また調子のいいこと言っちゃって。私は騙《だま》されませんよ。でも美味しいって言ってくれるだけ、うちの亭主よりはマシですけどね」

「あ、いいこと思いついた」

「またですか、香織先生の『いいこと』はロクでもないんですってば」

「刑務所の中にシェルターを作ればいいんだよ。そしたら勝手に入ってこられないでしょ。それに、亭主も大事《おおごと》だと初めて気づいてビビるんじゃないかな」

「それはそうかもしれませんけどね」

「刑務所は敷地に余裕があるじゃん。部屋さえ用意しておけば、あとは共同の台所でそれぞれ勝手に料理して生活してもらえば手間いらずじゃん。ね？　素晴らしいアイデアでしょう？　食料は、近所の農家から売り物にならない野菜を寄付してもらえばいいしさ」

「その程度なら誰でも思いつきますよ」

「そうなの？　だったらなんでやらないの？」

「なかなかできないんですよ」

「だから、どうして？」

「日本のお役所仕事ってやつですよ」

「諦めたら終わりじゃない？」

「へえ、香織先生なら諦めないってことですか？　だったら行動に移してみせてくださいよ。立派なのは口だけじゃないってところを私に見せてください」

「なんだか今日のマリ江さん、妙に突っかかってくるね」

「だって岩清水先生が私のことオバサン扱いしているような気がして」

「だってオバサンじゃん。マリ江さんて岩清水の母親くらいの年齢だよね？」

「そんな言い方って……」

「乙女なんだねえ。だったら岩清水に注意しとくよ。表面だけでもいいから、マリ江さんをオバサン扱いしないようにって」

「馬鹿にしないでくださいっ。香織先生、金輪際この部屋に来ないでもらえますか？」

「えっ、なんで？　明日から私、何を食べればいいの？」

「そんなこと私の知ったことじゃありませんっ」

## 9　児玉美帆　40歳　九百七番

刑務官の足音が近づいてきたと思ったら、ドアの前でピタリと止まった。見ると、封書を胸に抱えている。

手紙や雑誌の差し入れは、「能天気二人組」宛てと決まっていたが、最近はそれに清子《きよこ》宛てが加わった。つらくなるから気づかないふりをして、ルルから借りた雑誌を熱中して読んでいるポーズを取った。

「二百七十四番と三百十七番、手紙だ」

案の定、刑務官は奥の二人組をドアの所まで呼び出し、封書と小包みを手渡した。いつもの光景だった。二人は満面の笑みで受け取り、自分の陣地に帰っていく。目を逸《そ》らそうとしたが間に合わず、軽やかな足取りの二人が視界の隅に入ってしまった。

手紙はそれで終わりかと思っていたら、刑務官が「八百二十五番と九百七番、手紙だ」と言った。清子と私の番号だった。

私と清子に一通ずつ届いていた。

またしても「受取拒否」のハンコが押されて戻ってきたのか。

だけど、あれから手紙は出していないはずだ。

まさか、実家の母に宛てた手紙までが戻ってきたのか。

宛名も差出人も見るのが怖くて、抱きしめるようにして手紙を胸に押し当てた。チラリと清子を見ると、思った通り、頬が緩みっぱなしだ。きっと息子から楽しい手紙が届いたのだろう。写真が同封されているのがチラリと見えたが、こちらに気を遣っているのか、さっと封筒の陰に隠し、無理やり笑顔を抑えつけているらしく、頬を歪めた妙な顔で見入っている。

でも……封書を胸に抱きしめた感触から、一通だけにしては分厚いような気がしていた。はて、実家の母に宛てて便箋何枚にも及ぶ手紙を出したことがあっただろうか。

恐る恐る胸から引きはがし、封書を見た。

え？

差出人は「児玉江里子」とある。

なんと、姑からだった。ついこの前、受取拒否をしたと思ったら、今度はこんなに分厚い封書を寄こすなんて、いったいどうしたのだろう。

まさか、子供たちに何かあったの？

気が急《せ》いて、開封済みの封筒から慌てて便箋を引っ張り出した。その勢いで、久しぶりの手紙なのに便箋が少し破れてしまった。

——お久しぶりです。今日は美帆さんに、たくさんのお知らせがあります。

姑の、見覚えのある達筆で始まっていた。

一枚目から三枚目は、子供たちを引き取ってからの苦労の日々が淡々と綴られていた。子供たちの世話は、高齢の姑一人の肩に伸《の》し掛かっているらしい。舅は何一つ手伝ってくれないのだとの愚痴が続く。四枚目になって、やっと子供たちの様子が書かれていた。悪い予感は的中した。やはり子供たちは、学校や保育園でいじめられているらしい。子供たちのつらそうな顔を想像すると、胸が締め付けられた。

五枚目を読んだ。

――それでね、お父さんと何度も話し合って、風花ちゃんと和樹くんは、美帆さんの実家にお任せすることにしたんです。

えっ、本当に？

すうっと胸が楽になった。実家の両親はまだ若いし、年齢に比しても体力がある方だ。

――ごめんなさいね。幼い子供たちの面倒を見るのは、体力的にも精神的にも私には限界だったんです。

風花は実家から徒歩五分の小学校に転校し、和樹も実家のすぐ裏にある幼稚園に転園したらしい。

――美帆さんのお母様は事件以来ずっと気を病んでいらしたようですよ。でもね、孫を引き取ったのがきっかけで、ずいぶんと張り切っておられるようです。

実家の母は、事件にショックを受けて、手紙も書けないほどの状態だったらしい。考えてみれば無理もないことだ。娘が殺人を犯して刑務所に収監されたのだ。親戚はもちろんのこと、知り合いにも、そういった人間は一人もいないのだろう。そのうえ、孫にも会えないとなれば寂しくてたまらなかったという。

――大切な息子に二度と再び会えないと思うと、美帆さんを憎まずにはいられません。息子がひどい暴力を振るっていたことを知っても、それでもなお、息子に会いたくてたまらないのよ。美帆さんのご両親が孫たちに会いに何度もうちを訪ねてこられましたが、私たち夫婦は息子を殺された恨みを晴らすかのように、毎回ひどい言葉を投げつけて門前払いしてしまいました。孫には絶対に会わせるものかと意地悪な気持ちになっていたのよ。だけど、実はね、息子を殺されてからというもの、孫たちをちっとも可愛いとは思えなくなっていたの。

姑は、正直に気持ちを綴っていた。

——息子とは死後離婚をしてくださって結構ですよ。美帆さんも孫たちの名字も、あなたの旧姓にしてください。その手続きは簡単だそうです。

そうだ、そうしよう。

名字を元に戻して、人生をやり直すのだ。

——実家のお母様は、今後はせっせと手紙を書くとおっしゃっておられましたよ。今まで何度も書こうとしたけれど、涙が滲んで、つらくて書けなかったとか。長々と書いてしまいましたが、それでは美帆さん、さようなら。

便箋は、もう一枚あった。

——追伸。「お元気で」などと心にもないことは、どうしても書けないわ。

静かに便箋を畳み、封筒に仕舞った。

顔を上げると、清子と目が合った。
問いかけるような目をしているので、私は微《かす》かに頷《うなず》いてみせた。

# 第三章　覚醒剤事犯

## 1　山田《やまだ》ルル　26歳　五百七十九番

明るい性格だと思われているみたいだけど、本当は違う。

笑っていないと死にたくなるだけだ。

人生がマシだったのは小学生くらいまでだった。その頃から既にうちの親はまともじゃなかったから、子供心にもつらいことはたくさんあった。それでも、近所のお寺が開いた「おすそわけクラブ」、今で言うなら「こども食堂」のおばさんやおじいさんたちが親身になってくれたから、とりあえず居場所はあった。それに、学校では友だちが一人もできなかったのに、「おすそわけクラブ」では仲良しさんができたことも嬉《うれ》しかった。

懐かしいなあ、梓美《あずみ》ちゃん、元気にしてるかな。

もう十五年以上も会っていないけれど、梓美ちゃんは私とは違うから、ちゃんとした大人になっていると思う。だって小学生の頃からしっかりしていて面倒見が良くて、同学年なのにお姉さんみたいだったもん。いや、お母さんみたいだったといっても言い過ぎじゃない。それに比べて私ってどうよ。なんでこうなっちゃったんだろ。

ムショにぶち込まれるのはこれで二回目だ。二回とも覚醒剤で逮捕されたとなれば、懲りないクズだ。自分でも嫌気が差す。

今日は週一回の薬物依存離脱指導の日だ。洗濯工場の重労働から解放されるから身体《からだ》は楽だけど、お前はダメな人間だと毎回思い知らされるから気が重い。

──覚醒剤なんていつだってやめられる。

指導を受けるまではそう思っていた。だけど一回目の逮捕のとき、グループワークで同じ依存症のチョーエキたちと話し合ったり、指導者の話を聞いたりするうちに、我慢や根性だけでは覚醒剤はなかなかやめられないと知った。

私はそのとき、強く誓ったはずだ。

──マジで覚醒剤ってヤバイじゃん。二度とやらない。絶対に。

それなのに、出所してすぐに覚醒剤に手を出してしまった。私ってホント、どうしようもない人間だ。年配の人が「バカは死ななきゃ治らない」って言うのを聞いたことがあるけど、その言葉は本当だと思う。

「みなさん、こんにちは」

講師の女は明るい調子でそう言った。普段は薬物依存症者のための民間リハビリ施設で指導者として働いているらしい。

前回、この講師は自身の体験を語った。

――密売人というのはね、最初の頃はお金を取らないの。だから私は、なんて親切な人だろうと思ったの。でも、それは間違いだった。私が依存症になるのを手ぐすね引いて待ってたの。彼らの思惑通り、私は薬物なしでは生きられない身体になったわ。まさに彼らの思う壺《つぼ》だった。そして私は彼らの金蔓《かねづる》になった。クスリを買うには身体を売るしかなくて苦しんだわ。裏には暴力団関係者が絡《から》んでいて、そこからどうやっても抜け出せなかった。何度も死のうと思った。だから警察署に駆け込んで、『私は覚醒剤をやっています。逮捕してください』って叫んだの。

若い頃はとびきりの美人だったんだろうね。今じゃ凄《すご》みが加わって、その大きな瞳でジロリと見られると怖いくらいだよ。もう二度と誰にも舐《な》められないぞっていう気迫が羨《うらや》ましい。私もそんな雰囲気の女になりたいよ。まっ、未来永劫《えいごう》ムリだろうけど。

この部屋にいるチョーエキたちは、みんな真剣なまなざしで講師を見つめている。きっと体験談を聞いたときの前回の衝撃が、今も頭に残っているからだろう。

「さて、今日の課題に入りましょう。みなさんが薬物を使うことになった原因を書き出してみてください」

刑務官が紙と鉛筆を配り終えたが、いきなり原因を書けと言われたって困るよ。でも真面目にやらないと、独房に入れられることもあると聞いた。ここは学校の授業とは違って、ごまかしたりサボったりできない。

覚醒剤を使ったきっかけといえば、あれは確か……。

――いい「あぶり」があるよ。

ユウキがそう言ったときの爽やかな笑顔を覚えている。悪いことをしているといった雰囲気はまるでなかった。だから私はタバコを吸うような軽い感覚で覚醒剤に手を出したのだ。煙を吸引する「あぶり」から、もっと効き目の強い注射器で打つ方法に変わるまでは、あっという間だった。軽いノリで始めたはずだったのに、気づけば覚醒剤にどっぷりはまっていた。そのとき私は、二十歳《はたち》になったばかりだった。

初犯のときは執行猶予をつけてくれたのに、その執行猶予期間中に、再び覚醒剤で捕まった。そうなると、それまで猶予されていた分も刑期に加算されるらしく、いきなり四年もの懲役を喰《く》らった（そのときなぜかユウキは捕まらなかった。そういった尻尾《しっぽ》を摑《つか》まれないところもまた彼のカッコいいところだ）。

四年経《た》ってやっと出所して、なけなしの貯金（ユウキに貢いだせいで五万円くらいしか残ってなかった）を下ろしてインターネットカフェに寝泊まりしながら単発のアルバイトで食いつないだ。しばらくするとユウキが再び覚醒剤を勧めてきた。一度使うと、つらかった子供時代も、耐え難かった刑務所生活も一瞬にして忘れ、薬物に憑《つ》かれた世界へ舞い戻ってしまった……以上。

それらを書き出してみて、ふっと思った。ユウキと出会わなければ、全く違った人生だったんじゃないかって。そしたらたぶん、今も梓美ちゃんと連絡を取り合って、気軽にお茶したりご飯食べたりできてたんだろうなって。

ユウキと出会ったことは仕方がないとしても、初犯で捕まった時点で別れていれば、あのまま立ち直れたかもしれない。だけど現実問題として、ユウキがいなきゃ寂しくてたまらないから仕方がなかったのだ。

だって私にはユウキしかいない。私は何の取り柄もないし、そもそもブスだから、男が声をかけてきたことなど一度もなかった。だけど、彼は超イケメンなのに私をナンパしてくれた。そのうえ「好みのタイプなんだ」と耳元で囁《ささや》いてくれたもんだから有頂天になっちゃって、ほんの少し自分に自信が持てるようになった。

「はい、みなさん書き終わったようですね。では次に、あなたにクスリを勧めてきた人を、今あなたはどう思っていますか？　その気持ちを正直に書いてみましょう」

ユウキに対しての気持ち？

正直に書けって？

そりゃ感謝しかないよ。その気持ちは今でも変わらない。だって、誰かに優しくされるのなんて、「おすそわけクラブ」以来のことだったから。

だけど……心にもないことを書いた。

――恨んでいます。憎しみでいっぱいです。

こういう答えが期待されていることは、頭の悪い私でもわかる。

釈放されても、二度と悪い仲間とは会いませんよ、だって憎いんですから当然でしょう。そういった流れに持っていかないとマズイ。恨みをバネにして薬物から遠ざかりましょうと、これまで講師は何度も力説してきたのだから。

だけど本当は、ユウキの手紙だけが楽しみだった。刑務官から手渡された途端に、暗く沈んだ心にポッと明かりが灯《とも》る。

それでも、少しずつ彼の本当の姿――どんな仕事に就いても長続きせず、何に対してもちゃらんぽらんなくせに、なぜか自惚《うぬぼ》れは超一級で、「俺はそんじょそこらの男とは違う」といつも豪語している、つまり軽薄――から目を逸《そ》らすのは、もうやめようかと考え始めていた。

振り返ってみれば、彼がロクでもない人間だってことは、初めて会った瞬間からわかっていた気がする。だけど今までずっと、そんな気持ちに蓋《ふた》をしてきた。彼を失ったら、生きていくのがつらくなるから。

自分の本音に耳を傾けるようになったのは、きっと同じ部屋のメンバーが優しいからだ。本当の家族ならいいのにと思う。清子《きよこ》がお母さんで、秋月梢《あきづきこずえ》はおばあちゃん。そして美帆《みほ》はお姉さんで、奥にいる五十代二人組は親戚の叔母さんといったところだ。こんな関係は、今までのムショ生活の中で初めてだった。元ボス──嫉妬深くて超ウザかった──が釈放されて、清子が新ボスに収まってからというもの、部屋の空気が一変した。天国と地獄の差と言ってもいい。

それまで私にとって、ユウキはかけがえのない存在だった。だって、この世で私に優しくしてくれる唯一の人間だったから。

この世には、私をバカにしたり、邪険に扱ったり、いきなり攻撃してきたり、利用するだけして捨てる、そんな人間しかいないのだと思っていた。だけど、この部屋の人たちを見ていると、優しいのはどうやらユウキと「おすそわけクラブ」のみんなだけではないとわかってきた。

ぼうっと前方のホワイトボードを見ていると、講師の女がつかつかと近づいてきた。

えっ、なに？　なんだよ。

至近距離まで来て、大きな瞳で真正面から見つめてくる。

怖いよう。

もしかして、講義に集中していないのがバレたのか？

思わず身構えると、講師は手を伸ばしてきて、私の額にいきなり掌《てのひら》を押し当てた。冷たい手だった。

「やっぱり熱があるわね。顔色が悪いわよ」

## 2　医師・太田香織《おおたかおり》　37歳

診察室のドアを開けて入ってきたのは、背の高い痩せた若い女だった。

またしても悪人には見えなかった。それどころか、気弱なお人好《ひとよ》しにさえ見える。こんな平凡な女が何をしでかして刑務所にいるのか見当もつかない。

カルテには「二十六歳」とあるだけで、罪名の記載がないのもいつも通りだった。

「三十八度五分です」と、マリ江《え》が体温計を見ながら言った。

「ごめんね。ちょっとひんやりするよ」と言いながら、私は受刑者の襟元から聴診器を差し入れた。

すると、そのとき……。

――びっくりだ。本当にパツキンだとは。

どこからか声が聞こえてきた。念のために辺りを見渡してみたが、診察室には受刑者と刑務官とマリ江しかいない。今日も聴診器は絶好調らしい。

「熱以外の症状はどう？　咳《せき》とか、お腹《なか》の調子とか」

「だるいけど、他は別に……」

「あっそう」

――へえ、すごい。やっぱり金髪でも医者になれるんだ。その隣にいるのは、看護師さん？　うちのママと同じくらいの歳《とし》かな。ママと違って優しそう。いいなあ、二人とも資格を持ってる。すごいなあ。それに比べて私なんか漢字もまともに読めない。

「で、あなたは何をやらかしたんだっけ？」

受刑者が「覚醒剤です」と答えるのと、刑務官が「個人情報保護法違反です」と言うのが同時だった。

「そうかあ、覚醒剤やっちゃったかあ」

薬物依存症はたとえ十年、二十年経っても、一度再使用すれば一瞬にして依存状態に戻るやっかいな病気だと言われている。だけど、本気でやめようと思えばやめられるはずだと、個人的には思うけどね。

「夜は眠れてる？」

「はい。蒲団《ふとん》に入ったら速攻で。洗濯工場の仕事がきつくて、毎日ぶっ倒れそうなほど疲れてるんで」

「へえ、そうなんだ。それは良かった」

――いいわけねえだろ。人の話、ちゃんと聞いてんのかよ。死ぬほど疲れてんだよ。もっと楽な仕事に変えてもらいたいんだっつうの。背が高くて肩幅があるからって頑丈とは限らないんだよ。それなのにきつい仕事を宛《あ》てがわれてる身にもなってくれよ。座ってできる仕事に変えてほしいんだよ。

「へとへとになるくらいの仕事がいいのよ。座り仕事だと、目が疲れて肩が凝って、妙に目が冴《さ》えて夜眠れなくなったりすることがあるからね」

「は？　えっと……」

――私、座り仕事がいいなんて言ったっけ？　いや、口には出してないはず。まさか、まさか、やっぱり清子が言っていた通り、この女医には霊感があるとか？　人の心まで読めるなんて。ああ、怖いよう。

「ここの受刑者の半分近くが向精神薬や睡眠導入剤を服用してるの、知ってる？　あなたのように、夜はバタンキューの健康的な人間は珍しいくらいだよ。で、あなた、名前は何だっけ？」

受刑者が「山田ルルです」と答えるのと、刑務官が「個人情報保護法違反です」と注意するのが、またもや同時だった。

「わかった。これからはルルちゃんて呼ぶね」

――ルルちゃんだなんて、やっぱり噂《うわさ》通り変な医者だ。

「香織先生、私にも聴診器を貸してくださいよ」と、マリ江がせっついた。

「ちょっと待ってってば。まだ何も見えてないんだから」

「順番だって言いましたよね？　香織先生はいつも長すぎるんですよ」

仕方なく聴診器を手渡すと、マリ江は奪い取るようにしてルルの胸に当て、すぐに目を閉じた。そしてほんの数十秒経っただけで、すべてがわかったとでもいうように深く頷《うなず》いた。

「ルルちゃんは親ガチャという言葉を知ってるよね？　そう、まさに親ガチャの外れクジを引いたね。ホント運が悪かったね。小さいときから苦労して可哀想《かわいそう》だったね」

と言いながらマリ江は立ち上がってルルの傍《そば》に立ち、ルルの頭にそっと手を置いた。

「もしもルルちゃんが優しい両親のもとに生まれていれば、きっと刑務所とは無縁の生活だったはずよ」

またしても、マリ江にはルルのこれまでの人生が「走馬灯のように」見えたらしい。ルルは目を見開いてマリ江を見上げた。驚愕《きょうがく》の表情だった。

「ちょっと、マリ江さん、いくらなんでも……」

外れクジなんて、その言い方はないでしょ。

親ガチャというのは、子供は親を選べない運命であることを、スマートフォンのゲームの「ガチャ」にたとえた言葉だ。親の経済力や家庭環境によって、子供の人生が大きく左右されるのは事実だろう。だが、どんな親であっても、子供にとっては大切な存在なのだ。親を悪く言われたら誰だって嫌な気分になる。それなのにマリ江は親ガチャなどと口にする。いくら何でも無神経だ。

「マリ江さん、それ、私の聴診器だよ。返して」

頭にきて聴診器を取り返し、ルルの胸に再び当ててみた。しかし、特段、何かが見えるわけではなく負の感情も読み取れなかった。

どういうこと？

マリ江の親ガチャという言葉に反発するどころか、納得したの？

そのときだった。背後で刑務官が大きな溜《た》め息《いき》をついたのが聞こえてきた。

「あのう、先生、明日になって熱が下がったとしても、それでもやっぱり今後も診察は必要だとおっしゃるんですよね？」

刑務官がうんざりしたような顔で尋ねた。

「どうしようかなあ。マリ江さんはどう思う？」

「もちろん明日も診ないとダメですよ」

マリ江は聴診器を通して何を見たのだろう。それほどひどい親だったのか。そして、私たちが手助けしてやれることが何かあるということなのか。今日の夕飯のときにでもじっくり聞いてみることにしよう。

「ルルちゃん、風邪薬を出しておくから明日は刑務作業を休んでね。それと、熱が下がっても明日も診せに来てちょうだい」

「えっ、熱が下がっても？　そう、ですか……わかりました」

ルルが、私とマリ江を交互にチラチラと見る。何か気味の悪い物を見るような目つきだった。


マンションに帰ってジャージに着替えてから、隣室のマリ江の所へ行った。

夕飯は鯛《たい》茶漬けだ。鯛は私が買った。マリ江が買ったのは特売の三つ葉だけだ。

「薬物を一度やると、やめるのは本当に難しいですよね」とマリ江が言った。

「そうは思わないよ。だって刑務所にいる間はみんなやめてるじゃん」

「それはそうですけど、うちの夫が禁煙するのに二十年以上も四苦八苦しているのを見ると、依存症というのは本当に厄介なものだと思いますよ。それに、薬物はタバコどころじゃないでしょう？」

「やめられないのは意志が弱いだけだよ。本気でやめる気がないんだよ」

「ビックリです。医師とは思えない発言ですよ。依存症は病気ですよ。根性では治りません。それに、もしかして香織先生は、うちの夫が禁煙できないのは、根性なしだからだとおっしゃってます？」

「あらあら？　マリ江さん、怒ったの？　口を開けば夫の悪口ばっかり言ってるくせに、本当は愛してるわけ？」

「ばかばかしい。あんなゴキブリ、誰が愛しているもんですか。ただね、身内が悪口を言う分にはいいですけど、他人から言われたくないものなんです。そんなの常識でしょう？」

「へえ、そういうもの？　人間て面倒臭いね。だけど今日の昼間、マリ江さんはルルに向かって、親ガチャの外れクジなんて言ったじゃないの」

「あれくらいひどい親の場合は、本人に言ってもいいんですよ。いや、言ってあげるべきなんです。共感してくれる人がいると慰められますから」

マリ江が聴診器を通して見たのは、小学生の頃から、寝たきりの祖母の世話をさせられていたルルの姿だった。父親は出張と称して遊び歩いて何日も帰ってこず、母親は朝から晩まで働き通しだった。そのせいで、ろくに学校にも通えず、祖母が眠った隙に全速力で「おすそわけクラブ」に駆け込み、やっと食事にありつけるといった暮らしだったという。

「それよりも問題は、ルルちゃんの彼氏ですよ」

「それは私にも見えた。いかにも女にモテそうな優男《やさおとこ》だったよ。そいつと縁が切れない限り、ルルは死ぬまで覚醒剤をやめられないね」

「そうなんですよ。でも、出所しても迎えてくれる家族がいないから、彼氏に頼るしかないんです」

「出所してすぐにいい仕事が見つかればいいのになあ」

「香織先生、そんな理想ばかり言っても仕方がないでしょう。住む家さえ確保できるかどうか難しいのに」

「親の家は、今はどうなってるの？」

「お祖母《ばあ》さんが亡くなって年金が入らなくなった途端に一家離散ですよ。そうでなくとも、あの両親のもとには帰りたくないでしょうね」

ルルの両親は夫婦喧嘩《げんか》が絶えず、家庭は心休まる場所ではなかったらしい。

「兄弟姉妹が多ければ、誰か一人くらいは手を差し伸べてくれるかもしれませんけど、ルルちゃんは一人っ子ですしね」

「で、親はまだ生きてるの？」

「聴診器からは、最近の親御さんの姿は見えませんでしたけど、たぶん健在だと思いますよ。なんせ両親ともにまだ五十代前半ですから」

「だったら親を呼び出してみようよ」

「香織先生、それは医師の仕事ではありません」

「だってさ、清子のときはうまくいったじゃん。息子が身元引受人になってくれたうえに面会にもちょくちょく来てるようだし、手紙も届くようになったたって、刑務官が教えてくれたよ」

「たまたまそうなっただけですよ。ルルちゃんの場合は、そんなにうまくいかないと思います」

「やれるだけやってみようよ、ねっ？　物は試しって言うじゃない」

「そんなにおっしゃるんなら……一応、呼び出すだけは呼び出してみますけどね」

## 3　山田ルル　26歳　五百七十九番

夕飯のトレーの隅っこに、桜餅と雛《ひな》あられが載っていた。

見た途端に歓声が上がり、みんな満面の笑みで顔を見合わせた。

「今日は雛祭りだったのね。すっかり忘れてたわ」と、秋月のバーサンが上品に微笑《ほほえ》んだ。

ムショには季節の行事がある。桜の季節には、敷地内にある桜を見ながらお菓子を食べる「観桜会《かんおう》」があるし、夏には盆踊りまである。そして秋の運動会では、リレーや綱引きでみんな熱くなるのだった。小中高を通してクラスに友だちがいなかったから、運動会なんか大嫌いだったのに、今は楽しみで仕方がない。冬になるとカラオケ大会もあるし、年末には年越しそば、お正月にはお雑煮やお節料理も配られる。私が育った家には季節の行事なんて一つもなかったから、初めて経験するものばかりだった。

「シャバに出たら真っ先に食べたい物って何ですか？」と、私はみんなに尋ねてみた。

「そうだねえ。私ならハンバーガーとポテトかなあ」

「ええっ、マジ？　清子さんたら女子高生みたいなこと言っちゃって」

「私は清子さんの気持ち、わかりますよ」

「ええっ、美帆さんまでハンバーガー？」

「どうしてかしらね。ああいったジャンクフードが食べたくなるのは」

「ムショは毎日ババ臭い料理ばかりだからだよ」と、清子さんが言う。

「でも、さすがに秋月さんは違うでしょ？　やっぱり刺身とか茶碗蒸《ちゃわんむ》し？」と、私は聞いた。

「わたくしはね、ピザかジェノヴェーゼのパスタがいいわ」

「ええっ、すごい」

「秋月さんの気持ち、わかりますよ。ああ、チーズ、私、今すぐチーズが食べたい」

清子がそう言い、ゴクリと唾を飲み込んだので、みんな一斉に噴き出した。

「なに笑ってんのさ。ルルちゃんこそ、なにが食べたいの」と、清子が笑いながら睨《にら》む真似《まね》をした。

「私はね」

そう言いかけたとき、ふっと前回出所したときのことを思い出した。

ムショの門を出ると、クールな外車が停《と》まっていて、窓からユウキが「久しぶり」と笑顔で手を振ったのだった。私が助手席に乗り込むと、ユウキはすぐに車を出した。そして高速道路をブッ飛ばし、最初のサービスエリアでお汁粉をおごってくれた。それまでは、いつも私がおごってばかりだったから、ユウキの優しさに感激した。ソフトクリームも食べて、そのあと車内で食べるチョコレートとシュークリームも買ってくれた。そして都内に入ったら、ミスタードーナツへ直行した。

楽しいはずの思い出だった。それなのに、いま思い出してみると暗い気持ちになるのはどうしてなんだろう。たぶん、それは……。

――この車、どうやって手に入れたの？　どうして今日は気前がいいの？　どこからお金が入ったの？　また何か悪いことでもしたの？　それとも貢いでくれる女がいるの？

いっぱい尋ねたいことはあったのに、口には出せなかった。ユウキは穏やかな性格で、何を聞いても何を言っても怒ったりはしない。だけど、見え透いた嘘《うそ》をつくのは日常茶飯事だった。そのころ既に私は、ユウキから嘘を聞かされるのがつらかったんだ、きっと。

「ルルちゃん、大丈夫?」

美帆の声で、過去から引き戻された。

「ぼうっとして、どうしたの?」と、清子に聞かれた。

「なんだか急にいろいろと思い出しちゃって。前回釈放されたときのこととか。そのときはユウキが迎えに来てくれて、美味《おい》しい物をいっぱいおごってくれたんだ」

「ふうん、そうなの」と、美帆は言ったが、笑顔が消えて真顔だった。

気になって清子と秋月の顔をチラリと盗み見たが、二人とも笑っていなかった。そう言えば、いつの間にか「のろけちゃって」などと茶化されなくなっていた。

「出所したら、また彼氏と会うの?」

清子の声は遠慮がちだけど、その割には遠慮なくこちらの目を覗《のぞ》き込んでくる。その視線から逃れたくて、思わず目を逸らした。

「……たぶん会うと思うけど? だって他に頼る人がいないもん」

そう答えると、「ふうん、そうなの」と言って、清子も目を逸らした。

どうして目を逸らすの?

何が言いたいの?

それを、なぜか尋ねることができなかった。

# 4　看護師・松坂《まつざか》マリ江　50歳

ルルの両親が刑務所にやってきた。

応接室のドアを入ってくると、二人揃《そろ》って首を前に突き出すだけのお辞儀をしただけで挨拶もせず、こちらが勧める前にさっさとソファに座って二人とも脚を組んだ。別居しているというのは本当らしく、夫婦なのに三人掛けのソファの端と端に離れて腰をおろした。そのうえ、母親はまるで夫のバイキンが移ったら困るとでもいうように、ソファの隅ギリギリまで身体を寄せている。

それにしても、ティーンエイジャーがそのまま歳だけ重ねたといった感じの、絵に描いたような不良中年の夫婦だった。私と同年輩のはずだが、いったいどの時代を引きずっているのか、父親は丈の短い革ジャンにダメージのあるジーンズ姿だ。カッコつけてるつもりだろうが、植毛するカネはないらしく、頭髪の薄さが若作りの服装とちぐはぐだ。母親は、私とは違って中年太りとは縁のない体型をしていて、五十代になっても未《いま》だに脚線美が自慢なのか、ミニスカートにピンヒールを履いている。

香織先生が自己紹介し、それに私も続き、両親の向かいのソファに腰かけた。

「それで？」と、母親はいきなり香織先生を見て尋ねた。

何のために親をここに呼んだのかという問いを、「それで？」のひとことで表したらしい。語彙《ごい》が少ないのか礼儀知らずなのか。そういえば、ルルも何かというと「すごい」を連発していたのではなかったか。

「ルルが病気か何かで死にそうなの？」と、父親はタメロで尋ねた。香織先生が金髪のうえに童顔で若く見えるからか、ナメきっているように見えた。

「そうじゃないよ。ルルは元気だよ」と、香織先生もタメロで返したので、父親はムッとした表情を晒《さら》した。

雰囲気が悪くなりそうだったので、「今日お呼び立てしましたのは」と、私はしゃしゃり出た。「ルルちゃんが釈放されたら、しばらくの間はルルちゃんの面倒をご自宅で見ていただきたいと思ったからなんです。住む家もないとなると、また刑務所に戻ってくるかもしれませんから」

母親がふうっと長い溜め息をついてから、呟《つぶや》くように言った。

「いったいいつまで子供の面倒を見なきゃならないんだろう。もうとっくに成人してるっていうのに」

「なに言ってんだよ。ルルがああなったのはお前のせいだろ。母親のくせにロクに面倒も見ねえで、まったく」

母親は、まるで夫の声が聞こえないかのように、何の反応もしなかった。

「覚醒剤っていうのは、一度やるとなかなかやめられないって聞くけど、本当なの?」と、母親は香織先生を見て尋ねた。

「うん、たいていの場合はそうだね」と香織先生が答える。

「だったら私、ルルが何歳になるまで面倒を見なきゃならない? もしかして一生?」

母親は自分の頬を両手で挟み込み、絶望したような目で香織先生と私を交互に見た。香織先生が黙っているので、私が何か言うべきかとも思ったが、どう答えていいかわからなかった。

ふとそのとき、出窓に飾られたブロンズの母子像が目に入った。赤ん坊を腕に抱いた母親が、慈《いつく》しみ深い目で我が子を見つめる像だ。この刑務所の受刑者の半分以上は子持ちの女だと聞いている。だからなのか、母子像は作業所や食堂にも飾られているし、玄関を入ったところの壁には、若い母親が幼い子供の手を引いて草原を歩く様子を描いた特大サイズの絵画がかかっている。それはまるで、子供に対する罪悪感を思い起こさせ、女性なら誰にでも備わっていると言わんばかりに母性を呼び覚《さ》まそうとしているようにも見えた。

もしも自分が受刑者なら、そんなブロンズ像や絵画を目にするたびに、どうしようもなくつらい気持ちになることは確実だ。そして、知らない間に精神的にどんどん追い詰められていくように思う。

もしかして、母子像を飾るのは誤った押しつけではないだろうか。反省を促すどころか、立ち直れないほど自分を責める材料となり、逆効果ではないかとさえ思う。

果たして男子刑務所には父子像が飾られているのだろうか。もし飾られていないのならば、父親は子供に責任を持つ必要はなくて、全責任は母親だけにあると国が言っているのも同然なのだが。

「私はね、母親になんかなりたくなかったのよ。結婚もしたくなかった」

ルルの母親は、誰にともなく呟くように言った。

「おい、いい加減にしろよ。結婚したくなかっただと？　そういう言い方、俺に失礼だろ。人前で恥かかせやがって。だったら何で俺と結婚したんだよ」

「そうしないと普通の女だと認めてくれないからだよ」

「は？　誰が認めてくれないんだよ」

「世間だよ。親戚連中だよ。親兄弟だよ。日本の社会だよ。周りの人から、『まだ結婚しないのか』『子供はまだか』って聞かれ続けるのが鬱陶《うっとう》しくてたまらなかったんだよ」

「はあ？　お前はそんな理由で俺と結婚したのか？　ルルを産んだのもそんな理由なのかよ」

「私は若い頃から子供が大の苦手だったんだ。だけど、みんなが寄ってたかって言ったんだ。『そのうち可愛くて仕方がなくなるよ』『母親っていうのはみんなそういうもんなんだよ』って。だけどそうはならなかった。私は母親には向いてないんだよ。妻にも向いてない。一人でいるのがいちばんいいんだ」

「何を今さら。二十三で結婚したくせに。仲間内じゃあ一番乗りだったじゃねえか」

「あの時代の若い女はみんな世間に脅されてたんだよ。早く結婚して子供を持った方がいい、いい、そうじゃなきゃきっと後悔するって、子供の頃から周りにさんざん言われ続けて育ったんだ」

夫婦の会話に私も香織先生も口を挟まず、じっと耳を傾けていた。ルルの身元引受人の話から逸れて、どんどん関係ない方へ向かっているのはわかっていたが、私と同年輩でもあるルルの母親の言い分をもう少し聞いてみたい気がした。それというのも……。

――このまま独身なら、電車に乗り遅れたことをきっと後悔するよ。

そういった世間の脅しと警告の心理作戦に、若い頃の私も晒されてきたからだ。隣をチラリと盗み見ると、香織先生は口を真一文字に結んだまま、テーブルの一点を見つめていた。もしかして、三十代の香織先生も、そういったことを数えきれないほど周りから言われてきたのだろうか。そして、今もまだ言われ続けているのかも。とはいえ、香織先生は医師の資格がある分、他の女に比べたら世間の圧力はぐっと緩やかなんだろうけど。

　ふっと夫婦の会話が途切れたので、私は尋ねてみた。

「ルルちゃんにお祖母さんの世話をさせてたと聞きましたけど」

「だよなあ」と、父親がまるで他人事《ひとごと》のように続けた。「まだ小学生だったルルに祖母さんの介護をさせたりして、そういうの、今だったらヤングケアラーっていうんだよ」

「そのことは本当に申し訳なくて、ルルに土下座して謝りたいと思ってる。いまだに夢にまで出てきて夜眠れないことも多くて……」

「今さら遅いよ。まったく、どうしようもない母親だな」

「あんたは何ひとつ手伝ってくれなかったじゃないか。そもそも、あの婆《ばあ》さんはあんたの実の母親なんだよ」

　さっきから、母親は正面を向いたまましゃべっている。一瞬でも夫が視界に入ることが嫌なようだ。

「男の俺がお袋の下の世話なんかできるわけねえだろ」

「私は電子部品の組み立て工場で働いていたから、お祖母ちゃんを介護する時間が取れなかったし、この人は……こんなこと本当は言いたかないけど、稼ぎが少なくて」

「なんだと？　いい加減にしろよ。こんなところで何度も恥かかせやがって。お前はカネで男を判断するのか」

「稼ぎが少ないのを馬鹿にしたんじゃなくて、つまり私も働かなきゃ食べていけなかったってことを言いたいの。介護も家事も育児も全部私一人の肩に伸《の》し掛かってて、疲れ果てて毎晩蒲団に入ってから泣いてたんだよ。そしたらルルが誰に似たんだか優しい子で、いつの間にか私を手伝ってくれるようになって、だからついつい甘えすぎてしまったんだ」

気づけば、私は思わず立ち上がっていた。ローテーブルを回り込んで向かいのソファへ走り寄り、ルルの母親の痩せた肩をしっかと抱きしめた。

「つらかったね。荷が重すぎたんだよ」

そう言ったとき、背後から父親のバカにしたような笑いが聞こえてきた。

「馬鹿馬鹿しいったらありゃしねえ。どこの家でも嫁っていうのは、それくらいのことはやってんだろうがよ」

「父親のあんたにはわからないよ」

涙交じりの声だった。「母親っていうのはどこまでも忍耐強くなきゃいけないし、自分のことを後まわしにして当然で、その枠から出たら叱られる。私はね、離れていてもルルのことがいつも頭の片隅にあるんだよ。私のせいだ、私が悪かったんだって、死ぬまで罪悪感でいっぱいの人生だよ。そこいくと、あんたは気楽でいいよねえ。何でもかんでも私のせいにして、自分には関係ないって顔していられるんだから」

「なんだよ、その言い方」

「そもそもあんたと結婚しなけりゃ、あんたのロクでもない親兄弟とも知り合わずに済んだんだよ」

「何だよ、ロクでもないって失礼だろ」

「私のこと、寄ってたかって嫁扱いして」

「嫁扱い？　意味わかんねえ。お前が山田家の嫁だっていうのは事実だろうが」

「あんたと結婚したせいで、絶対に友だちになりたくないタイプの親兄弟がオマケについてきて、私のプライベートにまでこまごまと口出ししてきて気が変になりそうだったよ」

「それはこっちも同じだよ。お前のロクでもない親戚連中ときたら」

「よく言うよ。あんたが私の実家に顔出しただけで、気の利く優しい婿さんだっていつも言われてたじゃないか」

「そりゃそうだろ。わざわざ嫁の実家に行ってやってんだから」

夫婦の言い合いにキリがないと思い始めた頃、香織先生が口を挟んだ。

「ちょっとあんたたち、結局はルルの身元引受人にはなりたくないってこと？」

「私には無理だよ。おカネもないし、精神的にもつらい」と母親が答えた。

「お父さんはどうなの？」と、香織先生が尋ねる。

「えっ、俺？」と、父親は心底びっくりしたように香織先生を見た。

「冗談だろ？　男親には無理に決まってんじゃねえか」

「同居しなくても、金銭的援助だけでもいいんですよ」と、私は言った。

「ムリ、ムリ。だって俺、カネねえもん。だけど俺も、もう若くねえし、最近は腰が痛くてさ。だから老後の面倒だけはルルに頼るしかないんだけどさ」

母親は相変わらず正面を向いたままで夫の方を見もしなかったが、眉間にギュッと皺《しわ》を寄せた。

父親は論外だが、母親にもルルを託《たく》すのはやめた方がいいと私は判断した。

「そうですか、わかりました」と私は言ってから、ふと思いついて続けた。「帰りに面会の予約を取っていかれるといいですよ。娘さんに会いたいでしょう？　ずいぶん前から会っておられないのではないですか？」

「合わせる顔が……ないよ」と、母親が呟くように言った。

「俺は、また今度でいいや」

「あんたたち、なんなのよっ」

香織先生はいきなり立ち上がって叫んだ。「それでも親なの？　ルルが可哀想じゃないのっ」

その夜、またしても香織先生は私の部屋に夕飯を食べにきた。といっても、今夜は徹底的に話し合いたいから夕飯を作っている暇はないと言い、ピザとサラダとデザートを注文してくれて、ついさっき届いたばかりだった。

「マリ江さん、あの親、どう思った？」

香織先生は、テーブルに皿とフォークを並べながら尋ねた。

「身元引受人としては失格ですね。父親の家にも母親の家にも、ルルちゃんの居場所があるとは思えません」

「でもさ、彼氏よりはマシじゃない？　覚醒剤をやってないだけでもさ」

「そりゃそうです。でも父親のもとにいけば、ルルちゃんが働かされて給料を巻き上げられる予感がします」

「ええっ、まさか、それはないでしょ。実の父親だよ？」

そう言いながら、香織先生はピザにガブリと嚙《か》みついた。

「ですから香織先生のようなお嬢さん育ちにはわからない世界なんですよ。あれは毒親ですよ。縁を切った方がいいんです」

「馬鹿にしないでくれる？　私だって毒親って言葉くらいは知ってんだからね。でもね、話し合えばわかり合えるはずなのよ。なんたって親子なんだからさ。あれ？　なんなのよ。ちょっとマリ江さん、そんな目で見ないでよ」

「話になりません。世間知らずにも程があります」

「は？　だったら聞くけど、マリ江さんの親も毒親だったの？」

「違います。ですけど私の同級生や近所には、そういった家庭がいくつもありましたから、子供の頃から身近に見てきました。だけど香織先生は小学校から私立の名門だから、ヤングケアラーの子供なんかご存じないでしょう？」

「同級生の中にはいなかったけど、暴走族仲間の中には、そういった子がいたのかもしれない。それに私、あの母親の気持ちもわかる気がするんだよね」

「そうでしょうね。せっかくお医者様になったのに、結婚したり子供を産んだりして仕事が続けられなくなったら、何のために今まで頑張ってきたかわからなくなって空《むな》しくなりますでしょうしね」

「そういうことじゃないんだよ。確かに私は死ぬほど勉強して医学部に入って、研修医のときは昼夜関係なくこき使われてブッ倒れて一泊だけだけど入院して点滴までして、そのあとやっと勤務医になれたんだよ。でも、それとこれとは関係ないよ。私が言いたいのは、私自身も母親には向いてない気がするってことよ。ルルの母親と同じで子供好きじゃないし」

「……なるほど」

「私だって、たまに焦ることがあるよ。だって、独身の女医より子持ち主婦の方が格上みたいな言い方する患者がいるんだもん」

「みんな香織先生に嫉妬してるんですよ。お前も子育てで苦労してみろ、夫や子供の世話で、自分の時間なんか全然ない、そんなつらい暮らしを経験してみろって、悔しがってるんです」

「そうなの？　ふうん……人間てイヤらしい生き物だね」

一瞬しんとなったあと、二人ともサラダとピザに意識を集中させ、次々に平らげていった。

「でもさ、母親はルルに罪悪感を持ってたよね。父親はポンコツ野郎だとしても、あの母親ならルルの面倒を見られるんじゃない？　ルルは仕事が見つかるまでしばらくは生活保護を受ければいいし」

「無理ですよ。あの母親は神経が疲れきってます。いつの日かルルちゃんと一緒に暮らすことがあるとしたら、ずっと先のことですよ。ルルちゃんが覚醒剤とも彼氏とも縁を切って立ち直ってからじゃないと、共倒れしてしまいます」

「両親ともに頼れないとなると、ルルは釈放されたその日からどうやって暮らしていくの？　きっとまた彼氏が迎えに来るよ」

「ルルちゃんもルルちゃんですよ。覚醒剤を勧めるような男に頼って、これから先どうするつもりなんでしょう」

　思わず深い溜め息が漏れてしまった。

「ルルは洗濯工場で働いてるから、その技術を生かしてクリーニング店に勤められないかな」

「履歴書にどう書くんです？　刑務所の労役が洗濯工場だったと？」

「そんなに正直に書かなくてもいいよ。クリーニング店に勤めてたってことにすればいい」

「すぐにバレますよ。ここでの洗濯は衣類の種類が限定されてます。それに、ルルちゃんは見かけによらず体力なさそうですから、クリーニング店の仕事は厳しいんじゃないでしょうか」

「それは言えるかも。あーあ、即戦力になるような資格が刑務所内で取れればいいんだけど」

　香織先生も私に釣られたのか溜め息をついた。

「どんな資格が取れるのか、明日さっそく刑務官に聞いてみるよ」

「そうですね。そうしましょう」

「まっ、とにかくさ、次は彼氏を呼び出して、ルルと手を切るよう言ってやるよ」

「それは無理ですよ。親族でもない人を呼び出せません。たとえ香織先生が刑務所長にゴリ押ししたとしても、これればかりはダメだと思います」

「なんだ、残念。だったら……」

「もうこれ以上、首を突っ込むのはやめましょう。いえ、やめるべきです。だって香織先生と私は、医師と看護師ですよ。私たちの手に負える領域じゃないんです」

「それはそうかもしれないけどさ、それでも私はルルをなんとかしてやりたいんだよ。まだ若いのに将来が絶望的じゃん。これからも刑務所を出たり入ったりして、挙句の果てにひどい依存症になって死ぬんだよ」

「確かに。そうなる可能性は高いですね」

「だったら、マリ江さん」

「あ、香織先生、まさか、とんでもないことを考えてるんじゃないでしょうね」

「とんでもないことって、何よ」

「この前は岩清水《いわしみず》先生に偵察に行ってもらってうまくいったでしょう。だから例えば、今回はルミ子先生か摩周湖《ましゅうこ》先生に頼もうとか。そんなの絶対にダメですからね」

「なるほど。そのアイデア、いただきっ。そうしよう、うん、そうする」

香織先生は早速スマートフォンをポケットから取り出した。私が止めるのも聞かず、驚くべき速さで長文のメールを打ち、あれよという間にルミ子先生と摩周湖先生に送信してしまった。

「まったく何を考えてんだか。お二人ともお忙しいのにご迷惑ですよ。先輩の香織先生からの頼みとあれば断りにくいでしょう」

ぼやきながら紅茶を飲み終える頃、着信音が鳴った。

「摩周湖から返事が来たよ。マリ江さん、いい？　読み上げるよ。『偵察は私が一人でやります。ルミ子先輩は空気が読めない人ですから、きっとドジを踏んで早々に相手方にバレると思います』だってさ。摩周湖って、意外に自信家だね」

「ルミ子先生よりは多少マシって程度だと思いますけどね」

「だよね。ルミ子のこと空気が読めないなんて言っちゃって、呆《あき》れちゃうね」

そう言いながらも、香織先生は満面の笑みを浮かべた。

その嬉しそうな笑顔を見て私はうんざりし、またしても溜め息をついた。

## 5　山田ルル　26歳　五百七十九番

診察室に入るとすぐに、マリ江とかいう年輩の看護師が言った。

「ルルちゃん、あなたフォークリフトの資格を取りなさいよ」

いきなり何の話だろう。思わず壁際の刑務官に目をやると、直立不動のまま、「今月末が募集の締め切りだ」と、ぼそりと言った。

「その、なんとかリフトって、倉庫とか工場でやるアレですか？　重い荷物を持ち上げたりするアレ？」

「そうよ、それ」と、今度は金髪の女医が答えた。

「……ちょっと考えてみますけど」

慎重に答えたが、心は大きく揺れていた。そういった仕事が具体的にどんなものか知らないが、何が何でも資格を取りたかった。どんな資格でもいい。それは憧れといってもいいくらいだ。

その日の診察は簡単に終わった。とっくに熱も下がっていたし、洗濯工場を休めたから久しぶりに疲れも取れて、いつもより体調がいいくらいだった。

夕飯を終えた頃、廊下にコツコツと足音が響き、刑務官が手紙の束を持ってやってきた。秋月梢以外の全員に手紙が届いていた。ユウキからの手紙は久しぶりだったから本当に嬉しくて、ニヤニヤしてしまうのを抑えられなかった。

手紙はいつも通りで、「元気？　待ってるからね」と書いてあり、流行《はやり》の靴を買ったことや、表参道にある有名な美容院で髪型を変えたことなどが書かれていた。文字は数行だけで、あとは便箋《びんせん》いっぱいに下手な絵が描かれている。

あれ？　いつもの字と違う気がする。

似ているけど、ちょっと違う。ユウキは字が下手なくせにカッコつけて続け字で書くから勢いがある。ボールペンだが、最後のハネやトメが掠《かす》れることも多かった。だけど、今回の手紙はかなりゆっくり書いたのか、ハネやトメまで筆圧が強い。もしかして、ユウキの字を真似ながら別の誰かが書いたのではないか。

私は勉強はからきしダメだったけれど、字だけはうまかった。練習した覚えもないし、書道教室に通わせてくれるような親でもなかったのだが。

——字は生まれつきだよ。「手の性《しよう》」と言うんだ。ラッキーだったね。

「おすそわけクラブ」のおじいさんは、いつもそう言って私の字を褒めた。それがきっかけで、他人が書く字の特徴にも興味を持つようになった。そういうこともあって、今回の手紙がユウキの字ではないとピンときたのだと思う。

それに、マーカーで大雑把《おおざっぱ》に描かれた犬や金魚……。

毎回のことで、今までは深く考えなかった。それどころか、下手くそな絵だなあ、まるで幼稚園児が描いたみたい、ユウキって子供っぽくて可愛いところがあるじゃん、などと思って、今までは笑っていたのだった。

だけど、今日に限って、その絵が妙に気になった。

「どうしたの？　大丈夫？」と美帆が声をかけてきた。

「何が、ですか？」と尋ね返した。

最近はたまに敬語を使うようになった。美帆が、清子や秋月のバーサンに対して、いつも丁寧な言葉遣いで話すから移ってしまったのだ。美帆は言葉遣いだけでなく、立ち居振る舞いもきれいで、私の憧れの存在になりつつあった。

「だって、いつものルルちゃんなら、手紙が届くとすごく嬉しそうな顔するのに、今日はどうしちゃったのかなと思って」

「特に、何も……それより美帆さんこそ嬉しそうですね」

最近になって、美帆は長女から手紙が届くようになっていた。

――ママが私と和樹《かずき》のために戦ったこと、風花《ふうか》は知ってるからね。ママの帰りを待ってます。

そう書かれた手紙を見せてもらったことがある。

「ルルちゃん、彼氏の手紙に何て書いてあるの？」と清子が尋ねた。

「手紙の内容はいつも通りなんですけどね、なんだか変な感じがして」

そう言いながら、私はユウキの手紙を清子に見せた。

「ん？ 彼氏からの、いつも通りの手紙じゃない？」と清子が不思議そうに私を見る。

「私も見ていい？」と、美帆が尋ねる。そのあと「私も」と次々に声がかかり、ユウキの手紙が部屋を一周した。

「実は私、前から気になっていたんだけれど……」と、美帆がそれだけ言って黙ってしまった。

私は美帆の目をじっと見つめるだけで、前から気になっていたことって何ですか、と尋ねることができなかった。美帆の答えを聞けば、今まで私を支えてきた極細の芯がポキッと簡単に折れてしまう気がしたからだ。

だから、他人に言われる前に自分で言った。

「この手紙、女が書いてるよね。だってユウキの字じゃないし、絵もすごい変だもん」

「なんだ、ルルちゃん、気づいてたんだ。あー良かった。私、前から言おう言おうと思ってたんだけど、余計なお世話だと思って黙ってたのよ」

美帆は、やっと肩の荷が下りたとでも言いたげなホッとした表情で、そう言い放った。

平気な顔を取り繕うのが難しかった。だからすぐに私物保管箱の蓋を開けて、その蓋に隠れるようにして箱の中に顔を突っ込み、「いつから女が書いてたんだろ、まったく呆れちゃうなあ」と、なるべく呑気《のんき》な声を出して、ガサゴソとユウキの手紙を探すふりをした。本当は、手紙の束は髪ゴムできっちりまとめてある。それどころか、届いた日付を封筒の裏に大きく書き入れて、日付順に並べて整理してあった。だって私は整理整頓が大好きなのだ。

「まったくもう、女に手紙を書かせるなんて。ハハッ」と顔を上げずに笑いながら言うと、涙がこぼれ落ちそうになった。

そのとき、チェッカーズの「ギザギザハートの子守唄」が流れてきた。それを合図に、みんな一斉に大急ぎで私物保管箱を片づけ始めた。

ああ、助かった。涙を見られずに済んだ。

部屋の隅にある小さな洗面台を互いに譲り合いながら歯磨きをした。そのあと猛スピードで蒲団を敷いて潜《もぐ》り込むと、ちょうど二十一時の消灯の時刻になった。

やっと一人になれた。

蒲団の中だけが一人の世界だった。

これでようやっと、悲しみと孤独をゆっくりと噛みしめることができる。

## 6　医師・太田香織　37歳

月が変わり、摩周湖からメールが届いた。

メールに添付された報告書には写真もあり、驚くほど詳細だった。

マリ江は写真を見て「まさか」と言ったきり絶句した。

なんと、ユウキには妻子がいた。それも子だくさんだ。一歳から高一まで五人もいて、生活保護を受けている。

どぎつい化粧をした娘は、とても高一には見えなかった。昔の暴走族仲間を彷彿《ほうふつ》とさせた。当時、家に帰らなかった女の子たちは、こういう家で育ったのだろうか。帰らなかったのではなくて、帰れなかったのだろうと、今ならわかる。ユウキの妻はストレス太りなのか、昼間から寝間着《ねまき》のような格好をしていて、お尻の近くまで伸びた髪が不潔っぽい。

それにしても、摩周湖は医師より探偵に向いているのではないか。探偵事務所を構えたら成功すると思うのだが。

「マリ江さん、どう思う？　この写真と報告書をルルに見せた方がいいかな」

「ショックが大きすぎますよ。口頭で伝えるだけにしましょう」

そのとき、診察室にルルが入ってきた。

「川本祐樹《かわもとゆうき》くんのことだけどね」と、マリ江が切り出した。

「は？　ユウキのことって？」

ルルは驚いたように、マリ江と私を交互に見た。

「実はね、ルルちゃんの彼氏の祐樹くんは……」

そこでマリ江は言い淀《よど》んだ。言いにくいのだろう。彼氏だけがルルの心の支えなのだ。

「知ってるよ。私以外に女がいるってことくらい」

ルルが憮然《ぶぜん》とした表情で言った。

「なんだ、知ってたの」

私もマリ江も拍子抜けし、思わず顔を見合わせていた。

「だったら話が早いわ。二度と会わないって約束できるよね？」と、私は確かめるように尋ねた。

「どうして医者にそこまで言われなきゃならないんだよ」

「だって、また祐樹くんに会ったりしたら、覚醒剤は一生やめられないよ」と、マリ江は言った。

「そんなこと、わかってるよ」

「だったら、もう会わないって私と約束してちょうだい」と、マリ江はルルの目をじっと見つめて迫り、小指を突き出した。

「何それ。指切りげんまんてヤツ？　バカじゃないの？　子供じゃあるまいし」

ルルがそう言うと、マリ江はきっぱり言った。「あんたは子供なんだよ。私がルルちゃんの年齢のときには、もういっぱしの看護師として働いてた。もっとずっと大人だったよ」

「悪かったね、子供で。会わなきゃいいんだろ。まったく、もう」

ルルはそう言ったが、口先だけに思えた。

マリ江も同じように感じたのか、「でもさ、実際は難しいよねえ。ルルちゃんは彼氏以外に頼る人がいないんだからさあ」と言った。たぶんマリ江はカマをかけたつもりなのだろう。それに対して、ルルは反論せずに、うつむいただけだった。やはり図星だったらしい。

「ところでさ」と、私は口を挟んだ。「彼氏に妻子がいること、どうやって知ったの？　それとも最初から承知の上でつき合ってたの？」

私がそう尋ねると、ルルはいきなり顔を上げ、目を見開いて私を見た。

「妻子って何のこと？　まさか……ユウキ、結婚してんの？　そんで子供もいるの？」

「え？　あ、ごめん。さすがにそれは知らなかった？　えっと、あのう」

どうしよう。私は慌てた。ショックが大きすぎないよう配慮する計画だったのに、もう遅い。

「妻子なんて、そんなの嘘だよ」と、ルルは怒ったように私を見て言った。

「あのね、ルルちゃん」と、マリ江は静かな声で続けた。「探偵に調べてもらったのよ。証拠もあるの。祐樹くんは子だくさんでね、五人も子供がいるの。いちばん上は高校生なのよ」

「高校生？　あり得ない。年が合わないじゃん。ユウキは二十七歳だよ」

「ん？　川本祐樹は若く見えるけど三十九歳だよ。来年四十歳になる」と私は言った。

ルルは、ショックを隠し切れない表情で私を見た。

「証拠って、どんな？」と問うルルの声が掠れている。

「調査報告書とか、写真とか、いろいろあるのよ」と、マリ江が答えた。

「私にも見せて」とルルが言った。

どうすべきか迷ったが、チラリとマリ江を見ると、微《かす》かに頷いたので、思いきって見せることにした。こういう場合は、マリ江のような子持ちの年輩者の意見に従った方がいいような気がした。私にもルルと同じ二十六歳のときはあったはずだが、ルルとはあまりに境遇が違いすぎて、どう対処すべきか見当もつかなかった。

ルルは「信じられない」と何度も言いながら、写真に見入った。

「ルルちゃんは、梓美ちゃんを覚えてる？」とマリ江が尋ねた。

「うん、覚えてるけど？」

「この調査書によると、会いたがってるって書いてあるの。アパートで一人暮らしをしてるから遊びに来てって。それと、『おすそわけクラブ』のおばさんも会いたがってるって」

そのとき、ルルはふうっと大きく息を吐いた。

見ると、目に涙が溜まっていた。

## 7　山田ルル　26歳　五百七十九番

死んだら楽になる。

その言葉ばかりが頭の中をグルグル回っていた。

看護師に見せてもらった写真が目の奥に焼きついていた。ユウキの妻は、だらしないブタに見えたからか、全く嫉妬心が湧き起こらなかった。だけど、高校生の娘はユウキそっくりの美人で、それがすごく嫌だった。見栄っ張りのユウキにとって、きっと自慢の娘に違いない。三歳の幼児と一歳の赤ちゃんもいて、計算してみると、私とつき合っているときに生まれたことがわかって、そのことにも衝撃を受けていた。手紙に描かれた下手くそな絵は、子供たちの誰かが描いたんだろう。

そういえば、今回も逮捕されたのは私だけで、ユウキは捕まらなかった。ユウキは刑事をうまくごまかせたのだと思っていたけど、本当にそうだったんだろうか。もしかして、ユウキはとっくに覚醒剤をやめたんじゃないだろうか。ユウキはヘビースモーカーで、私が覚醒剤をお腹に注射する隣で、「俺はタバコの方が好きなんだ」とか言って、タバコばかり吸っていたのではなかったか。そして私をデートクラブで働かせて、その稼ぎを巻き上げた。週に一回くらいしか会ってくれなかったから、私以外にもユウキに貢ぐ女がいたのかもしれない。

舎房の中はシンとしていた。まだ誰も刑務作業から帰ってこない。

私物保管箱の上に置いたフォークリフトの職業訓練の申込用紙を手に取った。その用紙は、診察室から出ようとしたとき、女医が私の手に押しつけるようにして手渡したものだ。

足音がして、秋月のバーサンが帰ってきた。

「ルルちゃん、フォークリフトの資格、申し込むの？」と言いながら、私の手許を覗き込んだ。

「どうしようか迷ってる。資格を取ったって意味ないし」

「あら、どうして意味がないの？」

「だって……」

だってさ、もう生きていくのが嫌になっちゃったし、と心の中で答えた。それなのに、ユウキに妻子がいることがわかった今でも、出所するときには迎えに来てもらおうかと考えてしまうのだった。妻子の存在に気づかないふりをすれば、今まで通りの関係でいられると思うから。

「ふうん、フォークリフト？　カッコいいね」

作業から帰ってきたばかりの清子も申込用紙を覗き込んでくる。

「汗水垂らして働く男たちの現場で、男を見る目を養うといいわ」と、秋月のバーサンが言うと、清子は「賛成」と言い、二人で勝手に頷き合っている。

「フォークリフトなんて私には無理だよ」

「どうしてそう思うの？　やってみなけりゃわかんないよ。若いんだからさ、何でもかんでも挑戦してみなよ」と、清子が言う。

「他人事だと思って、まったく」

「だってシャバに出てから食っていくためには資格があった方がいいだろ？」と清子が言う。

「……うん。それはそうなんだけどね」

デートクラブを思い出すたび、吐き気がして鳥肌が立つのだった。

そのとき、美帆が作業場から帰ってきた。

「何の話ですか？　あら、職業訓練、申し込むの？　いいわねえ。フォークリフトかあ、カッコいい。私も申し込もうかしら」

「えっ、美帆さんも？　似合わねえよ、じゃなくて、お似合いになりませんわ」

そう言い直すと、みんなが一斉に噴き出したので、釣られて私も笑った。

「みんなが家族ならいいなあと思うんだよね」

気づけば、素直な気持ちを口に出していた。「清子さんがお母さんで、秋月さんはおばあちゃん、美帆さんはお姉さん、私を入れて四人家族」

「私もそれを考えたことがあるよ」と清子が言う。

「清子さんは息子さんが待っててくれるじゃないですか」と美帆が言う。

「そんな暮らし、息子さんの嫁に気兼ねするに決まってる。最初の一、二ヶ月は世話になるのは仕方がないとしても、そのあとすぐに自立できるかって問われたら自信ないよ。家さえあれば、少ない年金とパート仕事で何とかなるとは思うんだけど」

「ルルちゃんは出所した日は、行くところ、あるの？」と、美帆が心配そうに尋ねた。

「行くところは……ない。薬物依存の指導では、周囲のサポートを受けながら社会復帰していけって言われてるけどね」

「具体的に言うと？」と、清子が尋ねた。

「地域にある依存症患者の回復施設の自助グループを調べて、その近所にアパートを借りればいいってさ。そんなお金がどこにあるんだって、マジ頭にきた」

「まさか、彼氏に迎えに来てもらったりしないわよね？」

秋月のバーサンがいつになく低い声を出して、念を押すように言ったが、答えられなかった。

「それだけはダメよ。およしなさい」

「ルルちゃん、冗談でしょう？」

「バカなこと考えてんじゃないよ」

次々に声が飛んでくる。いつもなら相手のプライバシーに配慮して、言いたいことも言わずにみんな遠慮がちなのに、今日は違った。

「二度と会っちゃダメよ。わかってる？」と秋月のバーサンがまたしても言う。

「そんな考えじゃ覚醒剤なんか一生やめられないよ。ムショに入るたんびに刑期が延びて、そのうち身体も脳ミソもやられるに決まってる」と清子が脅す。

「だけど……ユウキ以外に頼れる人もいないし、家もないしね」

「ルルちゃん、貯金はどれくらいあるの？」

「三万円くらいかな」

そこで、みんなが一斉に溜め息をついたことで、再び奈落の底に突き落とされた気持ちになった。やっぱり私はどうしようもないバカなのだ。

「だったらルルちゃん、わたくしの家で留守番をしてくれない？」と、秋月のバーサンが言った。

「わたくしの家はね、とても大きいのよ。管理会社と契約して、空気の入れ替えに週一で来てもらってるんだけど、人の足許見てるのか、料金がとてもお高いのよ。それをルルちゃんが無料でやってくれると助かるわ」

「えっと、それって、どういうこと？　私が秋月さんの家に住んでもいいってこと？」

「そうよ。ルルちゃんさえよければ、管理人に連絡しておくけど」

「それはいいことだわ」と、美帆が言った。「とにかく二度とユウキと会っちゃダメなんだからね」

美帆さんはユウキのことを呼び捨てにした。いつもは言葉遣いがきれいなだけに、呼び捨てにされるユウキって、本当にとんでもない人間であるらしい。

「工場や倉庫は人手不足って聞くから、もしフォークリフトの資格が取れたら、働くところは案外と苦労せずに見つかるんじゃないかしら。運送会社とかスーパーの倉庫とか」と、秋月のバーサンは言う。

「ルルちゃん、約束してくれる？　絶対にわたくしの家の場所をユウキに明かしたりしないってこと」

秋月のバーサンまでもがユウキを呼び捨てにした。

「もちろん、それは約束する」

「この中で一番初めに出所するのは清子さんよね？　だったら、清子さんが最初に住んでちょうだい」

「えっ、いいんですか？」

「そして、そのあとルルちゃんが合流するの。うん、それがいいわ。ルルちゃん一人じゃ心配だもの。清子さんはしっかりしているから、一緒に暮らした方が安心だわ」

夢のような話だった。

「本当に、本当に、いいんですか？」

「もちろんよ」

「それが本当なら、私、ユウキには二度と会いませんっ。誓いますっ」

そんな大声を出す必要はなかった。というのも、わざわざ誓わなくても、ユウキに会いたい気持ちが心の中からあっという間に消えてしまったからだ。

私はユウキを好きだったのではなく、単に寂しかっただけらしい。誰でもいいから傍にいてほしかったのだ。

だけど、傍にいてくれるならば、ユウキより清子の方が何倍も嬉しいし、想像しただけで心が安らぐ。

家の持ち主である秋月のバーサンは、いつ頃出所できるのだろう。そもそも何の罪で刑務所にいるのか。

# 第四章　放火犯

## 1　医師・太田香織《おおたかおり》　37歳

診察室のドアを入ってきたのは、今まで見た中で最も刑務所には不似合いな受刑者だった。

八十代だろうか。ドアのところで上品に微笑《ほほえ》み、「お世話になります」と丁寧にお辞儀をしたと思ったら、ふらついてドアに寄りかかった。かなり具合が悪そうだ。すぐさまマリ江《え》が「大丈夫ですか」と駆け寄り、患者を診察台に寝かせた。

「三十八度九分もありますよ」と、マリ江が体温計を確かめながら言った。

私は受刑者の襟元から聴診器を差し入れたが、知らぬ間に受刑者の気品に気圧《けお》されたようで、「ちょっとひんやりしますけれど、我慢してくださいませね」と、いつになく丁寧な言葉遣いになってしまった。

「はい、大丈夫でございますよ」と、受刑者が答えたとき、こちらを見上げる目つきが慈母《じぼ》のように思われ、ふと女子中時代の恩師を思い出した。気品に満ち、常に柔らかな笑みをたたえている教師だったが、その裏側に芯の強さを感じさせる博識の女性だった。

「どうしてこんなになるまで我慢してたんです？」

「どうしてと聞かれましても……」

──これ以上生きていたって仕方がないからよ。

聴診器を通して患者の心の声がはっきりと聞こえてきた。

──高齢者が刑務所でお世話になること自体、税金の無駄遣いですもの。それに、一刻も早く逝って美和《みわ》や祥太郎《しょうたろう》に会いたいのよ。そして「よく頑張ったね」と言って二人を抱きしめてやりたいの。

美和や祥太郎とは誰のことだろう。既に亡くなっているようだが。

それにしても、これほど品のいい老婦人が、いったいどんな罪を犯したというのだろう。気になってカルテを見てみるが、いつも通り「八十歳」と年齢が書かれているだけで、罪名の記載はどこにもなかった。

「咳《せき》は出ますか？」

「いいえ、咳はございません」

「そうですか。お腹《なか》は下していませんか？」

「はい、大丈夫でございます」

「つまり、咳ナシ、お腹も大丈夫、熱だけってことでございますね」

そう口にしながら、私は熱心にカルテに書き込むふりをし、顔を上げないまま尋ねた。「で、あなたのお名前は？」

あれ？ 刑務官の鋭い声が飛んでこない。個人情報保護法に違反することを、今日はなぜ指摘しないのだ。後ろを振り返り、壁際に直立不動で正面を向いたままの刑務官を見た。いつもは若い女性だが、今日は珍しく四十代後半と見える刑務官が待機していた。横顔に私の視線を感じているくせに、彼女はこちらを見ないまま、わざとらしく大きな溜《た》め息《いき》をついた。日頃の私の規則破りの言動について、若い刑務官から既に報告を受けているのだろう。

「わたくしは秋月梢《あきづきこずえ》と申します」

「それでは秋月さんとお呼びしますね。それで、どんな罪で捕まったんです？」

そう尋ねると、またしても背後で刑務官の溜め息が聞こえた。

「放火でございます」と、秋月は顔色ひとつ変えずに静かに答えた。

その途端、真っ赤に燃え盛る家が聴診器を通じて見えてきた。

「えっ、放火？ どうして？ 誰の家を？」

そう尋ねたとき、刑務官から「先生、いい加減にしてください」と厳しい声が飛んできた。

「あのね、患者の精神状態を観察するためには罪状も知らなきゃならないの」

私は椅子をくるりと回転させ、刑務官を見上げてそう言ったが、刑務官は相変わらず正面を向いたままの姿勢で言った。

「私は若い刑務官とは違います。騙《だま》されません」

「そんな……」

こうなったら聴診器から探るしかない。目を閉じて耳に全神経を集中させると、夜空に炎が高く吹き上がる様子が見えてきた。燃えているのは、こぢんまりした一戸建てのようだ。

「全焼だね」

私は気づかない間にそう呟《つぶや》いていたらしい。秋月は仰向《あおむ》けのまま目を見開いて私を見た。「どうして全焼だとわかるんですか？」

「えっと……なんとなくですよ。ちょっとそんな気がしただけで」

そう答えると、秋月は私の目をじっと見つめた。さっきまでの優しい眼差《まなざ》しが、探るような目つきに変わっている。一見すると品のある老婦人に見えるが、見かけによらず苦労人なのだろうか。放火するほどの恨みを抱えていたのか。

いったい誰に対して？

そのとき、聴診器を通して黒い縁取《ふちど》りのある写真が見えてきた。中学生くらいの男の子の遺影だ。

「その放火で死者が出たんですね」

「いえ、誰も亡くなってはおりませんが」

だったら、この写真の男の子は誰なのだろう。全焼した家の子供ではないのか。

「本当に？　例えば中学生くらいの男の子とか……」と言いかけると、刑務官がピシリと遮《さえぎ》った。「ですから先生、個人情報保護法に違反します」

「秋月さんは精神的に参ってるのよ。だから事情を詳しく知る必要があるの」

刑務官は、それには何も答えずに私をチラリと見ただけだった。

「本当だってば。秋月さんは、もう生きていたくない、早くあの世に逝きたいと思ってるんだよ。人間ていうのはね、生きる気力を失った途端に身体《からだ》が弱るものなの」

——どうしてわたくしの気持ちがわかるの？

聴診器から秋月の声が聞こえてきた。

——清子《きよこ》さんやルルちゃんの言う霊感というものかしら。まさかね。きっとわたくしと同じように、生きる気力を失《な》くした老齢の受刑者たちがたくさんいるから、このお医者様も見慣れたんでしょう。

「ほお、すごいですね。先生は初診で患者の気持ちがわかるんですね」と、刑務官は正面を向いたまま皮肉たっぷりに言った。

「それは……どう言えばいいのか」

聴診器を通して聞こえたとも言えず、私は口をもごもごさせた。

「先生のおっしゃる通りですわ。早くお迎えが来てほしいと思っております」と、秋月は助け舟を出してくれた。「だって、わたくしの大切な孫が、祥太郎が……」と、言葉を詰まらせた。「学校でのいじめが原因で自殺したものですから」

そのとき、聴診器を通して新聞の記事が見えてきた。日付は今から八年も前だ。

――秋月祥太郎君（14）が、マンションの上層階から飛び降りて死亡。自殺とみられる。市教委によると、祥太郎君は入学当初から5人の同級生から暴力を振るわれるなどのいじめを受けていた。教育長は会見を開き「被害に遭われたお子様、ご家族に多大なご負担をおかけしたことを、教育委員会を代表して、心よりお詫《わ》び申し上げる」と謝罪。そして、「担任教師のいじめに対する認識が甘かったと認識している。学校側にいじめのアンケートを保管するという規定がなかったために破棄したようだ」と説明した。

なるほど。そんなことがあったのか。ということは、孫をいじめた五人のうち、リーダー格の自宅か何かを放火したということか。

すると、数ヶ月前の週刊誌の記事が見えてきた。

――教育長宅に放火したとして、秋月梢容疑者（80）が逮捕された。容疑者は、いじめが原因で自殺した男子中学生・秋月祥太郎君の祖母である。あの事件から既に八年が経過しているのに、今さら放火するとはどういう心情だろうか。容疑者は孫の祥太郎君と二人暮らしだった。というのも、容疑者の娘は離婚を機に、当時幼稚園児だった祥太郎君を連れて実家に戻ってきたが、その数年後に乳癌《にゅうがん》で亡くなり、その二年後に容疑者の夫も脳梗塞《のうこうそく》で亡くなっている。

そして今度はネットの記事が目の前に迫ってきた。見出しに「教育長がいじめを隠蔽《いんぺい》」とある。

――クラスでいじめが発覚すると、担任教師の評価が下がるのが一般的だが、それにもめげず担任教師は学年主任に正直に告げて相談した。学年主任と教務主任、校長の判断や動きが早かったのでスムーズに教育長に報告が届いたが、教育委員会からの回答はなかった。教育長の指示で、いじめ問題が外部に漏れないよう、最小限に抑える対策に集中していたと思われる。その結果、いじめがエスカレートし、孫の祥太郎君を自殺に追い込んだとみられる。

そうだったのか。だから教育長の家に放火したのか。

あれ？　これはなんだろう。

裸の赤ん坊が見えるけど？　それも、へその緒がついたままの。

書院造りの立派な和室にポツンと置かれている。

もしかして、死んでる？　胸部が上下していないようだけど。

そのとき、赤ん坊の隣で若い女が畳を上げているのが見えた。

「あ」

びっくりして思わず声が出てしまった。若い女が床下の土をスコップで掘り始めたからだ。だって、これって……赤ん坊の死体を床下に埋めようとしてるのでは？　この映像は何なの？　この秋月と名乗るおばあさんと何か関係があるの？

「へその緒がついたままの赤ちゃんは、なんで死んだの？」

そう尋ねると、秋月は驚愕《きょうがく》の表情になった。一瞬だが、まさに犯人といったような鋭い目つきになったのを、私は見逃さなかった。

「いったい何のことでございますか？　赤ちゃん、ですか？」

秋月は私から目を逸《そ》らし、天井を見つめたまま尋ね返した。

「香織先生、私にも聴診器を貸してくださいよ。順番でしょ。長すぎますよ」

マリ江は聴診器を奪い取るようにしてから、秋月の胸に押し当てた。

目を閉じたマリ江の眉間の皺《しわ》が見る間に深くなっていく。そして聴診器を当てる時間がいつもより長かった。秋月の過去には「走馬灯のように」とはいかない何かがあるのだろうか。

マリ江は聴診器を外すと、「なるほど。わかりました」と言った。私が横顔を見つめているのが視界に入っているだろうに、マリ江は最後まで私の方を見なかった。

## 2　秋月梢　80歳　九百二十六番

部屋に戻り、若い刑務官に喉の動きを監視されながら、薬をゴクリと呑《の》み込んだ。高齢だからと憐《あわ》れんでくれたのだろうか。刑務官が素早く蒲団《ふとん》を敷いてくれた。礼を言って蒲団に入り、刑務官が遠ざかる足音を聞きながら、誰もいない静まり返った部屋で天井を見つめた。

祥太郎はあの日から帰ってこない。生きていれば大学生だ。大学では何を専攻しただろう。優しい子だったから、入学早々にガールフレンドができたかもしれない。照れ屋さんだったから、わたくしには紹介してくれないだろうけど。

家での祥太郎は快活だったから、学校でのいじめには全く気づかなかった。わたくしとしたことが、なんという鈍感さだろう。本当に情けなくなる。

祥太郎、ごめんなさいね。バアバが子供の頃は、いじめなんて見たことも聞いたこともなかったから想像もしなかったのよ。ときどき浮かない顔で学校から帰ってくることもあったけれど、思春期だからいろいろと思い悩むこともあるだろうし、そのうえ部活で疲れてもいるのだろうと、勝手に解釈してたの。本当に愚かだった。

祥太郎の部屋を隅から隅まで探してみたけれど遺書はなかったし、原因に結びつくようなものも見当たらなかった。

祥太郎、どうして死んだりしたの？

心の中で祥太郎に問いかける日々が続き、頭がおかしくなりそうだった。校長と教頭は焼香に来てくれたが、自殺の原因については調査中と言うばかりで、それどころか家庭で何か問題があったのではないかと逆に問うてきた。自殺するほどつらかった祥太郎の心中を、ああでもない、こうでもないと、朝から晩まで考えていた。それが原因で不眠症になった。このままではいけないと、四十九日が済んだ翌日に思いきってこちらから中学校に出かけたのだった。

応接室に通され、事務員が熱いお茶を出してくれた。しばらくすると、教師たちが入れ代わり立ち代わり部屋に入ってきた。

――優秀なお孫さんでしたのに、どうして自殺なんか……。

――いい子だったのに、なぜ自殺したのか皆目わかりません。

どの教師も似たようなことばかり言い、「次の授業の準備がありますので、これで失礼いたします」などと言いながら、数分で引き上げていった。

たった一人の孫に死なれ、独りぼっちになってしまった年老いた祖母。そういった状況に誰しも同情するのか、教師たちは優しく接してくれた。その当時はまだ七十代だったのだが、祥太郎が死んでから気力が失《う》せ、白髪も染めなくなって、お洒落《しゃれ》もしなくなっていた。きっと年齢よりも老いて見えたに違いない。それ以前は多趣味で友人も多く、実年齢よりずっと若く見られたものだが。

わたくしが閑静な住宅街の角地にある大きな屋敷に住んでいることや、亡き夫が高名な大学教授だったことを、ほとんどの教師が知っていた。だからなのか、見かけが老いぼれであっても敬意が感じられ、みんな礼儀正しかった。

だが、彼らは大きな勘違いをしていた。単に孫の死を悼《いた》み、学校での様子を少しでも知って慰めにしたいと思って来校したと思ったようだった。祥太郎を死に追いやった犯人捜しに来たとは夢にも思っていなかったらしい。

——学校での祥太郎の様子がわかって嬉《うれ》しいです。

心にもないことを言うしかなかった。教師たちの顔には「事なかれ主義」と書いてあった。何か言いたそうにする教師もいるにはいたが、緘口令《かんこうれい》でも敷かれているのか、当たり障《さわ》りのないことしか言わなかった。その様子を見ていたら、仮に「学校で何かあったのではないですか」と尋ねたところで、「何もありません」の一点張りであろうことは容易に推察できた。だから、途中から尋ねる気が失せてしまったのだ。

最初から無駄足になることはわかっていた。それでも、自殺の原因に結びつく小さなエピソードひとつくらいは引き出すことができるのではないかと期待していた。一大決心をして来校したというのに、何ひとつつかめないまま帰らなければならないらしい。

暗澹《あんたん》とした気持ちで腰を上げかけたとき、五十歳前後の男性教師が、ノックとともに勢いよくドアを開けて入ってきた。スポーツドリンクのペットボトルを持った手を前後にぶらぶらさせている。

――祥太郎くんのおばあちゃんですね。初めまして。

その不必要なほど大きな声が神経に障った。「祥太郎が生前はお世話になりまして」と返した声が暗く沈んでいたからなのか、それとも年寄りなんて――特に女の――みんな世間知らずで頭が悪いに決まっているという先入観があるからなのか、この石本《いしもと》と名乗る体育教師は警戒心を解き、ざっくばらんというにはあまりにもわたくしに気を許しすぎた。

――隠蔽する教員ほど出世するんですよ。

インペイ？ いったい何を隠しているんですか？

質問が口をついて出そうになったのをわたくしはとっさに呑み込んだ。そして、ずっと前から何もかもわかっているといったように深く頷《うなず》いてみせた。いや、実際わかっていた。子供の自殺といえば、原因は学校でのいじめに決まっているではないか。学校側が何も知らないはずがない。日々のニュースを見ていれば誰だってわかる。だけど、わたくしは絶対にそうは思いたくなかったのだ。祥太郎がいじめられていたと想像するだけで、つらすぎて明け方まで眠れなくなる。

——そうでございましょうね。

どうとでも取れるように答えると、石本は大きく頷いたあと、更に調子に乗った。

——僕は三年生の担当なので、祥太郎くんを直接教えたことはないいんですよ。だから僕自身は、いじめがあったことは全く知らなかったんです。

——そうでしたか。祥太郎とは全く無関係の三年生の先生でいらっしゃいますのに、わざわざありがとうございます。

そう言うと、わたくしの読みの通り、石本は満足気な表情になった。石本が祥太郎の自殺とは無関係であることをこちらが十分わかっていることを示せば、彼の舌はさらに滑らかになるに違いない。

——五人でよってたかって一人をいじめるなんて、僕の学生時代には考えられないことです。それに輪をかけて大人たちが卑怯《ひきょう》なんですから呆《あき》れてモノが言えませんよ。

大人たちの卑怯さとは、具体的には何を指すのだろう。話を引き出すために、わたくしは再び何もかもわかっているといったふうに深く頷いてみせた。

──学校と教育委員会の立場を守ることだけに必死になってるでしょう。本当にみっともないですよね。調査委員に任命された有識者六人にしたって、学校に都合のいい人間ばかりだし、しかも調査委員の日給が一万八千円だっていうんですからね。僕だって小遣い稼ぎにやりたかったですよ。

石本によると、マスコミや保護者から質問されても、「いま調査委員会で調査中なので答えられません」と言ってノーコメントを貫くことができるから、調査委員会というものは誤魔化《ごまか》すのに格好の役割を果たすのだという。

──可哀想なのはクラス担任の榎本達也《えのもとたつや》先生ですよ。あんなに一生懸命動いてくれて、生徒へのアンケートにしたって、なかなか本音を出さないからって、三回目のときは匿名にしたんですよ。そしたら出てくる出てくる。匿名でもいいとなったら、いじめた生徒の名前をはっきり書く子が結構いましてね。それでやっと解明できると思って、すぐに教育委員会に預けたらしいんですよ。それなのに教育長が何て言ったと思います？　アンケート用紙は保管の義務がないから、読んだあとすぐに捨てたたって言うんですよ。コピーを取っていなかった榎本先生もどうかとは思いますけどね。

まさか捨てる人間がいるなんて、真面目な榎本は想像もしなかっただろう。保護者会などで何度か見かけたことがあるが、爽やかな笑顔を見せる若い数学教師だった。

──クラスにいじめがあるとわかると、クラス担任の評価が下がるんですよ。それなのに榎本先生は正義漢だから、評価なんて気にしてる場合じゃないと主張してね。

榎本は、この事件のあと辞職した。体調不良だと聞いたが、本当は隠蔽体質に絶望したからではないだろうか。その証拠に、学校を辞めて間もなく駅前の大手の塾に勤め始めた。彼の授業は面白くてわかりやすいと生徒たちから人気があると聞いていた。

――教育長は「加害者にも人権がある」って、そればっかり。秋月さんもお腹立ちでしょう？　ね、そうでしょう？　それで、ほとぼりが冷めたころに調査委員会の報告書がやっと発表されましたよね。関係者が人事異動でバイバイしてから発表しようっていうもともとの計画ですよ。ほんと見え見え。つまり調査委員会というのは、時間稼ぎの隠れ蓑《みの》なんですよ。

教育長は槙田《まきた》誠実という男だ。誠実と書いて「まさみ」と読むのかと思ったら、「せいじつ」と読むのだという。これほど名前負けしている人間を他に知らない。

――ここだけの話ですが、学年主任は気が弱いし、校長には自分の意見てものがないんですよ。二人とも教育長の顔色ばかり窺《うかが》っちゃってね。なんであういう人間が出世できて、榎本先生みたいなのが辞めなきゃならないのか、本当に納得できないですよ。

誰もいない居室の蒲団の中で、ひとり天井を見つめていると、当時のことが次々に思い出された。

教育長の任期は三年なのに、その後も再任され続け、槙田誠実は教育長の座に居座っていた。そのせいで隠蔽体質は温存され、祥太郎が亡くなってから八年の間に、市内の小中学校で第二、第三の子供の自殺者が出た。そのどちらも「いじめはなかった」と発表された。誰からもどこからも罰を受けない教育長の槙田を、わたくしは憎んだ。懲らしめてやりたかった。そこには罪悪感などなかった。それどころか、懲らしめることこそが正義だと信じていた。

祥太郎が十四歳で死んだのに、槙田が今ものうのうと生きていることは間違いだとしか思えなかった。だが八十歳にもなった女が、六十代の男である槙田――それも、居合道で日々身体を鍛えているらしい頑丈そうな体躯《たいく》の――を刺し殺したり首を絞めたりするのはどう考えても無理だった。だから放火するしかなかった。槙田家は既に子供たちも独立し、妻と二人暮らしだと聞いていた。一度も会ったことのない妻までが憎かった。あんな最低最悪な男と離婚もせず、それどころか、たぶん身の回りの世話をしたり食事も作ってやっているのだろう。それだけで妻を共犯者以外の何者でもないと断定した。今考えてみると、少し頭がおかしくなっていたのかもしれない。

放火の経験などあるはずもなかったが、わたくしが子供の頃はどこの家庭でも風呂は薪《まき》で沸かしたのだし、食事の煮炊きも竈《かまど》だった。だから火加減はお手の物だったし、ましてや勢いよく燃えればいいだけの放火なんて朝飯前だった。

住宅街の中で火が燃え上がり、野次馬が群がり騒然となった。消防車が何台も駆けつけ、救急車も待機していた。

それなのに……。

槇田夫妻が留守だったと知ったときの衝撃は今も忘れられない。悔しくてたまらなかった。

翌日にも逮捕されるだろうと覚悟していた。だからこそ決行すると決めた日の一ヶ月も前から家の中を徹底的に整理整頓し、仏壇の奥まで掃除したのだ。だけど待てど暮らせど、警察も世間もちっともわたくしを疑おうとしなかった。祥太郎が亡くなってから既に八年が経過していたこともあって、わたくしの存在など思い出しもしなかったらしい。中学校の応接室での教師たち全員がそうであったように、警察もわたくしに世間知らずの人の好《い》い老祖母といった印象しか持たなかったのか。心の中で燃え上がる憎しみや恨みの炎がチラリとも感じ取れなかったのだろうか。

放火してから一ヶ月ほど経《た》ったある日のことだ。近所の八百屋に行くと、店主が「秋月さん、今日は立派なトマトが入荷しましたよ」と言ったついでに、「教育長宅の放火のことだけどね、引きこもりの四十男が逮捕されたようですよ。これで我々も夜も安心して眠れますね。よかった、よかった」などと嬉しそうに言うから驚いて声も出なかった。わたくしは手に取って吟味していたトマトを慌てて台に戻し、その足で警察署に出向いて自首したのだった。見ず知らずの他人を冤罪《えんざい》に陥れることなど絶対にできなかった。

放火したことは今も後悔していない。教育長など死んでも構わないと思っていた。あれから彼は定年を迎え、既に六十三歳になった。六十三年も生きたら、もう十分ではないか。祥太郎はたったの十四歳で死んだのだ。

だが、なぜだろう。刑事から尋問を受けたとき、留守宅を狙って火を放ったのだと、とっさに嘘が口をついて出た。早く死んで家族のもとに行きたいと思っていたはずなのに、自分では気づかない生への執着があったのだろうか。いや、そうではない。教育長の家に放火したのは正義であるのに、わたくしが重い罰を受けるなんて、そもそも人の道理の根本が間違っている。だからなんとか回避すべきだし、それをする権利がわたくしにはあるとする考えが、コンマ一秒の間に頭を巡ったのだ。

その嘘を、刑事たちがあんなにも簡単に信じるとは思わなかった。

日本では木造家屋が多いから昔から放火は重罪だと聞いていたのに、わたくしは懲役五年で済んだ。祥太郎の担任だった榎本先生が中学校の保護者会に声をかけて有志を募り、真の悪人は教育長であるとする署名入りの嘆願書を出してくれたことも少しは影響があったのだろうか。愉快犯と違って再犯もないだろうし、留守宅を狙ったことから殺意がなかったことは明らかで、孫を亡くしたつらさに耐えかねてノイローゼ気味だったと弁護士は力説してくれた。そして言外に、高齢だからボケ始めているといったニュアンスさえ盛り込んだ。なんと失礼な弁護士だろう。自分の方がもっと老いぼれのくせに。

だが、あとになって考えてみると、弁護士の言った通り抑うつ気味だったと気づいた。あの当時は祥太郎の心中を考えるだけで、つらくて立っていられなかったし、教育長に対する憎しみが、まるで蚕《かいこ》から繰り出される糸のように際限なく伸びていき、頭の中をグルグル回って、他のことが考えられないほどもつれてしまっていた。だがそれは、高齢であることとは関係ない。若い母親でも、こんな目に遭えば誰しもそうなるだろう。

## 3 医師・太田香織 37歳

その夜、またしてもマリ江の部屋に行った。

久しぶりに手巻き寿司《ずし》が食べたくなり、マリ江にリクエストしたのだ。というのも、診察室の窓から夕焼けを見ているうちに、祖母がよく作ってくれたのを思い出したからだ。暴走族に入っていたときは、顔を合わせる度にこっぴどく叱られて、祖母を大嫌いになった時期もあったが、その後は仲直りした。私のためを思って、あれほど叱ってくれた人は他にいない。

仕事の帰りにマリ江と二人で駅前のデパートに寄った。豪華な刺身の盛り合わせや、一個三百五十円もするアボカドや、一本八百円もするワサビを買ったのは私だ。チューブの練りワサビで十分だと私は言ったのだけど、マリ江は「せっかくですから」と言って譲らなかった。いったい何が「せっかく」なのか知らないが、マリ江が買ったのは特売の焼海苔《やきのり》と大葉だけだった。

「ほら、香織先生、よそ見してないで、しっかり扇《あお》いでくださいよ」と、マリ江は台所から叫んだ。

「だって腕が疲れるんだもん」

マリ江は熱々のご飯に合わせ酢を手早く混ぜ合わせたあと、私にクリアファイルを持たせて冷ますよう命じたのだった。赴任は半年間だけだからと、引っ越し荷物を最小限にしたせいで、扇風機もなければ団扇《うちわ》もない。

「それよりマリ江さんは聴診器から何が見えたの？　もったいぶらないで早く教えてよ」

「教育長宅に放火したようですよ。留守だったから怪我人《けがにん》も死人も出なかったのが不幸中の幸いでした」

「その程度のことなら私にも見えたよ」

「あら、そうでしたか」と言いながら、マリ江は台所から出てきて、手巻き寿司のネタが載った大皿をテーブルの真ん中に置いた。

「秋月さんは夫も娘も孫も亡くして独りぼっちなんだね。だから生きる気力が湧いてこないのかなあ」

「どうでしょうか。そもそもあの年齢だと生きて出所できる保証はないですからね。死ぬまで刑務所にいるくらいなら、早く死にたいと思っても不思議じゃないでしょう」

「そうか、そうかもね。前向きに生きろっていう方が無理かも」

「さあ、食べましょう。香織先生も座ってください」

「いただきまあす。ところでさ、聴診器を通して新生児が見えたんだけどね」

そう言うと、マリ江はハッとしたように、小皿に醤油《しょうゆ》を注《つ》ごうとしていた手を止めた。

「和室の床下に埋めたのが見えたんだよ。あの立派な和室は秋月さんの自宅なんだろうか。そもそも誰の赤ん坊なの？」

マリ江は返事をしなかった。掌《てのひら》に載せた焼海苔に、酢飯を薄くのばすことに集中している。

「ねえ、マリ江さんたら、聞いてる？」

「は？　あ、すみません。このハマチの刺身があまりに美味《おい》しそうだったもんで」

マリ江は嘘をついている。だって小鼻が膨らんでいるし、目も合わせない。

だけど、どうして私に嘘をつく必要がある？

「私にははっきり見えたんだけどね」と、しつこく言ってみた。「立派な和室だったよ。書院造りのね。その部屋の真ん中あたりの畳を上げて、床板も外して、下の土を掘り起こしている若い女がいたんだよ」

「香織先生ったら、刑事ドラマの見過ぎじゃないですか？」

マリ江は目を合わせないまま、大きな手巻き寿司にかぶりついた。

「マリ江さん、何で隠すの？」

「私は何も隠しておりませんよ。私には赤ん坊なんて見えませんでしたもの」

「ほお、それはそれは」

「何ですか、その言い方」

「赤ん坊を床下に埋めたのを見たって私は言ってるんだよ。普通ならもっと驚くんじゃない？」

「あ」

しまった、といったようなわかりやすい表情をマリ江は晒《さら》した。

「私は嘘なんかついてませんよ。そもそも、なんで私が嘘をつく必要があるんです？

秋月さんとも初対面なのに」

　マリ江は開き直った。

「どうしてそんなにムキになるの？」

「ムキになんてなってませんよっ。私にはそんなもの見えなかったんです！」

　顔が見る見る赤くなってきた。ますます怪しい。

　だが、その夜のマリ江は頑固で、どうやってもロを割らなかった。


　休日になり、マリ江を誘ってショッピングモールに繰り出した。

「せっかくの休みなのにマリ江さんとデートとはね」

「自分から誘っておいて何言ってんですか。私だって本当はうんざりしてるんですからね。診察室でもマンションでも香織先生と顔を突き合わせてるっていうのに、休日まで一緒だなんて」

「仕方ないじゃん。私たち二人ともこの町には他に知り合いがいないんだもん」

「香織先生はまだ若いじゃないですか。さっさとボーイフレンドでも作ったらどうなんです」

「マリ江さんこそ単身赴任で自由の身なんだからさ、思いきって浮気しちゃいなよ。マリ江さんの魅力に参っちゃう男はたくさんいると思うよ」

「えっ、そうでしょうか。嫌だわあ、香織先生ったら、ご冗談ばっかり」

「うん、今の百パーセント冗談だけどね」

「はあ？　まったくもう。今日は別行動にさせてもらいます！」

そう吐き捨てて、いきなり早足になったマリ江の腕を素早くつかみ、「お茶でも飲もうよ」と言って、目の前にあったカフェに引きずり込んだ。

「ねえ、マリ江さん、秋月さんのことだけど、どうする？」

「どうするって、何を、ですか？」と、向かいのソファに座ったマリ江は、メニューから顔を上げないまま聞き返した。

「だからさ、あのままだったら心身ともにどんどん弱っていくと思うんだよね」

秋月は静かな微笑みを絶やさないが、心の中は全く別の状態だ。もう生きていたくない、早くあの世に逝きたいと思っているのだ。そういった負の感情を表に出さないのは、きっと育ちがいいからに違いない。周りの人を不快にしないよう幼い頃から厳しく躾《しつ》けられてきたのだろう。

「ねえ、マリ江さん、この前も話したけど、早くあの世に逝きたいと思うのってダメだよね？　一日も早く刑務所を出たいと思う方が健全でしょう。それとも、歳《とし》を取ると人間はそうは考えないのかな」

「歳を取ったからこそ残り少ない人生を思う存分楽しみたいと考えるのが普通じゃな

いでしょうか。定年退職した看護師の先輩たちは旅行しまくってますよ」

「だよねえ。秋月さんは、この前はたまたま高熱が出たけど、他に悪いところはなさそうだし、もともとは丈夫な人だと思うんだよ」

「私もそう思いました。年齢の割には背筋も伸びてますしね」

「絶対に生きてここを出るぞって思わせるにはどうしたらいいんだろう」

「さあねえ」

マリ江は気のない返事をし、さっきからメニューのパフェの頁《ページ》を食い入るように見つめている。

「マリ江さんてば、聞いてんの？　まさかパフェを注文しようとしてる？」

「あら、いけないんですか？　香織先生は何を注文されるんです？」

「私は紅茶。言っとくけど割り勘だからね」

「香織先生の方から誘いましたよね？　私の腕を無理やり引っ張ったりして」

「え？」

「そもそも私は喫茶店に入りたかったわけじゃないんですよ。だけど、ここに座ったなら何か注文しなきゃなんないでしょう？　だから仕方なくパフェでも食べようかと思っただけなんです。それなのに、私に代金を払わせるんですか？」

「だって紅茶は三百円だけど、パフェは千二百円もするじゃん」

「まったくもう呆れてモノが言えません。高給取りのくせにケチ臭いったらありゃしない。せっかく秋月さんの今後について、素晴らしい提案があったのに、もう教えてあげる気が失せました」

「えっ、素晴らしい提案って何？」

「もう知りません」

「だったら……わかったよ。好きなもの食べてよ」

「そうですか？　でしたら」と言いながら、マリ江はすぐさま手を上げて店員を呼び、意気揚々と店でいちばん豪華なパフェを注文した。

「香織先生は紅茶でいいんでしたよね？」

「嫌だよ。私もマリ江さんと同じのにする」

「そうこなくちゃ。じゃあ二つね」

店員が注文を繰り返して去っていくと、私はさっそく身を乗り出して聞いた。

「で、マリ江さんの提案って？」

「秋月さんの刑務作業は刺し子でしたね。それを単独室のお世話係に替えるんです」

「冗談でしょう？　高齢者には無理だよ。あそこの仕事は重労働でしょ」

単独室には、精神疾患や自傷のおそれ、反則行為の反復などのある受刑者や、認知症の高齢者などが入っている。

刑務所に赴任したばかりの頃、マリ江と二人で早朝から見学したことがあった。その棟の一階はすべて一人部屋で、廊下には歩行補助用シルバーカーがずらりと並べられ、鉄製の重いドアには鍵がかけられていた。

――ここは刑務所であって介護施設ではないんですけどね。ここに就職して、まさか老人介護の仕事をするとは思いもしませんでしたよ。

若い刑務官の沈んだ声が、コンクリートの廊下に響いたのを思い出す。

「秋月さんはきっとプライドが高いでしょうから、誰かに迷惑をかけることを良しとしないと思うんですよ」とマリ江が言う。

「それはそうかもしれないけど。で、だから何なの？」

「秋月さんにも、単独室の現状を見せておいた方がいいと思うんですよ」

「何のために？」

「香織先生ときたら、まったく鈍いったらありゃしない」

「は？　冗談でしょう。私が鈍いなんてひどいじゃないの」

「ですからね、人にお世話される状態になる前に刑務所を出ようと思わせるんですよ。あの人なら高級な老人施設に自腹で入ることだってできるでしょうし、その方がプライドを保って最期を迎えられると考えるんじゃないでしょうか」

「なるほどね。そうなれば、最低でも出所するまでは単独室にお世話にならないよう健康でいなくちゃと思うようになるだろうね」

「今八十歳ですから、刑期五年を終えるまでとなると八十五歳ですね。人にもよりますけど、あの人なら大丈夫な気がします」

「それはビミョーだよ。うちのおばあちゃまくらい潑剌《はつらつ》としていればいいけどね。この前電話したときは、全国老舗ホテル巡りのツアーに参加するって張りきってたし」

「はあ？　そんな贅沢《ぜいたく》な旅行ができるんなら誰だって張りきりますよ」と、マリ江は冷たく言い放った。

「早めに仮釈放されるといいね。刑法によると、刑期の三分の一が経過したら可能らしいよ。実際は刑期の七割を終えた頃に仮釈放されることが多いようだけど」

「刑務官の話では身元引受人がいないらしいですから、そこがネックですね」

八十代ともなれば、親はとっくに亡くなっているし、秋月自身も一人っ子で兄弟姉妹はいないという。

「健康を保ったまま出所できたとしても、きっと孤独ですよ。お金や豪邸があっても、前科のあるおばあさんには誰も寄ってこないでしょうから」

「だろうね。それも放火と聞けばなおさらだよ。寄ってくるのは詐欺師くらいかも」

「それも心配ですね。詐欺師とまでいかなくても、寂しさから誰彼かまわず家に上げて、必要もないのに高額な保険に入らされたりする人が多いって聞きますからね」

　そのとき、豪華なパフェが運ばれてきた。

「美味しそう」

「まるで芸術作品ですね」と、マリ江は満面の笑みを浮かべた。

「秋月さんの身元引受人になってくれる人を探すしかないんじゃないかな」

「は？　どうやって？　香織先生、またとんでもないこと考えてるんじゃないでしょうね」

「とんでもないことって、例えばどんな？」

「言いません」

「教えてよ」

「嫌ですよ。また余計な仕事が増えるんだから、まったくもう」

　そう言ってマリ江は私を睨《にら》みながらメロンにかぶりついた。

## 4　秋月梢　80歳　九百二十六番

　今日は芸能人の慰問の日だ。

　演歌歌手の六本木陽子《ろっぽんぎようこ》が来るという。若いときは続々とヒットを飛ばし、テレビの歌番組だけでなく映画やドラマにも出ていたが、随分前から見かけなくなった。もう七十代も後半になったはずだ。若くして都心に豪邸を建て、田舎から母親を呼び寄せたことは当時のワイドショーを賑《にぎ》わし、その後は通販会社の社長と結婚して芸能界を引退したが、一年もたずに離婚した。その後もカムバックしないのは、二十代のあの数年間で一生困らないほど稼いだからだろうと思っていた。だから今でも歌手活動をしているとは意外だった。

陽子はどのように歳を重ねたのだろう。年相応に老けたのか、それとも元芸能人としての意地と美容整形で今も若々しさを保ったままなのか。歌だけでなくトークもあると聞いているから、どんな話が飛び出すのか興味があった。

わたくしだけでなく、昨夜からみんなそわそわと落ち着かなかった。

――六本木陽子って誰？　歌手？　演歌の？　へえ、聞いたことないけど。

そう言ったルルでさえ、気分が高揚しているのが見て取れる。刑務所にいると楽しみが少ないからだ。歌のジャンルが何であれ、歌手が誰であれ、無味乾燥な刑務所内の講堂がステージであっても、とにもかくにもコンサートを聴きに行けるのだ。

午後になり、廊下に整列して講堂へ向かった。

九百人入る講堂に、パイプ椅子が整然と並べられている。席は前もって指定されていた。情報通のルルの話によると、残りの刑期が長い受刑者ほど前の方に座れるのだという。つまり、最前列は無期懲役の受刑者たちだ。

幕が開くと、いきなりの大音響で、当時大ヒットした『横須賀ネオン』が流れ始めた。久しぶりに見る陽子は、年相応に老けてはいたが、相変わらず顔立ちは可愛《かわい》らしかった。きちんと髪を結い上げて、あでやかな着物を着ている。鶯《うぐいす》色の地にピンクの芍薬《しゃくやく》が咲き誇っている意匠は、一般人には着られない舞台衣装だ。濃いめの頬紅《ほおべに》がさらに華やかさを添えている。観客といえば受刑者しかいないのに、それでも全く手を抜いていないのがわかって嬉しくなった。きっとワンピースか、よくてもシンプルなロングドレスを着て歌うのだろうと思っていたのだ。

パンチのある歌声が、こちらのお腹にまで響いてくる。歳を取っても発声練習を欠かさないのだろう。余力のある歌い方ができるようにと、楽曲全体の音程を少し下げているのかもしれない。

斜め前に座っているルルの背中が微《かす》かに左右に揺れ出した。刑務官から静かに聞くよう厳重に言い渡されていたから誰もが大人しく聞いていたが、みんな本当は立ち上がって手拍子を取ったり、身体を揺らしたりしたいのではないか。世代の違うルルでも、あれほどヒットした曲となると、どこかで耳にしたことがあるのだろう。

そのあと短い挨拶をして、すぐに二曲目、三曲目を歌った。どの歌も聞き覚えがあった。サビの箇所だけなら歌詞まで覚えていた。今までクラシックしか聞いてこなかったわたくしでさえそうなのだから、『横須賀ネオン』だけでなく、出す曲、出す曲、次々に大ヒットしたことがわかるというものだ。

「貧しい家庭で育ちました」

拍手が鳴りやむと、陽子は静かに話し出した。「父は出稼ぎに行って都会の生活が楽しかったのか滅多《めった》に帰ってこなくなりました。そして母は、田畑を売って父がこさえた借金の返済に充てたあと、スナックに勤め始めました」

場内はシンと静まり返った。

「あれは小学校三年生のときでした。私は母を少しでも助けたくて、思いきって隣家に住む戦争未亡人のおばさんに相談したんです。そのおばさんは、家で祝儀袋の水引を作る内職をしていたんですが、それを私にも回してくれると言ってくれました。やり方を教えてもらって、一歳違いの妹と二人で何度も練習したんですが、まだ幼かったからなのか、それとも不器用だったのか、二人ともうまく作れませんでした。母の役に立とうと張り切っていただけに悲しくて情けなくて悔しくて、妹が泣き出してしまったんです。そしたら、ちょうどそこに、業者の男の人が完成品を回収に来たんです。彼は私たち幼い姉妹を可哀想に思ったらしくて、水引ではなくて、祝儀袋を折る仕事を持ってきてあげると言いました。水引を作るのに比べたら工賃は安いのですが、丁寧さを心がけさえすれば、とても簡単な仕事でした。これならできると元気を取り戻し、それからは、学校から帰ったらすぐ隣の家に行って、一生懸命祝儀袋を折りました。おばさんはピンハネすることなく、ちゃんと工賃を渡してくれました。それ以外にも、季節ごとに栗《くり》を拾いに行ったり、蕨《わらび》やフキノトウを摘みに行ったりして、おばさんの知り合いを通じて市場で売ってもらいました。そんな生活をしておりましたので、友だちと遊ぶ暇もありませんでした。おばさんの家には古いラジオが一台あったんですが、そこから流れてくる演歌だけは覚えて、内職の手は止めないまま、いつも妹と二人で歌ってたんです。私が真剣に節回《ふしまわ》しの練習をするのが相当おかしかったとみえて、おばさんと妹はいつも涙を流すほど大笑いしたものです」

そこで陽子は、受刑者たちの反応を確かめるように場内を見回した。

「十四歳の誕生日を迎えた頃でした。今度は向かいに住むお爺《じい》さんがのど自慢大会に出たらどうかと声をかけてくれたんです。おばさんの家は隙間だらけの掘立《ほったて》小屋みたいなものでしたから、私の声は隣近所に筒抜けだったようです。ですが、母は私を大きな街まで連れて行くのを面倒がりました。どうせ無駄足に終わると考えるのも無理もないことですし、母は夜の仕事で疲れ果てていましたから、早朝から出かけるのは身体がキツかったんでしょう。そしたらそのお爺さんが車で連れて行ってあげると言うので、隣家のおばさんと妹も一緒に乗せていってもらうことになりました。そのときは、それが私の人生の大きな転機になるとは夢にも思っていませんでした」

そっと見渡してみると、受刑者たち全員が顔を上げて舞台上の陽子を見つめていた。

下を向いている者は一人もいない。斜め前のルルにしても、息を止めているのか身じろぎもしない。

「その大人ばかりの大会で、私はグランプリを勝ち取ったんです」

あちらこちらから、ふうっと安心したような溜め息が聞こえてきた。

「お向かいのお爺さんが言うには、次は信州《しんしゅう》・甲信越《こうしんえつ》大会に出て、最終的には全国大会が待っているということでした。でも、交通費や宿泊代がありませんでした。もちろん母に出してくれとは言えないですし、悩んでおりましたら、なんと芸能プロダクションから声がかかったんです。次の大会に進まなくてもデビューさせてやるって言われたんです。自分で言うのもナンですが、子供の頃は目がパッチリしていて可愛らしかったんです。ここだけの話、今だってまあまあイケてると思ってますけどね」

そう言って茶目っ気たっぷりに笑うと、場内からも笑いが起こった。

「デビューしてからはいろいろありました。当時はセクハラやパワハラという言葉もない時代でした。女性の芸能人ならこれくらいは我慢して当たり前といった考えがまかり通っている時代でしたから、嫌なことにも歯を食いしばって耐えていたら十円ハゲが三つもできました。ですが、そんな状況も『横須賀ネオン』が大ヒットした途端に一変したんです。それまで私は、プロダクション内では下っ端で、宣伝費をかけているのに売れない金食い虫だと罵倒《ばとう》されていたんです。それが、いきなり女王様扱いです。人間関係が逆転したんですよ。現金なもので、それまで意地悪だった人たちも、気味が悪いほど愛想がよくなりましたし、次の曲を作らせてほしいという作詞家や作曲家が目白押しでした。そのあと映画出演の話もいただき、芝居なんかやったこともないのに、主役に抜擢《ばってき》されたんです」

そのことは覚えていた。確か『初恋の青空』ではなかったか。

「そのとき、相手役の男性に注意されたことを今でも思い出すことがあります。初対面だったのに、『そんなに気安く男の身体に触るもんじゃない』って言われたんです。『男は自惚《うぬぼ》れているからすぐに誤解する。もっと自分を大切にしなくちゃダメだ』って。そのとき私は十九歳で、彼は二十八歳でした。ご存じの方も多いかと思いますが、彼は東横大学の法学部を出たインテリで、芸能界では変わり種でした。私はすぐに恋に落ちました。それが噂にならなかったのは、恋に落ちたのは私だけで、向こうは何とも思っていなかったからです。言っときますけど、ここだけの話ですからね。誰にも言わないでくださいよ」

場内で爆笑の渦が巻いた。わたくしも笑った。たいして面白いことでもないのに、笑うことが少ない毎日だからか、自然に笑い声が出た。芸能界通のルルから聞いた話だと、コメディアンが慰問に訪れた際、つまらないことを言っても大ウケするので、刑務所での仕事は楽しいと仲間内では有名らしい。

「彼を仮にM・Sさんとしておきましょう」

そこでもまた笑いが起こった。イニシャルでぼやかさなくても、年輩者ならあの俳優の理知的な顔が思い浮かぶのだろう。

「彼にはいろいろなことを教わりました。もっと勉強しなきゃダメだと叱られて、小学四年生の国語と算数のドリルを買ってきてくれたんです。もうすぐ二十歳になろうとしている私に、小四の勉強ですよ。先が長いなあと思って途方に暮れました。でも、撮影の休憩時間に彼が勉強を見てくれるのが嬉しかったし、褒められたくて必死でした。本もたくさんプレゼントしてくれて、それについて感想を言い合うのが楽しみで、眠い目を擦《こす》って頑張って読みました」

誰一人身じろぎさえしないからか、場内は静まり返った。

「いま思い出してもM・Sさんには感謝の気持ちでいっぱいです。でも残念ながら、その数年後に、彼はいいおうちのお嬢さんと結婚してしまったんです。彼にとって私は単なる共演者でしたし、楽屋では先生と生徒の関係でしたから、文句を言う筋合いではないんですが、ショックで一日寝込みました」

あちこちから再び溜め息が漏れた。淡い恋心で終わってしまったのが自分のことのように残念なのか。それとも、ときめいた青春の日々をそれぞれ思い出しているのだろうか。

「通販会社を経営する男性と結婚して芸能界を引退したのは二十六歳のときでした。夫の会社が傾き始めたのは私の妊娠がわかってすぐのことでした。私の芸能界時代の蓄えで夫の会社の赤字を補塡《ほてん》するようになっていったんです。夫が一回り年上だったこともあって、夫の言う通りにしていれば間違いないと信じて疑いませんでした。私は世間知らずで、そして無知でした。いつまで経っても赤字が解消されないし、預金が減っていくのも不安でした。そのうち夫の無計画さや投げやりな態度に愛想が尽きた頃に流産も重なって、結局離婚しました。そのとき住んでいたのは私が独身時代に建てた家でしたから、夫には出て行ってもらって、母を再び呼び寄せて同居するようになりました。芸能界に復帰しなくても生活には困りませんでした。十代の頃からギャラは母に預けていましたが、母は何ひとつ贅沢をせず私名義の銀行預金をしていてくれました。夫には教えていない別の銀行口座でした。母の提案でマンション経営をしようと決めました。物件を探して購入し、賃貸募集をかけると、立地がいいこともあり、すぐに埋まりました。元来働き者である母と私は、実益と勉強を兼ねてマンションの管理人になりました。離婚後も、そして母が亡きあとも、私がこうして暮らしていられるのは母の才覚のお陰なんです。お互い貧乏が身に沁《し》みてましたから、私はいまだに無駄遣いが苦手なんですよ」

受刑者の反感を買うのではないかと心配したのは、わたくしだけではないだろう。

——今も昔も苦労続きだけど私は頑張っている。だからみなさんも頑張って。

そういった方向へ話が進むのだと思っていたら全く違った。陽子は経済的には困っていないどころか、不労所得で生活している。そんな話を聞いたところで、受刑者のほとんどが羨《うらや》ましさを飛び越えて、妬《ねた》ましいと思うのではないだろうか。さっきまで抱いていた親しみが一気に消え去り、きっと遠い人に感じたに違いない。

主催者側からしても、更生につながる内容ではない。だが、いま目の前にいる陽子から、それも年齢にはそぐわない派手な衣装を身につけている陽子から、実はお金に困っているなどという話は聞きたくなかった。こちらまで惨めな気持ちになってしまいそうだ。身勝手だが、やはり大スターはずっと華やかな存在であってほしいと願ってしまう。

「七十代になりましてから、私は死を身近なものとして意識するようになりました。そして、できれば思い残すことなく死ねたら幸せだなあと考えるようになったんです。今ここに私が元気でいるのも、若かった頃の私の歌を聞いてくださった方々、映画を見てくださった方々、そしてレコードを買ってくださった多くの方々のお陰なんです。だって、十四歳のとき地方大会でグランプリを取っただけなんです。歌が上手《うま》い人なんて世の中には掃いて捨てるほどいるわけですよ。のど自慢大会に出たくても出られなかった天才少女だって、きっと田舎にはたくさんいたことでしょう。それを考えますと、私は本当に運がよかったとしか思えないんです。ですから、私は世間様に何かしら恩返しをしたいと考えるようになりました。そこで思いきってM・Sさんに相談してみたんです。M・Sさんとは十九歳のとき映画で共演したきりでしたが、死ぬ前に一度でいいから会いたくなったんです。相談というのは、要は口実ですね」

そこで陽子は十代の少女のように、はにかんで笑った。それを見た受刑者たちも一斉に笑った。

「ご存じのように、彼はロマンスグレーになった今でも現役で俳優を続けておられますから、所属事務所を通して連絡するのは簡単でした。会ったのは、なんと五十年ぶりでした。奥様も健在で、立派になられたお子様が三人もおられるそうです。今振り返ってみても、私が本当に好きだったのは彼だけだったんだなあと、しみじみ思います。残念ですが、自分が好きになる男性のタイプと、自分を好きになってくれるタイプが違うみたいです。あれ？　脱線してしまいましたね。話を元に戻しますと、彼は刑務所の慰問をするのがいいんじゃないかと勧めてくれたんです。それがきっかけで、慰問を始めて今年で五年になります。それではそろそろ次の曲に参ります。今度は若い方に合わせて、MISIAの曲を歌います」

若い人の間で流行っている曲など全く知らなかったが、どんなジャンルの歌でも抜群に上手なことだけはわかった。そのあとも童謡からロックまで幅広く歌い、場内は盛り上がった。静かに聞くように言われていたから大声は出せないのだが、受刑者たちの心の中は大きく波打っていたに違いない。

そして再びトークとなった。

「こんなことを言うと、売名行為だと受け取る人もいるので公にはしていないんですが、私が死んだあと、全財産を児童養護施設に寄付する手続きをしているんです」

自分の死後、財産をどうするか。この問題は他人事ではないのだった。

このままだとわたくしの財産は国に没収されるのだろう。国の役に立つとわかってはいても、何に使われるのかわからないより、はっきりと指定した方が気持ちが安らぐ気がした。六本木陽子のように、寄付する先を決めて遺言書として公証役場に預けておいた方がいいかもしれない。


コンサートが終わり、整列して居室に向かった。

部屋に入るなり、「元気がもらえるって、ああいうことを言うんだね」とルルが興奮気味に言った。

「あの人すごいですよね。不動産業のことを一から勉強したなんて。まるで畑違いなのに、一歩踏み出したからこそ今の暮らしがあるんですもの」と美帆《みほ》が感心したように言う。

「やっぱり根性が据《す》わってるよ。子供なのに田舎から出てきて芸能界で頑張ったんだから、そんじょそこらのガキじゃないよ」と、清子が続ける。「私も初恋の人に会いたくなっちゃった」

「ええっ、清子さん、どうしちゃったんですか？」と美帆が驚いている。

「いやだあ。清子さんたら柄でもない」とルルは言い、こちらを向いて「さっきから黙ってるけど、秋月さんはどう思ったの？」と尋ねた。

「すごく楽しかったわ。それに、考えさせられた。わたくしも思い残すことのないように、いろいろと整理しなくちゃと思ったのよ」

意外にも、六本木陽子が不労所得で生活していることに対して、誰も反感は抱かなかったらしい。彼女の貧しい子供時代に同情し、その後の前向きな生き方に共感したのだろう。


その数日後のことだった。

刺し子の刑務作業をしていると、刑務官から呼び出されて、明日から三日間だけ刑務作業の内容を変更すると伝えられた。単独室を担当する受刑者が体調を崩して手が足りなくなったという。

その日の夕飯のあと、部屋のみんなにそのことを話すと、一斉に驚いたような顔でこちらを見た。

「なんで秋月さんが？　あそこは重労働ですよ」と清子が言う。

「刑務官はいったい何考えてんだか。単独室のお世話係は若い受刑者ばかりなのに」

とルルが怒っている。

「やっぱり大変なところなのね。刑務官から簡単な説明は受けたんだけど、まさに老介護ってことになるわね」

「秋月さん、ずいぶん落ち着いていらっしゃるんですね。重労働と聞いただけでも不安になりませんか？」と美帆が不思議そうに問う。

「不安？　そうでもないわ」

今さら不安などどこにもなかった。重労働でぽっくり死ねればそれに越したことはない。あと五年もの間、ここに閉じ込められたまま暮らすくらいなら、明日にでも死にたいくらいだ。歳を取るにつれて時の流れを早く感じるのが一般的だが、刑務所内だけは別だ。刑務作業ひとつとっても終業時間が待ち遠しいほど遅々として時計が進まない。あっという間に終わるのは休日だけで、平日はうんざりするほど長く感じられた。希望がないと人間は生きていけないというが、こういうことをいうのだろうか。

翌日になると、刑務官が迎えに来た。

まだ朝の六時半だ。廊下に出て、「こっちです」と言う背の高い刑務官のポニーテールを見上げながら後ろをついて行った。ポニーテールはゆっくりと揺れているが、歩幅がかなり違うので、こちらは小走りになる。

今日一日は見学するだけだという。ここでの作業はたったの三日間で、四日目からは再び刺し子の作業に戻る。それなのに貴重な初日を見学だけで終わらせるのか。それほどまでに手が足りないということなのだろうか。明日から実践しながら徐々に仕事を覚えていくというが、残り二日しかないのだ。

この棟に足を踏み入れるのは初めてだった。

「早く起きなさい！」

「もう起きる時間でしょう？」

三人の刑務官がばたばたと各部屋を走り回り、まるで寝坊した子供を起こすように声をかけている。

しばらくすると、向こう側の入り口から介助係の受刑者たちがぞろぞろと入ってきた。二十代から五十代くらいだろうか。昨日の説明では、着替えを手伝ったり、オムツ交換や整髪、そして歯磨きなどもすると聞いた。担当する高齢受刑者は割り当てられているらしく、号令とともに持ち場の単独室にぱっと散らばった。

刑務官から自由に見学するよう言われていた。ここに連れてきてくれたポニーテールはさっきから慌ただしく走り回っていて、わたくしに説明する余裕もないようだった。

手前の部屋を覗《のぞ》いてみた。その部屋の高齢受刑者は、かなり耳が遠いらしく、若い受刑者が「おばあちゃん、早く着替えてってば」とさっきから大声で叫んでいるのに反応が鈍い。

「おばあちゃん、そんなこと言わないでよ」

隣の部屋から大きな声が聞こえてきたので覗いてみると、若い受刑者が仁王立ちになって、蒲団の上に正座している高齢受刑者を睨んでいた。

「こんなに一生懸命世話してあげてるのに、どうして『早く死にたい』なんて言うのさ。空《むな》しくなるよ。放り出したい衝動にかられるこっちの身にもなってみなよ」

そのときポニーテールが飛んできて、「静かにしろ！」と、これまた大声で怒鳴った。彼女はドアのところに突っ立っていたわたくしを見て、初めて存在に気づいたかのように「あ」と言った。そして「こっちに来てください」と、廊下の先へずんずん進んでいく。その背中を追いながら、通り過ぎる部屋をチラチラと横目で見てみたが、どの部屋でも手こずっているようだった。

真ん中あたりの部屋の前で、刑務官は立ち止まった。刑務官に続いて部屋の中に入ると、五十代後半と見える介護係の受刑者が、おばあさんの世話をてきぱきとこなしていた。しかも優しく接している。介助される側も、彼女に甘えているように見えた。

「状況を説明しろ」

「えっと？　新入りというのは、この人のことですか？」

新入りが見学に来ることは前もって知らされていたようだが、わたくしのような年寄りだとは思っていなかったのだろう。穴の開くほど見つめてくる。

「では……説明させていただきます。私は介護の仕事を長く経験してきましたので、慣れている部分も多いんです。それもあって、ここではリーダーをしています」

そして、目の前にいる女性を指差して言った。「この人はまだ七十代ですけど、手を引いてもらわないと真っすぐ歩けません。そういった受刑者が最近は増えてきていて、なかなか手が回らないんです」

まだ七十代だという。わたくしよりも若い。つまり、わたくしもとっくに要介護状態になっていてもおかしくない年齢なのだ。誰しも平等に歳を取るのだから仕方がないことだとはわかっている。だが、自分はこうなる前に死にたいと思ってしまう。だけど、いつお迎えが来るのかは誰にもわからない。

この七十代の受刑者の姿は、自分の未来の姿なのだ。いや、未来ではなく、ほんの数年先、もしかして数ヶ月先の姿かもしれない。世話をしてもらえるのはありがたいが、申し訳ない気持ちになる。そして何より……鍵のかかった単独室に入れられてしまう。そうなったら精神をまともに保てるだろうか。

　絶望的な気持ちになった。

「ちょっと、こっちに」と言って、刑務官はわたくしを廊下の隅に引っ張って行き、声を落とした。

「脳梗塞で半身麻痺《まひ》になったり、高齢になって普通の生活が困難になる受刑者が増えているんですよ」

　どの刑務官も、なぜかわたくしには丁寧な言葉遣いをする。

「この棟は刑務所ではなくて介護施設そのものなんですよ。我々刑務官は生活の手助けをするだけで精一杯です。罪を反省させるだとか、償わせるなんていうのは次元の違う話なんですよ」

「……そう、でございますか」

　どうしてわたくしにそんな裏話のようなことまで説明するのだろうか。

　そのとき、ふと六本木陽子の声が耳の中で木霊《こだま》した。

　――楽しみは神社仏閣巡りです。年に何度も出かけています。

　ああ旅に出たい。

　自由に行動したい。

　こんなところにいつまでも閉じ込められていたくない。

夫がまだ元気だった頃、老後には世界一周の船旅をしようと、パンフレットを見ながら話し合ったものだ。豪華客船の旅は、ベランダ付きの部屋だと二人で二千万円近くもしたが、人生最後の贅沢と割りきって思う存分楽しみ、その後は自宅でお茶漬けでも食べて質素に暮らそうと、夫と計画していたのだった。

だけどもう夫はいない。娘まであの世に行ってしまった。そして孫も死んだ。

出所する五年後の自分は果たしてどうなっているだろう。もしもまだ元気でいたとしても、一緒に旅をしてくれる友人も知り合いもいない。旅行どころか、お茶にさえ誘ってくれないだろう。放火が報道されたのを境に、みんな去っていった。昔からの友人や同級生の顔を次々に思い浮かべてみるが、みんなエリート男性と結婚し、経済的にも豊かで、犯罪者とは無縁の生活を送っている。そんな何ひとつ不自由のない生活の中、誰が好き好《す この》んで厄介者とつきあいたいと思うだろう。

若い時なら一人旅もいいが、五年後は八十五歳になる。外国どころか、国内の温泉旅行でも不安だ。

あ、でも、もしかして……。

費用は全額わたくしが出すといえば、清子やルルなら一緒に行ってくれるのではないかしら。そのうえ教養のある美帆が一緒なら更に心強い。

もしもそれが実現できるならば……ああ、一日も早く出所したい。残された人生の中で今日がいちばん若いのだ。

だったら満期出所を待っていてはダメだ。急がなくては。

弁護士から聞いた話によると、刑期が三分の一以上経過した受刑者で、改悛《かいしゅん》の状が認められる場合は仮釈放を許されることがあるらしい。それを許可するかどうかは、身元引受人の有る無しが重要となるのだ。だったら身元引受人を作ろう。身元引受人になる条件は法律では決められていないと聞いた。受刑者を引き取って監督できる人間であると認められれば親族でなくてもいいという。

しかし、わたくしのような年寄りの放火犯を、いったい誰が引き受けてくれるというのか。だけど、あきらめたくなかった。友人知人の全員に手紙を出して懇願してみたい衝動にかられた。大きな声では言えないが、名義を貸してくれるだけでいい。いちいち監督なんかしてもらわなくても、わたくしが再び放火するなんてあり得ない。本人のわたくしが言っているのだから間違いない。それに、家もお金もあるのだから迷惑をかけることもない。

そうだ、全員に手紙を出してみよう。わたくしの場合は、手紙は一ヶ月に四通までと決められている。となると、友人知人の四人に手紙を出し、そこから共通の知り合い全員に、もしくはまだ元気でいる同窓生全員に、わたくしの身元引受人を頼めるか否かを尋ねてもらうのはどうだろう。

きっと……みんな嫌な顔をする。放火犯なんかに関わり合いたくないが、恨みを持たれるのも恐ろしいと考えて、バカ丁寧な断りの文言を捻《ひね》り出すに違いない。

刑務所帰りの老婆を忌《い》み嫌うことのない人間なんてどこにいるというのだ。

やっぱり不可能なのか。

あ、いる。いるじゃないの。

そうか、そうなのだ。わたくしと同様、刑務所帰りの人間がいるではないか。最初に出所するのは清子で、その次がルルだ。わたくしの家を使う許可は既に出している。清子を身元引受人にするには、どうしたらいいのだろう。

弁護士に相談してみよう。裁判のときにお願いしていた老齢弁護士は、つい先日老衰で亡くなったと聞いた。だったら……あの女性はどうだろうか。

あれは、月命日に墓参りに行ったときだった。見知らぬ若い姉妹が、秋月家の墓に線香をあげているのが遠目に見えた。驚いて早足で近づき、尋ねてみると、妹の方が祥太郎の同級生だったという。そして、自宅の庭に咲いたという見事な鉄砲ユリを供えてくれていた。お礼に是非お茶でもと、駅前のカフェに誘った。そのとき姉の三智《みち》子《こ》は司法試験に受かったばかりだった。祥太郎の自殺がきっかけで弁護士を目指すようになったと教えてくれた。そのうえ妹の望美《のぞみ》も姉と同じ道を目指しているという。

そして、望美は言ったのだ。

——小学生のときから祥太郎くんのこと好きだったんです。少し気が弱いところもあったけれど、すごく優しい人でした。

その言葉を聞いたとき、ずっと我慢していたのに、ダムが決壊したみたいに涙が溢《あふ》れて止まらなくなった。ここにも祥太郎を愛してくれた人がいる。たとえそれが中学生の女の子であっても嬉しかった。

娘も夫も亡くなり、祥太郎の思い出を語り合える人がいなくなっていただけに、望美の真っすぐな眼差しが心に染み渡った。

あれから何年経っただろう。姉の方は既に一人前の弁護士として働いているに違いない。思いきって連絡してみよう。

## 5　医師・太田香織　37歳

最後の患者の診察が終わって刑務官が診察室から出て行くと、マリ江は私の向かいの丸椅子にどすんと腰を下ろして言った。

「香織先生、あっという間の半年でしたね」

「だよねえ。意外にやり甲斐《がい》があったよ」

「当たり前でしょう。患者のプライベートにあそこまで口出しする医者なんかいませんからね」

「マリ江さんだって、神田川《かんだがわ》病院にいるときより生き生きしてたじゃん」

窃盗犯の清子の息子を呼び出したことや、夫殺しの美帆の舅姑《しゅうとしゅうとめ》を岩清水《いわしみず》が説得してくれたこと、そして覚醒剤事犯のルルの彼氏の身辺を摩周湖《ましゅうこ》に調べてもらったことなど、思い返せば様々なことがあった。

部長に刑務所への異動を打診されたときは驚いたものだ。そして恐ろしかった。聴診器を受刑者の胸に当てているときに、いきなり襲いかかられて、首を絞められるかもしれないと思ったのだ。自分とは共通点などひとつも見いだせない別世界の住人だと思っていたし、とにもかくにも関わり合いたくなかった。顔を覚えられて出所後に仕返しされたらどうしよう、一生涯つきまとわれたら人生が滅茶苦茶になってしまうなどと考えていた。

だが、最終的に引き受けると決めたのは、実家の父が「いい経験になるぞ、やってみろ」と言ったからだ。元来の楽天家だし、昔ながらの義理人情の世界に生きている人だから当てにならないと思ったが、慎重派の祖父までが「女子刑務所なら大丈夫だ。だって女囚《じょしゅう》しかいないんだろ？」と言ったのだ。

女囚とはまた古い言葉を使うものだと呆れたが、ここに赴任してすぐに、祖父の言った通りだとわかった。女子受刑者が罪を犯した原因のほとんどが、家庭環境や、悪い男たちと関わったことにあった。犯罪者以前に犠牲者であることがわかり、彼女らの出所後の人生の厳しさを思うにつけ、なんとかして力になりたいと思うようになっていった。

「香織先生、もしかして刑務所勤務を続けたいと思ってるんじゃないですか？」

「まさか。私はやっぱり東京が合ってる。東京の空気が吸いたいよ」

「ここの方がずっと空気はきれいですけどね」

「そういう意味じゃないよ。都会にはいっぱいお店があって、ここと違って夜遅くまでやってる。そんな華やかな場所に住みたいってことだよ。空気なんか汚くっても構わないよ。でも……」

「でも？」

「東京で腕を磨いてから、またここに戻ってきてもいいかも、とは思ってる。マリ江さんはどうなのよ」

「そうですねえ。夜勤がない分、段違いに身体が楽でした。そのうえ帰宅後も亭主の世話をしなくて済みますしね」

「だけど、私の食事を作ってくれたじゃない」

「それが意外とよかったんですよ。一人だとついつい簡単なもので済ませがちですけど、良家の子女の香織先生に食事を提供するとなると、ちゃんとしたものを作らなきゃならなかったし、でも亭主と違って手伝ってくれたし」

「そう言ってもらえると嬉しいよ。私も少しは役に立ったんだね」

「いえ、たいして役には立ってません。でも、なんといっても食材の値段を気にしなくていいのが最高でした。東京にいると四六時中節約のことばかり考えてますから」

「だったら次回またここに赴任することがあったら、マリ江さんも一緒に来ようよ」

「そうですね。まっ、またそんな機会があるかどうかもわかりませんから、そのときに考えますよ」

「それにしても秋月さんは変わったね。表情が明るくなったよ。マリ江さんの思惑通り、単独室を見学したからかな。出所するまでは元気でいようと決心したのかもしれないね」

「そうですね。それと、身元引受人が見つかったと刑務官から聞きました」

「あら、そうだったの？　身寄りがないはずだったけど」

「探すのに四苦八苦したようですよ。先に釈放される予定の清子さんを身元引受人にしようとしたら認められなかったらしいです。だったら清子さんを養女にしたらどうかと考えて弁護士さんに相談したそうです。そしたら、それは出所後に清子さんと同居してからじっくり判断した方がいい、なんなら私が身元引受人になりましょうって、若い女性の弁護士さんが引き受けてくれたそうですよ」

「それはよかった。だったら、きっと満期日より前に仮釈放されるだろうね」

「ええ、私もほっとしました」

「マリ江さん、話は変わるけどさ、私やっぱり気になるんだよね」

「気になるって何がですか？」

「地中に埋まった赤ん坊のことだよ」

「またその話ですか。もうやめてくださいって言ったでしょ」

「だって本当に見えたんだもん。それも、はっきりと、だよ」

そのときマリ江がいきなり立ち上がって帰り支度を始めた。

「マリ江さん、まだ話の途中なんだけど」

「香織先生って意外にしつこいですね。私はお腹が空いたから帰ります」

何なのだろう。怪しすぎる。

マリ江さん、あなた、いったい何を隠してるの？

「半年間頑張ったお祝いに、シャンパンを買って帰りましょう。今日は私がおごりますから」

「おごる？　マリ江さんが？」

珍しいこともあるものだ。

ますます怪しい。

# 第五章　受刑者からの手紙

## 1　看護師・松坂《まつざか》マリ江《え》　52歳

刑務所での仕事を終え、再び神田川《かんだがわ》病院に勤務するようになって二年が過ぎた。

その日、ナースステーションで事務作業をしていると、新人の看護師が封筒を持って近づいてきた。

「香織《かおり》先生に手紙が届いてます。たぶん患者さんからだと思いますけど」

香織先生宛《あ》ての手紙を私のところに持ってくるのは、私が香織先生と親しいと誰かから聞いたからだろう。

「ありがとう。私から渡しとくね」

ピンク地にパンダ柄の封筒を裏返すと、「山田《やまだ》ルル」と書かれていた。

ああ、よかった。住所がちゃんと書かれているってことは、住む所があるってことだもの。覚醒剤とも彼氏ともスパッと別れられていればいいんだけど。

手紙を持って医局へ行くと、香織先生がソファに腹這《はらば》いになって医学書を読んでいた。部屋の中を素早く見回してみたが、岩清水《いわしみず》先生の姿が見当たらない。

なんだ、残念。カッコいいお姿を拝めると期待して来たのに。

香織先生以外の医師はみんな出払っているみたいで、部屋の中はシンとしていた。

「香織先生、ルルちゃんから手紙が届いてます」

「ルルちゃん？　あの刑務所の？」

そう言いながら香織先生は起き上がった。

「健全な生活ができているといいんですがね」

「そうはいっても覚醒剤は簡単にはやめられないからね。それに、私たちあんまり役に立たなかったじゃん」

「仕方ないですよ。ああいった両親ではなかなか難しいですもん」

ルルの両親を呼び出して身元引受人になってくれるよう頼んだが、二人とも最後まで「うん」と言わなかった。となると、出所後も彼氏以外に頼る人はいなかったのではないか。

「ルルちゃんは彼氏が妻子持ちだと知って、かなりショックを受けてはいましたけれどね。それでも行く所がないとなると」

「だよね。やっぱりあの優男《やさおとこ》しか……」

香織先生がそう言いかけたときだった。

「あのう……彼氏の身辺捜査をしたのは私なんですけど」と、背後から遠慮がちな声が聞こえてきた。驚いて振り返ると、給湯室を仕切るカーテンから摩周湖《ましゅうこ》先生が顔を出していた。

「あ、いらっしゃったんですね。その節はありがとうございました」

そう言うと、摩周湖先生は腰に手を当ててニヤリと笑った。自分の手柄を自慢しているのか、それとも照れているのか、表情からは読み取れない。いつも通り、何を考えているかわからず不気味だった。

「サンキュー、ドクター摩周湖」と香織先生は言った。

その言い方があまりに軽いと感じたのか、摩周湖先生は能面のような表情になり、「休日返上で探偵の真似事《まねごと》をさせられて、本当に大変でした」と言い捨てて、カーテンの向こう側に消えた。

摩周湖先生の態度におろおろしたのは私だけで、香織先生は全く気にならないらしく、あっさりと話を元に戻した。

「周りがああだこうだ言っても、ルルちゃん本人が目を覚《さ》まさないことにはどうしようもないよね。出所後の生活にも国がもっと介入して、自立するまで面倒みてくれればいいんだけど、予算が厳しくてそうもいかないのかなあ」

「フォークリフトの資格は取れたんでしょうか。もし取れたとしても、すぐに仕事に結びつくのかどうか」

「難しいかもね。それにさ、この住所にしたって本当なのかな？」

「そう言われれば、アパート名も部屋番号も書いてありませんね。書かれているのは番地までで、まるで一軒家みたいな住所ですね。ところで香織先生、その手紙、あとで私にも読ませていただけます？」

「見返りは？」

「は？」

「マリ江さん、いつもお弁当持ってきてるでしょ」

「ええ、節約しなくちゃ老後の資金が足りませんからね」

「マリ江さんの里芋の煮っころがしの味が忘れられないんだよね」

「えっと、それはつまり、昼休みになったら里芋を一つ寄こせってことですか？」

「そうじゃないよ。里芋だけじゃなくて出汁《だし》巻き卵も美味《おい》しかったもん」

「てことは、卵焼きも一切れ寄こせってことですね？」

「だからそうじゃないってば。つまりさ、何て言うのかな……お弁当なんて一つ作るのも二つ作るのも手間はたいして変わらないって聞いたことがあるんだよね」

まったく何言ってんだか。お弁当なんて生まれてこのかた一回も作ったことないくせに。

「要するに、香織先生の分もお弁当を作ってこいって言ってるんですか?」

「まあ、はっきり言えばそういうことになるのかなあ」

カーテンの向こうで、摩周湖先生がプッと噴き出すのが聞こえた。

「ルルちゃんもルルちゃんですよ。香織先生じゃなくて私宛てに手紙を出してくれればいいものを。そしたら余分なお弁当を作らずに済むのに」

「だよねえ。私もそう思うけど、でも私宛てに届いちゃったんだから仕方ないよ」

「じゃあ明日お弁当を作ってきますから、私から先に読ませてください」

「やったあ。マリ江さん、大好き」

ほんと馬鹿馬鹿しいったらありゃしない。

私はひったくるようにして香織先生の手から手紙を奪い取り、すぐさま封を切った。


——パッキン先生&看護師さんへ。

いろいろお世話になりました。

うちの親をムショに呼び出したんだってね。すごい、すごい。そのことママから聞いてすごくびっくりした。そこまで私のことを心配してくれた人って初めてかも。

だから近況報告をするくらいは礼儀なんじゃないかと思って手紙を書くことにしました。

今は覚醒剤とは縁のない生活です。あれからやってません。本当だよ。もちろん、あのクズ男とも会ってない。

私って立派だと思わない？　自分としては、我ながらすごいと思ってるんだけど。ムショで同じ部屋だったオバサンたちにも、彼氏とは絶対に別れた方がいいって何回も言われてたんだよ。だけど本当は、そんなこと言われなくてもわかってた。ずっと前からわかってたんだ。たぶん、つき合う前から直感的にわかってた。でも、彼氏を失ったら寂しすぎて、どうやって生きていったらいいかわかんなかった。

ヤツには奥さんと五人の子供がいて、生活保護で生活しているのを知ったときはすごいショックだったけど、それでもなかなか別れる決心がつきませんでした。居場所がなかったからさ。だけど秋月《あきづき》さんが、自宅をタダで清子《きよこ》さんに貸してあげることになって、そこに私も同居させてくれるって言い出したんだ。それを聞いた瞬間に、なんて言うか、カッコつけて言えば人生が三百六十度変わったの。あのクズ男を好きだったことが過去に一瞬でもあったのが信じられないような気持ちになったからね。

釈放された日は、門を出たらママが迎えにきてくれてたから、それもびっくりだった。ママが身元引受人になってくれたから早く出られたんだって、そのとき初めて知ったよ。でもママは、ワンルームマンションに住んでるから二人で暮らすには狭すぎるのよって言った。もし二部屋以上あったとしても、ママと二人だと息が詰まるのは確実だけどね。だから、ママにミスドでドーナツ三個おごってもらったあとは、約束通り秋月さんの豪邸に直行したんだ。

秋月家に着いたら、先に出所していた清子さんが迎えてくれた。想像していたのよりも、もっとすごい家だった。部屋がいっぱいあって庭もあって、とにかくすごい。ムショにいたときから秋月さんに言われていた通り、二階の日当たりのいい部屋を借りることにしました。

あのクズ男には、私が出所したことも居場所ももちろん知らせてない。だから最初の頃は安心して暮らせてたんだけど、しばらくしたらメールが届くようになって、それを無視してたら、今度は電話がしつこくかかってくるようになった。たぶん、刑務所に出した手紙が宛先不明か何かで戻ってきて、それで私が出所したことがバレたんだろうと思います。

アイツがストーカーになったらどうしようってマジ怖くなった。だから、速攻でメアドも携帯の番号も変えたんだ。自分でもびっくりするほど未練がなくなってた。未練どころか過去の汚点って感じだよ。アイツの顔なんか思い出したくもない。しかし、すごいね。安心できる家に住める威力ってさ。性格まで変わっちゃった気がします。

きっと清子さんと衝突することもいっぱいあるんだろうなって覚悟してた。ママとの暮らしを思い出してみても、あの年代の人とうまくやっていける気がしなかった。でも意外にも、お互いムカつくことが全然ないんだ。こういうの、馬が合うって言うんだよって清子さんが教えてくれた。

ラッキーだったよ。ほんと、すごい。安心感っていうのかな、生まれて初めてだよ。こんなに気持ちが穏やかなのは。本当にすごいことだよ。あ、でも、何でもかんでもすごいって言うのやめなって清子さんに注意されたときだけはムカついた。

梓美《あずみ》ちゃんとも会いました。予想通り、ちゃんとしてた。私と違って、しっかりした大人になってた。どこでこんなに私と差が開いちゃったんだろ。だって梓美ちゃんの親だって、私んちと同じでロクでもない人たちだったんだよ。それを考えると、生まれつきの性格としか思えないんだけど、違うかな？

私は今、物流倉庫でフォークリフトの仕事をやってる。派遣社員だけど、ほかのアルバイトより時給がいいんだ。近所の八百屋のジーサンが紹介してくれた仕事です。秋月さんに世話になったとかで、ジーサンはいつも親切にしてくれる。もちろん私と清子さんが前科者だってことは内緒で、秋月さんの遠い親戚ってことにしてある。秋月さんならもうすぐ仮出所するよってジーサンに教えてあげたら、すげえ喜んでた。秋月さんは、いつも高価な果物を買ってくれる上得意のお客様なんだってさ。何だよ、結局はカネかよ。

とにかくさ、先生や看護師さんが、ママやパパを呼び出してくれたこと、そしてクズ男が本当は妻子持ちで年齢もイってることとか調べてくれて、ありがとうございました。すごく感謝してるんだ。ほんとだよ。

久々に字を書いて疲れたから、じゃあ、この辺で。

要は、私は元気でやってるってことです。

以上、山田ルルでした。

読み終えてから、香織先生に手紙を渡した。

便箋《びんせん》を手にした途端、香織先生の目玉が超スピードで上下しだした。呆気《あっけ》に取られて見ていると、あっという間に読み終えたらしく、顔を上げた。

「三百六十度じゃなくて百八十度だって誰か教えてやんなきゃダメだよ。でもまあ、なんとかマトモに生きてるみたいじゃん。良かった、良かった」

「そうですね。安心しました」

「私にも読ませてください」と、摩周湖先生がマグカップ片手に給湯室から出てきた。

「見返りは？」と、香織先生が尋ねる。

「そんなこと言われたって……」と、摩周湖先生は気弱そうに目を逸《そ》らした。

しかし次の瞬間、キリッとした表情で香織先生を睨《にら》んだ。

「私には読む権利がありますよね？　そうでしょう？　だって変装して望遠レンズを使ってまで元カレの身辺調査したのは私なんですから」

「それは一理あるね」と、香織先生はまたしてもあっさり言い、摩周湖先生に手紙を渡した。

あれ？　だったら、どうして私は香織先生のお弁当を作ってこなきゃならないんだろ。何かおかしい。だから私は言った。

「香織先生、手紙の一行目に、『看護師さんへ』と書いてありましたよね？」

「そうだっけ？」

「つまり私宛てでもあるんですよ。それなのにどうして私が手紙を読むのに見返りが要るんですか？」

「今さらそんなこと言われたって困るよ。お弁当のこと、もう約束しちゃったんだし」

「え？」

「だって武士に二言はないって言うじゃん」

私はいつから武士になったのだろう。

「ねえねえ、摩周湖も聞いてよ。マリ江さんたら、すごくお料理上手なんだよ。どれもこれも全部美味しいの。まるでプロのシェフみたい」

おだてりゃ木に登ると思われているらしい。甘く見られたもんだ。

とはいえ、料理の腕を褒められて悪い気はしなかった。ニヤケないようにしようと、目許《めもと》と口許に力を入れた。

「言っときますけどね、お弁当は今回限りですからね」

二度と香織先生に騙《だま》されないようにしなければ。

そう心に固く誓った。

## 2　医師・太田《おおた》香織　39歳

マリ江の作るお弁当は、美味しいだけでなく健康的である。

刑務所とは違い、神田川病院では夜勤があるから、不規則な生活に逆戻りしていて、睡眠不足に陥りがちな日々だった。だからせめて食事だけでもちゃんとしたものを食べたかった。

それというのも、頼みの綱だった病院内の食堂が、先月から大掛かりな拡張工事に入ったのだ。再開時期は、なんと、半年も先だという。

マリ江のお弁当を毎日ゲットするにはどうすればいいのか。それが喫緊《きっきん》の課題だった。何か策を練らねばならないと考えているとき、偶然にもマリ江が医局に入ってきた。飛んで火に入る夏の虫とはこのことだ。

「香織先生に手紙が届いてます。今度は清子さんからですよ」

清子は、たった四百三十円の万引きで懲役を喰らった六十代の元受刑者だ。

「ありがとう。清子さんはルルちゃんと一緒に暮らしてるんだったよね。元気でやってるのかな」

「その手紙、後で私にも見せていただけますよね？」

いいぞ、そうこなくちゃ。

「見返りは？」

「もう騙されません。だってルルちゃんの手紙にしたって……」

「だったら読ませてあげない」

「そんな……それって意地悪ですよ。私だって気になるんです。清子さんが出所後どうしてるのか」

「でしょう？　気になるよねえ。それでね、マリ江さんが作るお弁当のことなんだけどさ、実は私、ピーマンの肉詰めの味が忘れられないんだよ」

「はいはい、わかりました」と、マリ江はこれ見よがしに溜《た》め息《いき》をついた。

「二日間、お願いできる？」と、思いきって吹っ掛けてみた。

「えっ、二日もですか？」

「だって今回の封筒はなんだか分厚いんだもん。ほら、ね？　きっとものすごいことが書いてあるんだよ」

「ものすごいことって、例えばなんですか？」

「そんなの私にわかるわけないじゃん。まだ読んでないんだから」

「それもそうですね。だったら……わかりました。じゃあ明日から二日間お弁当を作ってきてあげますから、先に私に読ませてください」

言ってみるものだ。これで二日間はあのお弁当が食べられる。だが毎日マリ江のお弁当を食べるにはほど遠い。手紙がそれほど頻繁に届くわけでもない。となると、ニセの手紙を出すしかないのか。

マリ江は私からひったくるようにして手紙を奪い取り、すぐさま封を切って読み出した。そして読み終えると顔を上げて、私を思いきり睨んだ。なんだか怖い。

「また騙されました。『ものすごいこと』なんて書かれていませんでした」

「そんなこと私に言われてもねえ。私はまだ読んでないわけだから」

「ルルちゃんの手紙と同じで、一行目に『看護師のマリ江さんへ』と書かれてました」

「あら、そうなの？　でも封筒の宛先が私になってるから仕方ないよね」

「ここで文句を言うと、また武士にされてしまいますからね」

マリ江はそう言いながら私に封筒を渡すと、そのまま医局を出て行った。

後ろ姿が怒り全開のように見えた。

そんなことより手紙を読もう。どれどれ。


――香織先生と看護師のマリ江さんへ。

その節は大変お世話になりました。

息子夫婦が刑務所の応接室に呼び出され、お二人に説教されたことを、つい最近になって息子から聞き、本当に驚きました。お忙しいだろうに、そこまでしてくださるとは想像もしておりませんで、お礼が遅くなってしまい、たいへん申し訳ありませんでした。

いま現在は、秋月梢《こずえ》さんの大邸宅をお借りしまして、ルルちゃんと一緒に暮らしています。

息子がアパートを借りてくれると申しましたが辞退しました。やはり、息子といえども妻子あるサラリーマンです。そんな息子に金銭的負担をかけるのは忍びないし、私が原因で夫婦仲が悪くなりでもしたら本末転倒だと考えました。とはいえ、赤の他人である秋月さんのご厚意に甘えるのは、いくら何でも非常識ではないだろうか、図々《ずうずう》しいにもほどがあると思い、ずいぶん悩みました。

ですが、秋月さんのお考えでは、私がルルちゃんと同居することで、ルルちゃんを魔の手から守れるし、衣食住の基本も教えてやれるし、堅実な暮らし方を身につけさせてやれるのではないか、ということでした。そして、私自身も守るべきものができたことで、世間様に顔向けできないことはやらなくなるだろうと言われました。そのうえ大切なお屋敷に風を通し、きれいに保つこともできるから秋月さん自身も助かるのだと。つまり一石三鳥だと何度も説得されまして、住まわせていただくことを決心しました。

住所がしっかりしているお陰で、出所してすぐに老人ホームの介護の仕事を見つけることができました。今は二人と一匹で秋月さんが釈放されるのを待っています。

番犬を飼うことにしたのも秋月さんの勧めです。ルルちゃんは大喜びで、犬の飼い方をネットで調べたり、保護協会の人に躾《しつけ》の方法について尋ねたりして、話題といえばポン吉《きち》（犬の名前です）のことばかりです。

息子も、「お母さん、人生これからだよ」と背中を押してくれていますので、勉強してヘルパーの資格を取りたいと考えています。それと、今まで私を毛嫌いして目も合わせてくれなかった息子の妻が、どういった心境の変化なのか、果物を届けてくれたんです。嬉《うれ》しくて涙が出そうでした。

今後も、香織先生や看護師のマリ江さんのように、相手の身になって介護の仕事をしていくつもりです。そして、二度と万引きせずに済むよう、一生懸命働いてお金を貯《た》めようと思います。

お忙しい日々だと思いますが、くれぐれもご自愛ください。

本当にありがとうございました。

谷山《たにやま》清子

## 3　看護師・松坂マリ江　52歳

もう絶対に騙されない。

ついこの前の昼休みも、香織先生はコンビニで買ったサンドイッチを片手にナースステーションに入ってきて、私の弁当を覗《のぞ》き込んで言ったのだ。

——美味しそうじゃん。

——香織先生のそのサンドイッチも美味しそうじゃないですか。

——ああ嫌だ。マリ江さんたら心にもないこと言っちゃって。これは添加物いっぱいだって知ってるくせに。

香織先生は責め口調でそう言うと、恨めし気に私を見るのだった。

なぜ私が責められなければならないのか。全くわけがわからない。香織先生がコンビニのサンドイッチを食べなければならないのは私のせいじゃない。この病院の医師ときたら変人揃《ぞろ》いで、まともなのはハンサムな王子様である岩清水先生だけなのだ。

そんなことを考えていたちょうどそのとき、香織先生が白い封筒をひらひらさせながらナースステーションに入ってきた。

「美帆《みほ》さんから手紙が届いたんだけどさ、マリ江さんも読みたいよね？」

美帆さんといえば、暴力亭主を殺した罪で懲役になった子持ちの女性だ。

「もう騙されませんよ。清子さんの手紙が分厚いからって二日間もお弁当を作らされましたけどね、冗談じゃありませんよ。すごいことなんて書かれてなかったし、便箋も二枚だけでしたよ」

「だってまさか手作りマスクが同封されてるとは思わなかったんだもん。二枚入ってたからマリ江さんにも一枚あげたでしょう？」

「あのね、私の分も考えて清子さんは二枚同封したんですよ。私が一枚もらって当然なんです。そもそも私のイニシャルが刺繍《ししゅう》してあったじゃないですか。いい加減にしてください」

「その言い方ひどいよ。まるで私があらかじめ封筒の中身を知っててマリ江さんを騙したみたいじゃん」

「え？　いえ……そうは言ってませんけどね。封を切ったのは私ですし」

香織先生の剣幕に気圧《けお》され、思わず声が小さくなってしまった。

「でね、卵焼きのことなんだけどさ」と、香織先生はいきなり優し気な声になった。

「ほら、この前のはネギ入りだったでしょう？　あれは絶品だったよ」

「もう騙されません」

「でもさ、美帆さんからの手紙、読みたいでしょう？」

「別に読みたくありませんけど？」

そう答えると、香織先生は絶句して私を見た。

どうだ、参ったか。

だけど本当は、美帆さんからの手紙が気になって仕方なかった。その気持ちが顔に出ないようにするのに精いっぱいだった。

「へえ、マリ江さんは美帆さんのこと心配じゃないんだ。意外と冷たいね」

周りの看護師がクスクス笑っている。私がお弁当を作らされているのをみんな知っているからだ。

「香織先生ほど性格の歪《ゆが》んだ人を見たことがありません」

「だろうね。自覚してるもん。仕方ないなあ。今回は見返りなしで見せてあげるよ」

そう言って香織先生が項垂《うなだ》れて手紙を差し出したもんだから、何だか急に可哀想《かわいそう》になってきた。私の料理の大ファンだと言ってくれているのだし……。

違う。そうじゃない。だから私は甘いんだってば。

香織先生の沈んだ表情なんか演技に決まってる。

舐《な》められてるんだぞ、自分。もう二度と騙されるな！

「それはご親切にどうも。じゃあ先に見せていただきますね」

私は平然とそう言い、香織先生の手から手紙をひったくって、すぐさま封を切った。


——香織先生と看護師さんへ。

その節は大変お世話になりました。

母からの手紙で、先生と看護師さんのご親切を知りました。

同僚のお医者様である岩清水医師とそのお父様までが夫の実家まで足をお運びくださったとか。そして舅《しゅうと》と姑《しゅうとめ》を説得してくださったんですね。日頃お忙しいお医者様がそこまでしてくださるなんて誰が想像するでしょう。感謝の言葉もありません。この御恩は一生忘れません。

私はまだしばらく刑務所での生活が続きますが、お陰様で子供から手紙や写真が届くようになり、両親も面会に来てくれるようになりました。

人間は希望がないと生きられない動物なのだと、しみじみ感じました。釈放されたら、今までの人生を挽回《ばんかい》しようと決意しております。

本当にありがとうございました。

お忙しい中、くれぐれもご自愛ください。

白川《しらかわ》美帆（児玉《こだま》から旧姓に戻しました）

読み終えて香織先生に返すと、例のごとく素早く目玉を動かし、一瞬で読み終えたようだ。

「マリ江さん、この手紙、岩清水にも見せてやってくれる？」

「え？　私が、ですか？」

「美帆さんのことでは岩清水にお世話になったもん。嫌なら私が持っていくけど？」

「いいえ、私が持っていきます。私が直接お渡ししますとも、ええ」

思わずニヤけてしまいそうになるのを必死で抑えた。こんな幸せな役割を回してくれるのなら、お弁当くらい作ってきてあげてもよかったのではないかと、チラリと後悔がよぎった。

大きな病院なので医局までは遠いのだが、岩清水先生に会えるのならと、髪を手櫛《てぐし》でさっと整えてから手紙を片手に向かった。

A棟からB棟への渡り廊下を、ひとり黙々と歩きながら考えた。

最初に清子さんが釈放され、続いてルルちゃんが出た。二人とも楽しくやっているようだ。当時は香織先生の提案に、行きすぎたお節介だと大反対したものだが、今となっては、いい結果を生んだことにホッとしていた。そして今日は、まだ刑務所にいる美帆さんも元気な様子を知らせてくれた。近況がわからないのは放火犯の秋月さんだ。もうすぐ仮釈放されるというが、高齢なだけに元気でいるのかどうかが心配だった。

秋月さんの胸に聴診器を当てた日のことは、今でもことあるごとに思い出す。忘れられるわけがない。若い女が赤ん坊の死体を床下に埋めるところを、聴診器を通して見てしまったのだから。たぶん、あれは秋月さんのお屋敷の中の出来事なのだろう。

香織先生は、詳しいところまではご存じないようだ。例の聴診器は、人によって相性の良し悪《よしあ》しがあるのかもしれない。

だが、私にははっきり見えた。

あの暑い夏の日に秋月さんが体験したことが。

## 4　秋月梢　82歳　九百二十六番

弁護士の三智子《みちこ》が身元引受人になってくれた。

それがきっかけで、気持ちが百八十度変わった。それまでは暗く沈む気分を持てあます日々だったから、これほど前向きな気持ちになれるとは思ってもいなかった。

そのうえ刑期五年を待たずして出所できそうだと三智子から連絡があって以来、三十分間の運動の時間にラジオ体操をするようになった。

釈放されて家に帰れば、清子とルルが待っていてくれる。清子の手紙によれば、三智子と望美《のぞみ》姉妹が心配してときどき様子を見にきてくれるらしい。清子たちはそれを善意に解釈しているようだが、本当は違う。清子たちが刑務所帰りということもあって、わたくしの自宅で悪事を働いていないかを見張るために訪問しているのだと三智子からは聞いていた。

そして、赤の他人を信用して家を貸したわたくしを、あまりに慎重さが足りず大胆だと三智子は言った。清子とルルの同情すべき事情をいくら話したところで三智子の考えは変わらなかった。言い換えれば、わたくし自身も出所後には前科者として世間から偏見の目で見られ続けるのだろう。

それにしても、あの金髪の女医を思い出すたび、恐ろしさが蘇《よみがえ》る。

――へその緒がついたままの赤ちゃんは、なんで死んだの？

あの日、診察室で女医は突然そう尋ねた。咄嗟《とっさ》のことで、わたくしは驚愕《きょうがく》の表情を晒《さら》してしまったかもしれない。

――いったい何のことでございますか？

慌てて取り繕ってはみたものの、不審に思われたのではないか。

女医は何をきっかけに知ったのだろう。清子やルルのいう霊感というものなのか。教養ある美帆までが霊感という言葉を使ったときは驚いたし、軽蔑しそうになった。

だが……死体を遺棄したことは誰も知らないはずだ。あのとき、家には若い母親とわたくしの二人しかいなかった。だから誰にも見られていないのは確実なのだ。

わたくしは墓場まで秘密を持っていく覚悟だし、あの若い母親が他の誰かに話すとも思えない。

どう考えても大丈夫だ。世間に漏れるはずがない。

あの日は確か……。

朝のニュースで今年一番の猛暑になると言っていた。買い物に出ると、まだ午前中だというのに太陽がギラギラと照りつけていたのを憶えている。熱中症で倒れでもしたら大変だと思い、駅前のスーパーで必要なものだけを買って、帰り道を急いだ。

アスファルトが熱せられていたからか、道路の向こう側の角地にある自宅が、蜃気《しんき》楼《ろう》のようにゆらゆらと揺らいで見えた。

信号待ちをしていると、すぐ隣に若い女性が立ったのが視界に入った。何げなく顔を向けると、二十歳前後と見える女性が真っ青な顔をして、紙袋を大切そうに胸に抱えていた。

——あなた、大丈夫？

思わず声をかけていた。

女性は怯《おび》えたような目でわたくしを見た。そのとき紙袋の中がチラリと見えたが、ビニール袋にくるまれていて、何が入っているのかはわからなかった。

——わたくしの家はすぐそこなの。うちで休んでいく？

それまでなら見知らぬ他人に声をかけたりしなかった。そのうえ自宅に招くなんてあり得ないことだった。友人たちも「物騒な世の中なんだから、立派なお屋敷で一人暮らしをしていることをむやみやたらと他人に知られない方がいいわよ」などと口々に言って用心を促した。だから玄関と勝手口の鍵などを二重にし、夫亡きあとも、表札には夫のいかにも強そうな名前——秋月岩男《いわお》——を門に掲げたままにして、そのうえホームセキュリティ会社とも契約したのだった。

それなのに……その日は何か直感めいたものが働いたのだろうか。それとも、誰しも自分と同じように暑さにやられているだろうから、こういうときこそ互いに助け合わなければと、本来のお人好《ひとよ》しが前面に出てしまっただけのことかもしれない。いや、たぶん……そうではない。祥太郎《しょうたろう》が亡くなってから、わたくしは徐々に警戒心が薄れつつあった。だって後生大事に命や財産を守ったところでどうなる？　財産を継ぐ者はもういないのだ。長生きしたところで誰が喜んでくれるだろう。娘も孫も死んだのに、わたくし一人が生き残っていたって仕方がない。もうどうなってもいいのだ。

——それ、ずいぶんと重そうな荷物ね。

そう言うと、女性の身体《からだ》がビクッと震えた。

そして次の瞬間、わたくしは息を吞《の》んでいた。

もしかして赤ん坊の死体、とか？

女性が抱える紙袋の大きさや、女性の腕の筋肉の微《かす》かな動き、そしてその形状から硬いものではないことや、だいたいの重さを無意識のうちに推し量っていた。

この女性は何歳くらいだろう。間近で見た肌はつるんとしていて、思っていたよりずっと若いのではないか。女性というより子供と言った方がいいような年齢かもしれない。

——あなた、うちに寄っていきなさい。

知らない間に命令口調になっていた。逃げるかと思ったら、女性はわたくしをじっと見つめてから、すっと鼻から息を吸い、覚悟を決めたように頷《うなず》いた。

早足で横断歩道を渡りながら、素早く周りを見渡した。猛暑だから外出を控えているのか、他に人影はなかった。

――もっと早く歩きなさい。他人に見られたらどうするの。

わたくしの言葉に女性は疑問も呈さず、早歩きになった。そのときわたくしは確信した。やはり胸に抱えているのは赤ん坊の死体だと。そして頼る人もいないし、これからどうしていいのかもわからないのだと。

玄関ではなく勝手口へと誘導した。そこは死角になっていて、表通りからも、向かいの家の二階からも見えないことを知っていた。

裏木戸を抜けて勝手口の鍵を開けた。家に入りキッチンの椅子を勧めると、女性は小さな声で礼を言って腰を下ろしたが、紙袋は胸に抱えたままで床に下ろそうとしなかった。冷えた麦茶をグラスに注いで出すと、女性は一気に飲み干した。二杯目を注ぐと、それも半分ほど飲み干した。

――疲れてるのね。横になりたいならお蒲団《ふとん》を敷いてあげるわよ。

そう言うと、女性は首を左右に振ってからうつむいた。胸に抱いた紙袋の中身に決着をつけずには、眠ることさえできないのかもしれない。そう見当をつけたわたくしは、最も肝心なことを単刀直入に聞いた。

──それ、赤ん坊でしょう？

女性は驚いた様子もなく、テーブルの一点を見つめたまま固まったように動かなかった。

──いつ産んだの？　家で産んだの？

──今朝早くです。アパートの……お風呂場で。

誰の子なのか、どうしてもっと早くなんとかしなかったのか、相手の男と結婚できなかったのか、それとも見知らぬ男に暴行されたのか、頭の中は質問だらけだったが、わたくしは何も尋ねなかった。だって死んでしまったのだから、今さらどうしようもないのだ。祥太郎だってそうだった。死ぬ前ならいくらでもやりようがあった。だけど、今さら何を言ったところで空《むな》しいだけだ。

──今朝出産したばかりなら、本当なら身体が回復するまで横になっていた方がいいんだけど、でも、もうひと踏ん張りするのよ。

年に一回使うかどうかの雪かき用のスコップを裏庭の倉庫から出してきた。スコップを家の中に持って入ったのは初めてだったから、座敷の上にスコップが転がっている風景は奇妙だった。

奥の和室の真ん中の畳を二人で持ち上げ、交替しながら床下の木材を鋸《のこぎり》で切った。

亡き夫が日曜大工で使っていた電動鋸もあったのだが、音が近所に漏れるのを恐れた。必死だった。やっと土が現れると、女性に穴を深く掘るよう命じた。額の汗とともに女性の目から涙がぽたぽたと落ちた。つらくて悲しくて苦しいのだろう。

だから、埋める前に供養してやろうと考えた。ビニール袋から赤ん坊を取り出そうとしたが、既に腐りかけているかもしれないと思うと、恐ろしくてたまらなくなった。だが、どちらにせよ、埋めるときにはビニール袋を外さないと、土に還《かえ》るのが遅くなる。わたくしは大きく息を吸い、腹部に力を入れながら、心の中で「恐れるな、東京大空襲を思い出せ」と自分を鼓舞してからビニール袋を剝《は》いだ。朝から暑い日だったが、赤ん坊はまだきれいなままだった。そのあと風呂場に行き、女性と二人で赤ん坊を洗ってやった。

仏壇の前に、バスタオルでくるんだ赤ん坊を横たえて、線香をあげた。わたくしは仏壇用の分厚い座布団の上に正座し、夫が生前に使っていた男物の大きな数珠を親指に引っ掛けて手を合わせた。

――般若波羅蜜多《はんにゃはらみった》……。

わたくしは、いかにも手慣れたといった感じで背筋を伸ばし、ウロ覚えの経を堂々と唱え始めていた。写経を趣味とする友人が、京都や奈良の写経体験ツアーに何度か誘ってくれたことがあり、そのとき少し覚えただけだった。だが、そんなことを言っている場合じゃなかった。度忘れした箇所は適当に誤魔化した。そのため「色即是《しきそくぜ》空《くう》」と「不生不滅《ふしょうふめつ》」を何度も言ってしまったが、若い女性はお経など知らないだろうからバレないと考えた。そんなことより、とにもかくにもこの女性が、心の平穏を取り戻すのを願うばかりだった。

——お経まであげてもらった。供養してもらった。

そう思うことができれば、罪悪感が少しは薄まるのではないか。

女性はわたくしの斜め後ろに正座していた。わたくしが貸してあげた女性用の繊細な水晶の数珠を目の高さに持ち上げ、両手でこすり合わせた。その作法を見るにつけ、家庭での躾や常識がないのが見て取れたが、全身全霊で謝罪と祈りを捧《ささ》げようとする必死な思いは伝わってきた。その姿を見たら、作法など何ほどのものか、我流《がりゅう》で十分だ。

そのあと、赤ん坊を土の上に横たえた。赤ん坊の顔に土がかかるのを目にしたら、女性はその様子が脳裏から一生涯消えないだろうと思い、女性を別の部屋に退避させて、わたくしがひとりで土をかけていった。赤ん坊の全身がすっぽりと土に覆われてから、女性を呼んで作業を交替した。

——土をかけるたびに声をかけてあげなさい。

そう言うと、女性は素直に頷いた。

――ごめんね。

――許してね。

――安らかに眠ってください。

――あの世で、また会おうね。

女性の声を背後に聞きながら、わたくしは台所に入ってすぐに米を研ぎ、早炊きボタンを押した。

和室に戻ると、土をかけ終えた女性が床材を元に戻そうとしていた。わたくしは、金槌《かなづち》を使うと音が響くと考え、夫の道具箱から大きな蝶番《ちょうつがい》をいくつか見つけてきて、ドライバーを使って次々に固定していった。

その上に二人で畳を置くと、やっと一息つくことができた。

女性に風呂を勧めてから、リビングルームに食事の用意を整えた。炊き立てのご飯と味噌汁《みそしる》とハムエッグだけだったが、何でもいいから腹に入れた方がいいと考えた。

女性の向かい側に座ったわたくしは、ゆっくりとお茶を飲んだ。熱い茶が喉元を過ぎたからか、次の一瞬、ふっと気が緩んだらしい。

――熊本の……。

言いかけて、慌てて口を閉じた。

熊本県にある赤ちゃんポストに預ければよかったのに、などと今さら言ってどうなる。心の傷に追い討ちをかけるだけだ。

だが、女性はわたくしが言いたかったことを敏感に察知した。

——お金がなかったんです。だから熊本までの交通費が工面できなくて……でも出産予定日が近づいてきて、もうこうなったら消費者金融から借りるしかないって決心して……でも、その日テレビを点《つ》けたら、赤ちゃんポストのことがニュースになっていて……病院の先生たちが、ポストに預けられた赤ちゃんを身元不明のまま特別養子縁組に願い出たらしいんです。そしたら市役所や児童相談所の人たちは、母親の身元調査が先決だと言い張って受けつけてくれないって。そのニュースを見て、私、絶望的な気持ちになってしまったんです。

——あなたは悪くないわ。今はしっかり食べて体力を回復させるのが先よ。

女性が食事をきれいに平らげてくれたので、ほっとしていた。精神的にも体力的にもギリギリのところに立っているとしても、若さゆえの食欲は頼もしかった。それだけで明るい未来が見えた気がした。

帰ろうとする女性を引き留め、一晩だけでも泊まっていくよう勧めた。もともと帰る当てなどなかったのだろう、女性は素直に従った。まだ日が高かったが、二階に蒲団を敷こうとしたら、赤ん坊の近くで眠りたいと言うので、和室に蒲団を敷いてやった。心身ともに疲れ果てていたらしく、二十時間以上もぶっ通しで眠った。なかなか起きてこないので、もしかして死んだのではないかと思い、わたくしは何度か部屋にそっと入って寝息を確かめたほどだった。

その数日後、帰りがけに一万円札を十枚握らせた。女性は驚いて固辞したが、無理やり掌《てのひら》に押し込んだ。

その代わり交換条件を出した。

——月命日にはわたくしが供養してあげるから、ここには来ないでちょうだい。あなたはまだ若いんだから、これから新しい人生を始めるのよ。

本当は怖かった。赤ん坊を放置して死なせるような女性と今後も関わり合い続けることが。

つい昨日までは、娘の美和《みわ》も孫の祥太郎も亡くなったのだから、生きていたって仕方がないと思っていたはずだった。だから警戒心を捨てて、この女性に声をかけたのではなかったか。

女性の様子から、不幸な生い立ちや現在の悲惨な境遇が推察できたから、同情する気持ちも大きかったが、それでもなお、そのときの自分は偏見にまみれた人間だった。自分も死体を遺棄したレッキとした共犯者であるのに、その矛盾には目を瞑《つぶ》っていた。自分は育ちもいいし学もあるから、その女性とは住む世界が違うと信じて疑わなかった。本当に傲慢だった。

その後も彼女のことを思い出すたび、心の中にもやもやする引っ掛かりがあったが、ここには来るなと言った自分の判断は間違いではなかったと思いたかった。あの女性はまだ若かった。前を向いて生きていく以外の選択肢はないのだ。いや、何歳であっても誰しもそうなのだが。それに、もしも自分が彼女くらいの年齢ならば、努力と工夫で人生の荒波を乗り越えていく自信があった。だから彼女も大丈夫だと思おうとしていた。誰もがわたくしのように物知りで知恵が働くわけじゃないのに……。

あれから月日が流れ、わたくしは放火犯になった。まだしばらくは刑務所で過ごさなければならない。

つい先日、清子に手紙で頼んでおいたことがある。左目の下に小さな黒子《ほくろ》がある女性が訪ねてきたら、何も聞かずに何日でも泊めてやってほしいと。そして、女性が気兼ねするようであれば、網戸の掃除と庭の草取りを交換条件にしてほしい。そうすれば女性も少しは気が楽になるだろうからと。

刑務所には様々な女性がいる。共通しているのは、生まれ育った環境や周囲の人間に苦しめられてきたことだ。犯罪者どころか、被害者集団にさえ思えてくる。

だけど、心の底には一抹の不安があった。わたくしの死後、あの家を取り壊す日がいつかは来る。そのとき、土の中から骨が発見されたらどうなるだろう。前科のある清子かルルが真っ先に疑われるのではないか。二人の身元を調べた結果、わたくしの遠縁というのは嘘で、実は刑務所で知り合った前科者だと判明したら、世間は色眼鏡で見るに違いない。

いっそのこと、床下に赤ん坊の死体が埋まっていることを、清子にだけは話しておいた方がいいのではないか。だがルルには言わないでおこう。きっと奥の部屋を気味悪がるだろうから。そして、恐怖心から誰か——母親か梓美か——に話さずにはいられなくなる可能性も高い。

そのことについて数週間かけて考えた末、誰にも話さないでおこうと決めた。何もわざわざ秘密を共有させて、清子の心に負担を強いることもない。知っている人数は少ない方がいい。その分、外に漏れる心配も、そこから警察に通報される確率も減るのだから。

その代わり、公証役場に遺言を預けておくことにした。財産分け一覧とともに、赤ん坊のことも経緯を添えて手紙に残しておけばいい。

わたくしが死ぬまでは誰にも見られないよう、厳重に封をして。

## 5　医師・太田香織　39歳

医局で仕事をしていると、笹田《ささだ》部長とルミ子が入ってきた。

「おっ、香織、久しぶりだな。元気だったか？」

笹田部長は最新医療の研修で渡米していたので、日本に帰ってくるのは数年ぶりだった。最後に会ったのは、私が刑務所に派遣される直前の壮行会のときだ。

「ムショ帰りの気分はどうだ」

――ムショ帰りだなんて、そんな人聞きの悪いこと言わないでよ。

今までならそういった軽いノリで言い返したことだろう。だが、今となっては、前科のある女たちを色眼鏡で見ないでほしいという気持ちが強く、咄嗟に言葉が出なかった。

「診察するとき、犯罪者に首を絞められなかったか？」

「そんな危険なことは何ひとつなかったよ」

「そうか、それはよかった。今ごろ殺されてるんじゃねえかって、みんなで心配してたんだぜ」

言葉とは裏腹に、笹田部長は嬉しそうに笑った。

「あのね、部長、想像してたのと全然違ったんだよ。ほとんどの女が犯罪者というより被害者だったんだ」

――何わけのわからないこと言ってんだよ。

そう言い返すと思ったのに、笹田部長は「だろうな」とあっさり言ったから拍子抜けした。

「今の、どういう意味ですか？」と、ルミ子が不思議そうに尋ねた。「犯罪者じゃなくて被害者って、つまり？」

「岩清水や摩周湖が協力したこと、ルミ子も聞いただろう？」

笹田部長はそう言って、呆《あき》れたようにルミ子を見た。

「はい、そのことは詳しく聞きましたけど？」

「つまりだな、真面目に働いても報われなかったり、家庭環境がひどかったり、夫が暴力亭主だったりと、本人以外のところに原因がある場合が多いってことだよ」

「なるほど」と、ルミ子は頷いたが、本当にわかったのかどうか怪しいものだ。

「だから再犯が多いのよ。刑期が終わってせっかくシャバに出られても、すぐに戻ってきちゃうんだってさ」

「全然反省してないってことですね」と、ルミ子は言った。

たぶんルミ子のような反応が一般的なのだろう。

「そうじゃないよ、ルミ子。出所しても行き場がないの。高齢者や精神疾患者も多いし、家も仕事も見つからないしね」

住む所さえあれば、どれだけ再犯が減るだろう。それに、刑務官の仕事の過酷さも心配だった。

そのとき、ふと例の赤ん坊のことが頭をよぎった。

秋月を診察したときは、はっきりとわからなかった。だが、その数日後にマリ江が風邪を引いて熱を出し、うっかり例の聴診器を使ってマリ江を診察してしまったのだった。仲間内で使うべきではないと気づき、すぐに聴診器を外したのだが、その一瞬の間に、マリ江の心の中にあった映像が次々に私の脳裏に飛び込んできた。そのことで、秋月が赤ん坊を遺棄した経緯がすべてわかってしまった。

## 6　看護師・松坂マリ江　52歳

あの日、聴診器を通して見えたのは、異様な光景だった。

書院造りの立派な和室の真ん中にぽっかりと穴が開き、土が見えていた。そして、若い女が畳の上に座って穴を覗き込んでいた。汗だくなのか、長い髪が額に張り付いていたのが印象に残っている。そのあと目を凝らすと、視界がズームレンズのように穴に近づいていった。すると、穴の中にスコップを握った秋月が立っていて、赤ん坊が土の上に直《じか》に横たえられているのが見えた。

もうびっくりしたのなんのって。思わず叫び声を上げそうになったのを既《すんで》の所で止めたのだった。

――あなたは、向こうの部屋へ行ってなさい。

秋月は、若い女に命令口調で言った。

たぶん、あの若い女が赤ん坊を産んだのだろう。

秋月には身寄りがないはずだが、あの女とはどういう関係なのか。

そんなことより赤ん坊はなぜ死んだのか。生後間もないように見えたことからして、病院ではなくて自宅で産み落としたのだろう。

秋月はなぜ救急車も呼ばず、警察にも通報しなかったのか。

次々と疑問が浮かんだが、私は何も見なかったことにしようと決め、一切《いっさい》口外しないと心に誓った。

――知っている人数は少ない方がいい。

あのとき、秋月の心の声がはっきり聞こえた。

香織先生にも赤ん坊が見えたようだったが、細かなところまではわからなかったらしい。香織先生は、あの赤ん坊について何度か私に尋ねたことがあったが、しばらくすると尋ねなくなった。

忘れてしまったのだろうか。いや、そんなはずない。香織先生はいつだって、すっとぼけたような顔をしているが、ああ見えても頭のいい人だ。天才肌だと岩清水先生が言っていたのを聞いたこともある。それでなくても、あの光景は強烈に瞼《まぶた》に焼きつくに違いない。香織先生は、何か考えがあって私に尋ねるのをやめたのだろうか。それとも私と同じように秋月の例のつぶやきが聞こえたのか。

あれこれ思いを馳《は》せているとき、新人看護師がこちらに近づいてきた。

「香織先生に手紙が届いてます。患者さんからだと思いますけど」

「ありがとう。私から渡しとくね」

封筒を見ると、刑務所の検閲印が押してあった。裏返すと、「秋月梢」と達筆が見えた。

実は、今日は香織先生にお弁当を持ってきたのだった。頼まれてもいないのに、わざわざ家から持参したのは、夫の分が余ったからだ。朝起きて弁当を作っていたら、夫が今日は代休を取って仲間と釣りに出かけるのだと言い出した。釣った魚をその場で食べる施設もあるから弁当は要らないと言う。なんでもっと早く言ってくれないの、お弁当二つ作っちゃったわよと、朝から大喧嘩《おおげんか》になった。そのとき、ふと思いついたのだ。香織先生に持っていってあげたらどうかと。

紙袋に入れた夫用のお弁当を提げ、もう片方の手には手紙を持って、医局に続く長い渡り廊下を歩きながら考えた。今日だけは大サービスで余ったお弁当を渡すにしても、今後は絶対に香織先生に騙されてはならない。今日で最後にするのだと、決意を新たにした。またしても手紙を読む見返りを求められたら、速攻で「読みたくありません」と言い返してやろう。

医局のドアを開ける前に、「騙されません！」と声に出して言ってから、ドアノブに手をかけようとした途端、中からドアがすっと開けられた。

前につんのめりそうになるのを、やっと踏みとどまったときだった。

「マリ江さん、お疲れ様です」

背の高い男性の優しい声が頭上から落ちてきた。

長い腕でドアを押さえていてくれる男性を見上げると、なんと、岩清水先生が私を見下ろして微笑《ほほえ》んでいた。

これって、もしかして……壁ドンに近いのでは？

胸がドキドキしてきた。だが、お礼を言う間もなく、岩清水先生は颯爽《さっそう》と歩いていってしまった。

後ろ姿までが……ああ、なんて素敵なんでしょう。

やっと私の王子様に会えた。というのも、この前、美帆さんの手紙を見せてあげようと医局にきたときは姿が見当たらず、泣く泣く机の上に置いて出たのだった。

「あらマリ江さん、また手紙が届いたの？　今度は誰から？」

香織先生は私の手元を見て尋ねた。

「秋月さんからです。まだ刑務所におられるようです。あとで私も読ませてもらえます?」

「見返りは?」

「ありません」

「えっ? でも、だって……マリ江さんだって読みたいでしょう?」

「いえ、それほど読みたいわけじゃないので結構です」

「そうなの? だったら仕方ないね。そこに置いといて」

そう言うと、香織先生は椅子を回転させ、こちらに背を向けてパソコンに向き直った。そうなると、用もないのに看護師が医局にとどまっているのも変だし、すぐに出ていかなきゃならない雰囲気になった。

だけど、赤ん坊の死体のこともあるし、秋月の手紙が気にならないわけがなかった。それに、夫のお弁当も持ってきたのだ。

とはいえ、私にだってプライドがある。読みたくないと言ったばかりで前言撤回するわけにはいかない。やはり私の前世は武士だったらしい。

夫のお弁当は同僚に食べてもらおう。そう考え、仕方なく部屋を出ていこうとしたときだった。

「ちょっと、マリ江さん、どこ行くのよ」と、香織先生から声がかかった。

「マリ江さんが作ってくれた肉団子の味が忘れられないんだよね」

「ああ、そうですか。それで？」と、私は冷たく言い放った。

またお弁当を作らせる気らしい。もう騙されてなるものか。

「ねえマリ江さん、いっそのこと、私と契約しない？」

「契約って、何の契約ですか？」

「お弁当一個五百円で毎日っていうのはどう？　作れない日があってももちろん構わない。そういうときは病院の一階に入っているコンビニで買うから」

もともと私と亭主の二個分を毎朝作っていた。多めに作って香織先生の弁当を作ることくらいどうってことはなかった。

「そうですねえ。では一個五百六十円でお願いします」

「五百六十円か。ずいぶん細かいね」

「それもそうですね。お釣りを用意するのが面倒ですから六百円にしましょう。あれ？　嫌ならいいんですよ。添加物ナシの素朴なお弁当は、店ではなかなか買えませんけど、いいんですか？」

「嫌なんて誰が言った？　じゃあ六百円でお願い」

「わかりました。じゃあ、その手紙、私に先に読ませてください」

そう言って、素早く手紙を取り返し、封を切った。

——香織先生、看護師のマリ江さん、その節は本当にお世話になりました。

先日、刑務官から事情を聞きました。わたくしに単独室を見学させて前向きな気持ちになるよう配慮してくださったとか。その経緯を知って、たいへん驚いた次第です。お忙しい中、そこまで考えてくださっていたとは存じませんで、お礼を申し上げる機会もなく、失礼しましたことをお許しください。

先生方のご親切のお陰で、人生は捨てたものではないと考え直しました。今では、仮釈放が楽しみで仕方ありません。同室だった清子さんとルルちゃんが待ってくれています。

お世話になり、本当にありがとうございました。

多忙な日々、どうぞご自愛くださいますように。　かしこ

秋月梢

香織先生に手紙を渡すと、例によって超スピードで目玉を動かし、一瞬で読み終えた。

秋月から手紙が届いたのだから、聴診器を通して見えた赤ん坊のことを何か尋ねるかもしれないと身構えたが、香織先生は何も尋ねなかった。

やはり、あの秋月の声——知っている人数は少ない方がいい——が聞こえたのか。

それとも自分は知らない方がいいと判断したのか。

「あのう……香織先生」

「何なの？　いきなり真面目な顔しちゃって」

「何て言うのか……秋月さんも元気そうでよかったです。安心しました」

「うん、そうだね。私たちも少しは役立ったのかもよ」

「そうですね。ところで香織先生、今日のお弁当、ここに置いておきますよ」

「え？　どうして？　今日も作ってきてくれたの？　約束してないのに？」

「今日は先生のお好きな肉団子と卵焼きです」

「嬉しい！　それにしても今日のお弁当箱は、ずいぶんと大きいね。ちょうどよかったよ。今日は夜勤だから二回に分けて食べるよ」

　亭主用の弁当箱は一回り大きいのだった。

「スペシャルサービスですから七百円になります」

「え？　今日から払うの？」

「当たり前でしょう。高給取りのくせしてケチくさいったらありゃしない」

「わかったよ。払うよ。ありがと」

　そう言いながら、香織先生は財布を開いてお金を渡してくれた。

「言い忘れましたけど、香織先生の嫌いなゴボウも入ってますから」

いつもなら香織先生の苦手なものは入れないのだが、今日は亭主用に作ったのだから仕方がない。

「えっ、なんでゴボウなんて入れたのよっ」

「残したら二度と作りませんからね」

「ちょっと、マリ江さんっ」

背後でまだ何か叫んでいる香織先生を無視して、振り返らず颯爽と医局を出た。

どうだ、参ったか。


（了）

## 参考文献

・外山ひとみ『女子刑務所　知られざる世界』中央公論新社、二〇一三年
・堂本暁子・森本美紀・小竹広子・矢野恵美・松本卓也・坂上香ほか『女たちの21世紀　NO.80　特集「女子刑務所」』夜光社、二〇一四年
・中野瑠美『女子刑務所ライフ！』イースト・プレス、二〇一八年
・桜井美奈『塀の中の美容室』双葉文庫、二〇一八年

## 映像

・NHK「北海道道　塀の中の13人～出所者支援はいま～」2022年1月28日初回放送

本書はフィクションであり、登場する人物・団体等はすべて架空のものです。

# 解説　物語に息づく三つのリアル

村木厚子（元厚生労働事務次官）

読み始めてしばらくは、リアルさにとにかく圧倒されました。ここに書かれていることは本当のことばかりと思いながらページをどんどんめくっていったんですが、途中から「こんなにリアルだったら、どうやって話をまとめるんだろう？」と勝手にハラハラし始めたんです。そうしたら……エンターテインメントとしても見事な仕上がりになっていた。読み終えた今、垣谷美雨さんの『懲役病棟』を心からお勧めしたいと思っています。

私は厚生労働省時代の二〇〇九年に、郵便不正事件で、身に覚えのない罪で逮捕・起訴され（※のちに無罪確定）、大阪拘置所に一六四日間勾留《こうりゅう》された経験があります。拘置所と『懲役病棟』の舞台である女子刑務所はまったく同じではないですけれども、登場人物たちが体験したものと近い現実を、私自身も体験しています。その後、法務省の「再犯防止推進計画等検討会」の構成員となり、国内外の刑務所を見学したり、関係者の方々に話を伺うなどしてきました。

そんな自分の目から見て、『懲役病棟』には三つのリアルが記されているように思いました。「罪を犯す人のリアル」、「刑務所の中の暮らしのリアル」、「世間のリアル」です。

一つ目の「罪を犯す人のリアル」は、小説の舞台となる女子刑務所に収監されている人々の人生にまつわるものです。

多くの読者さんは罪を犯した人のことを、怖い人や悪い人、自分とは別世界の人だと思っているのではないでしょうか。そうではないんですよね。私自身何人もお会いしたことがあるんですが、普通の人なんですよ。どこかで「ちょっと待って」と言ってくれる人がいたら、刑務所まで来ていなかったはずだと感じる方々ばかりでした。

でも、実際には罪を犯してしまった。

「第一章　万引き犯」の谷山清子《たにやまきよこ》さんは、貧困や家族との別離など複数の困難が襲ってきて、万引きを繰り返し、刑務所に入ることになってしまう。累犯になると、わずかな罪でも実刑になってしまうんです。四百三十円のお惣菜《そうざい》を盗んだことで刑務所に行く、しかも二年もの懲役を課せられることは、ほとんど知られていないと思います。

「第二章　殺人犯」の児玉美帆《こだまみほ》さんは、もともとは夫から執拗《しつよう》なDVを受ける被害者でした。しかし、耐えきれずに夫殺しの罪を犯してしまい、加害者となった。「第三章　覚醒剤事犯」の山田《やまだ》ルルちゃんは、悪い男にそそのかされてクスリに手を出してしまい、クスリを買うために風俗で働いていました。

窃盗やクスリは女性に多い犯罪です。とくに前者は高齢の女性に、後者は若い女性の犯行が目立ちます。刑務所にいる女性たちの典型例を、一人一人の登場人物の物語に変換することで、罪を犯してしまう人々にはどんな背景があり、どんな状況に陥っていたのかが、ものすごくリアルなものとして胸に飛び込んでくるんです。

二つ目の「刑務所の中の暮らしのリアル」は、刑務所の仕組みや受刑者が毎日どんなことをしているのかといったタイムスケジュール、そこで暮らす心情にまつわるものです。

例えば、一番最初に私が「そうそう！」となったのは、刑務所や拘置所では、名前ではなく番号で自分が呼ばれることです。受刑者の女性たちが、外から手紙が届くのを待ちわびる気持ちや、食事と一緒に甘いものが出た時の嬉《うれ》しさも、すごくよくわかる。私が入っていた拘置所は相部屋ではなかったので、イジメがあるかどうかだけはわからなかったんですが、刑務所の中の暮らしにまつわる「あるある」がいっぱい詰まっていました。

刑務官の仕事ぶりが丁寧に描かれている点も大変興味深く読みました。今はずいぶんましになったんですが、女子刑務所の数が少ないゆえの過剰収容は一時期問題になっていました。高齢の受刑者の介護を刑務官が担わなければいけない。24時間の交代勤務であまりにも仕事がきつすぎてすぐ辞めてしまう人が多いというのは、小説に描かれている通りです。その一方で、そういった心情とはまた違う、刑務官の方々が胸に抱えたリアルも書かれている。

刑務官は、刑務所の治安を維持し管理しなければいけません。武道の訓練を受けている方も多いですし、受刑者と私語を交わしてはいけないというルールも影響して、非常に厳しい人に見える。でも、もしかしたら意外に思われるかもしれませんが、みなさん受刑者の人たちを細やかに観察して、心配をしたり、優しい視線を向けたりしているんですよね。第一章は受刑者に対する刑務官のセリフで終わっていますが、実はこういう視線を刑務官の方々は持っていらっしゃるんです。

なぜそう言えるかというと、私は大阪拘置所に入っていた時、女性刑務官の方々に本当にお世話になったんです。「本当にありがたかったんです」と周囲に話していたら、大阪で女性刑務官の研修が開かれた際、講師として私を呼んでいただいたことがありました。再会した方々や、初めてお会いする刑務官のみなさんにこの仕事の何が一番つらいですかと伺ったら、「刑務所から送り出した人が、また帰ってきた時です」と。刑務官個人の優しさと、そして仕事に伴う精神的なしんどさを教えられた出来事でした。この小説は、そこの部分にも想像をめぐらせている。

そして三つ目のリアルが、「世間のリアル」です。

全ての章にまたがって活躍する主人公は、舞台となる女子刑務所へ半年間限定でイヤイヤながらやって来たお医者さん、香織《かおり》先生です。お嬢様育ちの香織先生は最初、罪を犯すような女たちを思いっきり見下しているんですよね。例えば、「刑務所に入っている時点でロクでもない女に決まっている」「努力すればいくらでも人生は好転する。（中略）だから同情の余地なんかない。それどころか税金を使って無料で三度のメシを食えるんだから、ずいぶんといいご身分じゃないの」と。世の中の多くの人が持っているような、罪を犯した人に対するイメージが、若い頃は暴走族に入っていたという過去を持つ香織先生らしい言葉で率直に記されています。

きれいごとを言ったって始まらないと思うんです。香織先生が序盤からバンバンと世間の見方を口に出してくれることで、女子刑務所という特殊な舞台の物語を読み進めていくうえでのいい入口になっていますし、「実際に受刑者と接してみたら、イメージとは違っていた」というメッセージが強くなっている気がするんです。

何より素晴らしいのは、今お話ししてきた三つのリアルが、小説というフィクションの中に綺麗に溶け込んでいる点です。ほとんどの読者さんはこの物語を、香織先生の側、罰する側や非難する側に自分を置いて読み始めると思います。ところが、読み進めるうちに「同じような状況になったら、もしかしたら自分も罪を犯してしまったかもしれないな」とか、「早く身元引受人が現れないかな」と、いつしか受刑者の女性たちの気持ちになりながら読んでいる。ノンフィクションのようにリアルな現状を情報として知るだけでなく、「この人は、自分だったかもしれない」という想像力を働かせてくれるのは、紛れもなく小説の力だと思います。

小説の力という面で、これはとてもいいアイデアだなと思ったのは、胸に当てると患者の本音が聞こえる魔法の聴診器の存在です。現実からは浮遊した道具ですよね。しかも香織先生が使った後、看護師のマリ江《え》さんも聴診器を使うじゃないですか。最初は「えっ。二人で使うの?」と驚いたんですよ。「誰でも使えちゃって大丈夫？　魔法のコンパクトはアッコちゃんしか使えないのに」と、要らぬ心配をしてしまいました。ところが、同じ相手に聴診器を当てていても、香織先生が見聞きするものと、マリ江さんが見聞きするものは、まったく同じではない。二人の経験や性格によって、かなり違ってくるんです。

こういった物語の場合、自分の見ているものこそがたった一つの真実だと思った主人公が、それを振りかざして誰かを断罪してしまうことがありそうな気がします。でも、二人が聴診器を使ったことで、真実が相対化された。なおかつ二人がお互いの真実を突き合わせることで、より深い真実へとたどり着いていくという展開はとても説得力がありました。

冒頭で、私は法務省の「再犯防止推進計画等検討会」の構成員を務めているという話をしましたが、その検討会で話し合ってきたことの一つが刑務所の中と外との繫《つな》がりです。今までは受刑者が刑務所を出る時は、刑務官から「もう二度と来るんじゃないよ」と言われてお別れをして、後ろで扉がガシャンと閉まり、そこから一人で生きていくというイメージでしたよね。でも、現実は、出た後こそが大変なんです。中にいる時は外で生活していく時の準備としてこういうことをやり、実際に外へ出た後も地域の中で暮らしていくためにこういう支援をして、というふうに刑務所の中と外を繋げ、息長く支援しようというような発想にようやく変わってきたんですよね。それは、刑務官の人たちが「また帰ってきたか」と悲しまないで済む方法を模索することでもあります。

また、刑法の改定で今後、これまであった「懲役刑」「禁錮《きんこ》刑」が廃止されて、「拘禁刑」が創設されます。刑務所は受刑者を「懲らしめ」のために労働させる場所ではなく、その人が更生する、やり直すために働いたり教育を受けたりする場所になる。明治四〇年に刑法が制定されてから初の、百数十年ぶりとなる刑罰そのものの在り方の改正により、刑務所の位置付けが大きく変わろうとしているんです。

こうしたタイミングで『懲役病棟』が出版されることには、運命的なものを感じます。私自身、この小説を読みながら、どうしたら人は罪を犯さずに済むのか、どうすれば罪を犯した人が立ち直れるのかについてまだ考え尽くせていないことがある、まだまだこれからできることはあると思いを新たにしました。本作が広く読まれることで、罪を犯してしまった人々や、彼らと関わる人々について知ってほしい、想像してほしいと心から願っています。

（インタビュー構成・吉田大助）

―――本書のプロフィール―――

本書は、「STORY BOX」二〇二二年三月号から同十月号に連載された「女子刑務所病棟」を改題し、改稿したものです。

小学館文庫

# 懲役病棟《ちょうえきびょうとう》

著者 垣谷美雨《かきやみう》

二〇二三年六月十一日　初版第一刷発行

発行人　石川和男
発行所　株式会社 小学館
〒一〇一-八〇〇一
東京都千代田区一ツ橋二-三-一
電話　編集〇三-三二三〇-五九五九
　　　販売〇三-五二八一-三五五五
印刷所――――図書印刷株式会社



この文庫の詳しい内容はインターネットで24時間ご覧になれます。
小学館公式ホームページ　https://www.shogakukan.co.jp


ISBN978-4-09-407260-0